春雪

[日] 三岛由纪夫 著

战建丽 译

民主与建设出版社
·北京·

© 民主与建设出版社，2021

图书在版编目（CIP）数据

春雪 /（日）三岛由纪夫著；战建丽译. --北京：民主与建设出版社，2021.6

ISBN 978-7-5139-3575-3

Ⅰ.①春… Ⅱ.①三… ②战… Ⅲ.①长篇小说－日本－现代 Ⅳ.①I313.45

中国版本图书馆CIP数据核字（2021）第104010号

春雪
CHUNXUE

著　　者	［日］三岛由纪夫
译　　者	战建丽
责任编辑	胡　萍
封面设计	尚上文化
出版发行	民主与建设出版社有限责任公司
电　　话	（010）59417747　59419778
社　　址	北京市海淀区西三环中路10号望海楼E座7层
邮　　编	100142
印　　刷	大厂回族自治县德诚印务有限公司
版　　次	2021年10月第1版
印　　次	2021年10月第1次印刷
开　　本	880毫米×1230毫米　1/32
印　　张	9
字　　数	250千字
书　　号	ISBN 978-7-5139-3575-3
定　　价	49.80元

注：如有印、装质量问题，请与出版社联系。

[目录]

一	001
二	009
三	015
四	022
五	026
六	034
七	043
八	049
九	053
十	057
十一	063
十二	066
十三	071
十四	079
十五	084
十六	087
十七	091
十八	094
十九	100
二十	103
二十一	109
二十二	114
二十三	119
二十四	125
二十五	134
二十六	135
二十七	140
二十八	145
二十九	149
三十	157
三十一	160
三十二	165
三十三	169
三十四	175
三十五	184
三十六	190
三十七	192
三十八	201
三十九	207
四十	217
四十一	221
四十二	228
四十三	232
四十四	236
四十五	240
四十六	244
四十七	247
四十八	252
四十九	256
五十	260
五十一	263
五十二	269
五十三	274
五十四	276
五十五	281

一

　　同学们在学校里讨论日俄战争，这时，松枝清显问他的好友本多繁邦："你还记得当时的情景吗？"本多繁邦已经记不清了，只是隐约还记得曾经有人将他带到大门口看提灯游行的队伍。松枝清显觉得战争结束的那年，他们两个都十一岁了，按理说印象应该比较深刻。同学们都在显摆自己知道的当年的情景，他们其实基本上都是听大人说的，只是增加了一点自己的模糊记忆而已。

　　松枝家族中清显的两个叔叔，在当时战死沙场了。因此清显的奶奶现在还领着烈士家属抚恤金。只是，她从没用过这笔钱，她将这些钱供奉在神龛上面了。

　　或许是因为这个吧，家里现存的日俄战争影集里面，松枝清显最感兴趣的就是题为"凭吊得利寺周边烈士亡魂"的照片，这张照片是于明治三十七年①六月二十六日拍摄的。

　　这张照片是用暗褐色的油墨洗出来的，不同于其他各种战争照片，它有很奇特的结构，就好像是一幅画。不管从何种角度看，几千名士兵就好像是画中的人物，排列得恰到好处，中间一根又高又白的墓标，聚焦了所有的视线。

　　平缓的群山在远处隐约可见，左边的远处是原野，微微隆起，右边的远处则是一片不算茂密的小树林，它延伸到布满黄土的地平线之后就慢慢不见了。然后，映入眼帘的是逐渐朝右边高耸的树木，这些树木排成排，树木之间露出黄色的天空。

　　照片的前面耸立着六棵高大的树木，它们之间有一定的距离。不知道这些树木是什么品种，它们亭亭玉立，树枝上茂密的叶子随

---
①1904 年。

着风飘摇，显得很悲壮。

放眼望去，原野的远方有微光折射出来，眼前是一片荒芜的草丛。

看上去照片正中间那细高的白墓标，还有挂着迎风飘扬的白布的祭坛及祭坛上面的鲜花，都显得那么渺小。

除了这些，其余的都是军队了，有几千名浩浩荡荡的士兵。近处的士兵都戴着飘着白布的军帽，肩膀上斜挎着武装带，背对着观众，队列并不整齐，很散乱，东边一组西边一组的，士兵们都一副无精打采的样子。左侧前边的几个士兵就好像是文艺复兴时期的画中人物一样，他们正对着观众，脸上有点儿忧伤。左边往里点的许多士兵散布在原野上，构成了一个巨大的椭圆形，一直往原野的尽头延伸过去。因为士兵太多，所以没办法一一看清他们，只看到树林之间到处都是人，一直朝远方延伸过去。

不管是近处的还是远处的士兵，都被深沉的微光笼罩着，他们的绑腿和军靴的轮廓闪着光，他们低下的头和耷拉着的肩膀的轮廓也发着光。整体看上去，有一种说不出来的悲痛的气氛。

所有人都怀着激情澎湃的心面对着正中间那个白色的小祭坛、鲜花和墓标，放眼望去，一直到原野的尽头。所有人都表现出无法用言语形容的悲痛，就好像一个巨大的沉重铁环，朝中央慢慢聚集过来。

就是这张破旧不堪的暗褐色照片使人们陷入了无限的悲痛之中。

清显已满十八岁了。

虽已成年，但他心灵脆弱，往往沉浸在那种悲伤和忧郁的思绪当中。这么说吧，他的原生家庭几乎没有鼓励过他。

他的家位于涩谷区地势较高的地方，算是一座豪宅。在这座豪宅里，几乎没有人像他一样有这么多的心事。因为他出生于武士之家，父亲封侯，在幕府末期时，他的家落败了，他的父亲对此感到非常羞耻，所以就将年纪小小的大儿子清显寄养到了公卿家里，要不是这样的话，清显也不至于是这种性格。

松枝侯爵的宅第在涩谷的郊外，面积很大，约占地十四万坪[①]，有很多房间。

正房是日式建筑，院子里的一个，角落里有一栋壮观的洋房，这座洋房是由英国设计师设计的，无须脱鞋就可以走进这栋宅第，听说当时包括大山元帅宅第在内的四大名屋中，也包含松枝府第。

院子中间有一个宽阔的湖，背面是红叶山。湖里可以划船，湖中还有一个"中之岛"。湖面布满了盛开的萍蓬草，还可以到湖里采摘成熟了的莼菜。正房的大客厅正对着这座湖，洋房的宴会厅也临近湖畔。

岸边和中之岛四处挂着灯笼，估计有二百多个。岛上立着三只铁铸的仙鹤，其中一只低着头，另外两只翘首远望。

一条瀑布挂在红叶山顶，化作几道水柱飞溅而下，途径山腰，又飘然穿过石桥，暂驻佐渡赤石后面的水潭，最后汇入湖中，滋润着盛开的菖蒲。平时在大湖里能钓到鲤鱼，也能钓到鲫鱼。经侯爵允许，此处每年对外开放两次，那些远足的小学生可以前来观赏。

清显小的时候，曾被仆人用甲鱼吓过，很是害怕甲鱼。那时祖父还在生病，有人便送他一百只甲鱼用来滋养身子，因为数量太多，家人便将这些甲鱼都放到湖里养着，让这些甲鱼不断繁殖。仆人吓唬小清显说：如果被甲鱼咬住了手指，就会再也拔不出来。

庭院里有几间茶室，还有一间很大的台球室。

祖父亲自在正房后面种植了一片丝柏林，在这里时常能够挖到山药。这里有一条林间小路直通后门，另一条小路平缓地延伸到山丘。被家人冠以"神宫"之名的神殿位于宽广草坪的一个角落上。祖父和两个叔叔便被供奉在那里。神殿完全是按照正宗神殿构造来建造的，包括石阶、石灯笼和石牌坊，只是石阶下面本应摆放石狮的位置，竖立着两发涂着白漆的炮弹，是日俄战争遗留下来的。

神殿下面地势稍低的地方还有一座稻荷神社，专门用来供奉稻荷神，一排排藤萝架树立在神社前，非常壮观。

[①] 1坪等于3.3平方米。

祖父的忌日在五月底，全家人都会于这一天聚集在此，当时正值紫藤盛开，女士们怕被太阳晒到，便都躲到藤萝架下。她们那白皙的脸上，打扮得比平时更加精致，紫藤的花影映射在上面晃动着，犹如死神的影子。

　　女士们……

　　其实，这豪宅里居住着数也数不清的女人。

　　显而易见，这些女人中地位最高的当属祖母。但是祖母不住在正房，而是住在距离正房稍远的地方，由八个侍女侍候着，过得悠闲自得。每天清晨，母亲洗漱完毕后，照例都要先去祖母那里请安，由两个仆人陪同着，风雨无阻。

　　每次，婆婆都要仔细端详儿媳妇半天，然后笑眯眯地说：

　　"今天这个发型一点都不适合你，不好看，时尚的发型应该跟你更搭，明天梳一个来看看。"

　　次日早上，母亲梳着时尚的发型过去请安。祖母又说道：

　　"感觉都志子还是属于古典型的女人，时尚的发型跟你的气质不搭配，明天还是盘起发髻来吧。"

　　所以，在清显儿时的记忆中，母亲总是不断地变换着不同的发型。

　　以至于梳头师和其学徒每天都忙个不停。除了给母亲梳理头发，他们还要负责院中四十多个女仆的发型。这位梳头师轻易不触碰男子的发型，仅有一次，那时宫中举办新年年会，清显刚在学习院中等科读一年级，刚好由他负责为皇族牵裙裾。

　　在他即将出门参加年会时，这位梳头师说："虽然学校有校规必须要留光头，但是今天这个特别的日子是需要穿大礼服进宫的，光头和礼服完全不搭。"

　　"可是留着头发会被训斥的。"

　　"没关系，我来设计一个新发型，反正你会戴着帽子的。当你把帽子摘下来时，一定会充满男子汉气概，惊艳四座。"

　　话虽如此，梳头师还是给十三岁的清显刮了一个锃亮的光头，用梳子在光头上面使劲梳，梳得头皮生疼，仿佛要将头油都刮进头皮里。尽管梳头师对他的新设计十分满意，但是戴上假发后，却没有想象中那样有型。

然而在这次新年盛宴上，清显出乎意料地获得了美少年的赞誉。

之前，明治天皇曾亲临这座豪宅。为了迎接天皇的到来，他们以庭院里的大银杏树作为中心点，拉上帷幕，在此举办相扑表演，将陛下观赏表演的位置设立在了洋房的二楼阳台上。当时的清显也被允许谒见天皇，还被天皇摸了一下脑袋。当然，这已经是四年之前的事情了，不过这次进宫参加新年盛会，说不定天皇还能记得自己。清显将心里的想法告诉了梳头师。

"对啊，少爷的头是被天皇陛下的御手抚过的。"说着的同时，梳头师在榻榻米上跪着往后退了几步，对着清显那还略显稚嫩的后脑勺恭敬的行起击掌合十大礼。

为皇族牵裙裾的侍童服装都是统一设计的，蓝色的天鹅绒上衣和刚过膝的短裤，胸前两边各点缀着一对白色的大绒球，袖口和短裤上也装饰着一些毛茸茸的白色绒球。腰间挂着佩剑，脚穿白袜和带黑珐琅扣的鞋子。白色衬衫的花边宽领中间系着一条白绢布领带。插着大羽毛的拿破仑式帽子系在白绢带上，吊在背后。每年新年的前三天，宫中都会挑选二十多名成绩优异的华族子弟轮流进宫，四人为皇后牵裙裾，两人为妃殿下牵裙裾。清显在那时有幸为皇后和春日宫妃殿下各牵过一次裙裾。

清显为皇后牵裙裾时，曾跟随皇后穿过近身侍者焚烧麝香的走廊，来到庄严的谒见厅。皇后在接受大家的谒见之前，清显会站在皇后身后侍奉着，一直持续到宴会开始。

当时皇后虽德高望重，雍容典雅，却也快六十了。春日宫才三十出头，与皇后相比，无论在气质、容貌上，还是体态上，都正是鲜花绽放之时。

让清显至今都印象深刻的不是皇后那朴实的裙裾，而是妃殿下那华丽的白色大毛皮裙裾，裙裾四周布满了闪耀的珍珠，飞舞着无数的黑斑纹和白绒球。皇后的裙裾上有四个供侍童抓握的手环，而妃殿下的裙裾上只有两个。侍童们手握裙裾上的手环，按照规矩行走，经过反复的练习，已经掌握得非常熟练了。

妃殿下乌黑的长发，润泽、光亮，盘结成优美的发髻，偶有一丝短发垂下，映衬着柔美白皙的脖颈。清显还曾窥见她正装礼服之下那丰润的肩膀。她端庄、美丽，姿态轻盈，稳健地迈着脚步，身后的裙裾却不曾摆动。随着音乐的节奏，秀美芳香的长裙逐渐舒展开来，如同山巅那云雾中飘忽不定的积雪，在清显眼前时隐时现，这是他此生第一次感受到女人的美可以优雅得如此让人眩目。

春日宫妃殿下在裙裾上喷洒了浓郁的法国香水，甚至完全盖过了古雅的麝香味。在经过走廊时，清显脚下一绊，差点儿跌倒，本能地将手里的裙裾猛地拽向了一边。但妃殿下始终保持着典雅的微笑，微微转头看了一眼刚刚出丑的少年，一点要责怪他的意思都没有。

妃殿下的回头并未让别人察觉，她身子依旧挺直，只是半边脸稍微转过来一点儿，浮现出淡淡的微笑。有几丝鬓发在白皙动人的脸颊上拂动，迷人的凤眼里，一对温润的黑眸如同火焰一般闪亮，俊俏的鼻梁更显高雅秀丽……此刻，妃殿下的容颜——甚至连侧脸都算不上，仿若斜透过一个纯洁的冰晶断面——刹那间在清显眼中升起一道彩虹。

在这次宴会上，清显的父亲松枝侯爵看着自己的儿子身着华服、英姿飒爽的样子，不禁沉浸在多年夙愿终得以实现的喜悦中。此时此刻，侯爵终于彻底地将自己的虚荣心和虽然身处高位却依然感觉一切皆是虚空的感觉（尽管自己也可以请天皇移驾到自己的宅第做客）一扫而空。在清显的英姿中，他仿若看到了未来宫廷与新华族的至密深交，以及公卿与武士的最终结合。

侯爵听到人们对自己的儿子赞不绝口，最开始是无比高兴的，继而却产生了一丝不安。十三岁的清显容貌英俊、帅气，与众多侍童相比，平心而论，清显的确是最俊美的。他皮肤白皙、面色红润、眉清目秀，长长的睫毛下一对大眼睛，虽略显稚嫩，却炯炯有神。

随着人们不停地赞美，侯爵才第一次发现自己的儿子确实相貌堂堂，然而这种美却又让人感觉很不实在。一丝不安掠过心头，不过侯爵性情开朗，这一丝不安也只是一晃而过。

其实，在清显进宫牵裙裾的第一年，也就是十七岁的饭沼来府第寄居时，这种不安就已经深深烙印在饭沼心中了。

饭沼是家乡鹿儿岛的中学引荐来的，学习成绩优秀且身体健壮，出类拔萃，因此成为清显的学仆。松枝侯爵的祖先被当地人视为豪放的神。饭沼对侯爵家庭状况的了解，基本都是通过家庭和学校对侯爵祖先的一些传闻想象出来的。但是，在这豪宅里过了一年之后，侯爵家的一切奢靡浪费，彻底推翻了他原本的想象，使少年自觉纯朴的心灵颇为受伤。

对于其他事情，他都可以不闻不问，但是对于清显，作为学仆的饭沼认为自己必须要做到尽职尽责。清显的柔弱、俊秀以及对事物的所感、所思和关心，所有的一切一切，饭沼都不甚满意。侯爵夫妇的教育方式饭沼也不敢苟同。

饭沼时常想："若我自己成为侯爵，肯定不会用这样的教育方式来教导自己的孩子。真不知道侯爵在想什么，难道他忘记了先祖的遗训。"

但侯爵平时很少提及先祖的遗训，也就只有在祭祖的日子，才会虔诚地执行一下。饭沼一直沉浸在对其先祖的追思之中，曾经幻想着能够听到侯爵谈论其先祖的一些事迹。可是一年过去了，饭沼的幻想终究还是没能实现。

清显为皇室牵裙裾回来的当晚，侯爵夫妇为了庆祝，举办了家宴。年仅十三的少年，竟然被笑闹着灌了酒，清显明显不胜酒力，两颊泛起酒晕，最后还是由饭沼扶进卧室就寝。

清显的身子裹在缎面的棉被里，脑袋枕在枕头上，呼出热乎乎的酒气。从发际一直红到耳边，皮肤单薄得就像玻璃一样，仿佛可以看见那一根根跳动的青筋。在暗处，透过他那鲜红的嘴唇，发出的有节奏的呼吸声，如同一首歌，在戏弄这不识人间疾苦与艰辛的少年。

又黑又长的睫毛，不时眨动着的柔弱得如同水栖动物般的眼睑……从这张俊美的脸上，饭沼知道今晚已无法期待这个完成了光荣使命的少年能表达出他的感激和忠诚了。

清显再次张开双眼，抬头看着天花板，他的眼睛有些潮湿。当他用这双潮湿的眼睛注视着饭沼时，饭沼觉得自己违背了初衷。除了承认自己的忠诚之外，饭沼别无选择。看上去清显觉得很热，他将他那光滑的红扑扑的赤裸胳膊举起来，双手交叉放在后脑。饭沼将他的薄棉睡衣的衣领翻上去，说道：

"你这样可能会感冒。赶紧睡觉吧！"

"喂，饭沼，我今天做了一件坏事。如果你发誓不跟我父母说的话，我就告诉你。"

"什么事？"

"今天，我在牵妃殿下的裙裾时，被绊了一下，但她只是笑了一下，并没有责备我。"

这种不负责任的轻浮语言和潮湿的眼睛中闪烁着的恍惚之情，令饭沼觉得很讨厌。

二

清显十八岁的时候，逐渐感觉自己被大家孤立了，有这种想法大概是情理之中的事情吧。

他感觉不但在家里被孤立。他所就读的学院一直将院长乃木将军的牺牲那件事当作最崇高的典范教导学生，如果这位将军是因病而死，应该就不会那么大肆宣传了。学校越来越勉强学生接受这种教育模式。清显不喜欢这种强硬的措施，讨厌学校里日益弥漫的这种朴素且刚毅的氛围。

说起朋友，清显仅和班上的本多繁邦同学有密切的往来。虽然很多人都希望与清显做朋友，但是他不喜欢同龄人的庸俗和幼稚，而冷静、温和与理智的本多让他很喜欢。在唱院歌时，本多比较内敛，没有表现出迷人的、粗犷的忧伤，同龄人中很少有人能够做到。

虽然这么说，不过从外表和气质来看，本多和清显差别还是挺大的。

木多长得有点儿显老，相貌平平，甚至给人他有点儿装腔作势的感觉。他痴迷于法学，有敏锐的洞察力，但是平常会在人前隐藏这种能力，不轻易示人。本多很少情绪外漏，但有时他会给人感觉好像可以听到他内心深处仿佛燃烧的柴火发出的噼里啪啦的声音。这个时候，他会眯起有点儿近视的眼睛，眉头紧蹙，总是闭得紧紧的嘴唇，微微张开。

或许清显和本多本就属于同类，只是他们俩人的言谈举止截然不同罢了。清显性格外露，这样很容易受到伤害，有了什么情绪哪怕还没付之于行动，就已经像淋了春雨的小狗一般，眼睛鼻子都挂满了水珠。本多却不同，他很早就清楚人间险恶，然后选择低调地生活，不想过多暴露自己。

不过，他们两个的确成了无话不谈的好朋友。他们不满足每天在学校里见面，每到星期天肯定会到其中一个的家里做客，一待就是一整天。当然了，清显的家更宽敞一些，可以散步的场所的位置也非常好，本多来找清显玩的次数更多一些。

大正元年①十月份的一个星期天，那时候红叶刚刚泛红，本多到清显家里来玩，他还说想去湖上划船。

按照以前的惯例，肯定会有很多客人在这个季节来欣赏红叶。但是，自今年夏天的大丧②以来，松枝家都不再和往常一样进行奢华的交际了，庭院里比以往要冷清很多。

"咱们上船吧。一艘船可容纳三人。让饭沼来划船。"

"什么啊，找别人划船不好吧。我来划船吧。"本多说。

本多很快就看到了刚才那个将他从大门口引到这个房间中来，有着一双忧郁的眼睛，板着脸、表情严肃的青年，本多本来不需要向导，但是对方还是固执地、郑重其事地将他默默领进来。

"本多，你不喜欢他吗？"清显微笑着说。

"说不上不喜欢。只是，我觉得他的脾气让人捉摸不定。"

"他已经在这里待了六年了。他在我眼里就像空气一样。我觉得我和他不投脾气。不过他对我很忠诚，任劳任怨，而且勤奋好学，比较耿直。"

清显的房间在距离正房不远的小楼的二楼，原来这里是个日式房间，现在里面按照洋房的风格铺上了地毯，还摆放了一些西式的家具。本多坐在朝外凸出的窗户边上，转过身来，眺望着红叶山、湖水，还有中之岛的一切。湖面很平静，没有一丝涟漪，晌午的阳光洒在湖面上。停放了一艘小船的小湾就在眼前。

本多感觉朋友总是一副懒洋洋的样子。不管什么事情，清显都不会主动率先行动，表现出一副无所谓的样子，也正是因为这样，

---

① 1912 年。
② 指天皇或者皇后驾崩，国人都为此守孝。

才让本多产生了兴趣。所以，很多时候，都是本多提议，硬拽他去做。

"你看到小船了吗？"清显说。

"哦，看到了。"本多惊讶地回头……

这时候，清显想说什么呢？

如果非要说的话，他想说他对任何事情都没有兴趣。

他觉得自己就好像是扎到这个家族的粗指里面的一根毒刺。因为他彻底学会了优雅。五十年前这个朴素、刚健且贫穷的地方武士家族突然成了暴发户，成了大户人家。随着清显的出生，这个家族也开始优雅起来。不过，他如蚂蚁预感到将要发洪水一样，感觉这个家庭的优雅不同于那些本来就优雅的公卿家庭，很快就会有衰败的征兆。

清显是一根优雅的刺。他很清楚自己这颗细致、喜欢推敲的心实际上是没用的，就好像一根没有根的草一样。这个英俊少年思考着：想腐蚀但是却没能腐蚀，想冒犯但是却没能冒犯。他的毒素对这个家族来说无疑是一种毒，一点用处都没有的毒。从某种意义上来讲，这种无用就是自己诞生的意义。

清显觉得自己存在的理由就是一种精妙的毒。这种感觉与他十八岁的高傲态度息息相关。他打定主意一辈子都不要玷污自己美丽且白皙的手，甚至不能磨出一个血泡，就如同一面旗帜存在的目的只是为了风一样。对清显来说，唯一真实的就是：只是为了没有方向也没有终结的"感情"而活着……这种感情没有止境、没有意义……

所以，他现在对任何事物都没兴趣。就说这船，是父亲从国外买回来的，非常时尚，上面涂着青白两色的油漆。对父亲来说，这就是文化，是有形的文化。

但是，对自己来说，那是什么东西呢？是船吗？……

本多终究是本多，他凭借与生俱来的直觉，非常理解清显这时候忽然沉默的心态。虽然他和清显是同龄人，但是他俨然是个青年了，这个青年决定至少要做个"有用的"人。他已经选择好自己的人生之路。他知道要多包容清显，不要那么斤斤计较，要采取这种大咧咧的态度，这样朋友才会接纳他。清显能够消化非常惊人的人工诱饵，包括友情。

本多坦白说："听说你要开始运动锻炼身体了？虽然不是因为读书过头，但你那副困顿不堪的样子就像是博览了群书，给累坏了一样。"

清显只是微笑了一下，沉默不语。他确实不是因为读书过头，他就是不停地做梦。每天晚上都做很多梦，甚至超过"群书"。他的的确确是读累了。

……比如昨天晚上，他梦到了自己的白木棺材。这口棺材放在装有大窗户的房间的正中间，房子空荡荡的。窗户外面是蓝紫色的黎明前的天空。小鸟在叽叽喳喳地叫着，打破了昏暗、寂静的夜空。一个披着又黑又长头发的年轻女子，趴在棺材上面不停地哭泣，她那纤细且柔弱的肩膀在不停地颤抖着。他想看一下这个女子长什么样子，但是只能看到她那洁白的忧伤的额头。有一块巨大的豹纹的毛皮将这口白木棺材盖上了，毛皮的边上有无数珍珠装饰品。快黎明时，黯淡的光泽聚焦在排成排的珍珠上面。房间里没有焚香，却弥漫着一股如西方香水那熟透的水果般的香味。

清显呢？他从半空中朝下看，他确定自己的尸骨就在这口棺材中躺着。虽然他确信，但是不管怎样都得看一下，确认一下。但是，他的存在如同早上的蚊子，只能在空中暂时停下翅膀，肯定看不到已经被钉上的棺材里面的情景。

……他非常着急，然后就从梦中惊醒了。之后他将昨天晚上梦中的事情悄悄写到了梦的日记中。

最后，他们俩一起到了船边上，将缆绳解开。朝湖面远处看去，红了一半的红叶山倒映在湖中，湖水都被染红了。

刚上船时，船身不停地摇晃。这一摇晃，唤醒了清显对这个不安定的世界更加真实的感觉。他的心情顿时激情澎湃、跌宕起伏，鲜明地映照在洁白小船的船沿上。他的心情欢快起来。本多将木桨顶在岸边的石头上面，然后将小船划向宽阔的湖面。红彤彤的湖水被划破了,阵阵涟漪使清显的精神更恍惚。深沉的水声就好像从喉咙深处发出的粗犷的声音。他真实地感受到自己十八岁这年秋天的某一天下午的时光就这样永远回不来了。

"咱们去中之岛看看吧?"

"那里也没什么,没意思。"

本多划着船,开心地说:"还是去看看吧"。他的那种高兴劲儿倒是和年龄相符,是个声音很活泼的少年。清显听着远方中之岛那边传来的瀑布声,聚精会神地看着因红叶的反射而模糊的湖面。但是他知道湖中除了有鲤鱼在自由自在地遨游,湖底的一些岩石下面还有甲鱼,心中隐约想起童年时代的恐惧,不过很快这种恐惧又消失了。

明媚的阳光洒在他刚剪短了头发之后的细嫩脖子上。这是一个冷静、悠闲且雍容高贵的星期天。即便是这样,清显还是认为自己仿佛是在一个如灌满水的皮袋一样的世界底层,有个小小的洞穴,里面时不时传来"时间"的水滴滴落的声音。

中之岛的青松丛中有一棵枫树,他们两个人将船划到了岛边,然后走上石阶,走到了圆草坪那里,那里有三只铁鹤。这俩人一开始在翘首远望的那两只铁鹤脚下坐着,接着又躺了下来,欣赏着晚秋的晴空。野草透过衣服扎到了他们的后背,清显觉得特别痛,但是本多却觉得好像是把必须忍受的最甜、最爽的痛苦铺垫在了脊背下面。他们眼角瞟见的那两只铁鹤,虽常年饱受风吹雨打,羽毛也被白色的鸟粪弄脏了,但它们依然平稳地伸展着脖子的曲线,身体在浮云的飘动下仿佛也随之微微晃动着。

本多好像预感到了什么,脱口而出:"多么美好的一天啊!也许一生当中也遇不到几次这样无所事事的美好的日子吧。"

"你是说很幸福吗?"清显问道。

"我没这么说啊。"

"没说就好。我很害怕。我没胆量说你那种话。"

"你一定野心勃勃,有野心的人总是表现出忧伤的样子。你到底还想要什么呢?"

"要一件有决定意义的东西。但是,我也不知道那是什么。"清显懒散地回答。

这个英俊的少年做什么事情都没有目标,他虽和本多非常亲密,但是他的任性经常使他对本多锐利的分析能力、自信的话语和一副"有为青年"的样子而感到十分恼火。

忽然,清显翻过身来,趴在草地上,抬头远望湖对面正房大厅的前院,院子里一块块踏脚石铺在到处是白沙砾的地上,延伸到湖边,那旁边有更复杂的湖岔,架了好几座石桥。他看到院子里有一群女人。

三

  清显捅了一下本多的肩膀,示意他看看对面。本多扭过头来,透过草木,他的注意力聚焦到了湖对岸那群人身上。他们俩这样就好像是年轻的狙击手在聚精会神地观察。
  母亲高兴时总会到院子里散散步。按照惯例,平时只有两个贴身的侍女跟着,但是今天这群人中还有一老一少两个客人跟在母亲身后。母亲、老太太和其他女人都穿得很朴素,但是那位年轻的女客人却穿着浅蓝色的刺绣和服,不管是在白沙砾上还是在湖边,她的那身绢绣衣服都发出冰冷的光,就像是黎明的天空的颜色。
  她们在注意自己脚下奇形怪状的脚踏石时发出的一阵阵笑声从湖对岸传过来,在秋天的天空中回荡着。这种非常清脆的笑声不乏矫揉造作的痕迹。清显一直都不喜欢这座宅子里的女人们矫揉造作的笑声。但是,清显也知道,本多就如同一只两眼发光的雄鸟在聆听雌鸟的鸣叫一样。他们俩的胸脯将晚秋里变得又干又脆的草茎压断了不少。
  清显觉得只有那个身着浅蓝色和服的女子不会发出那种笑声。女人们从湖边踏上了前往红叶山的小路,这条小路要穿过几座石桥,非常难走。侍女拉着主人和客人的手,缓缓前行。她们的身影逐渐消失在这两个人的视野里,消失在草丛中了。
  "你们家女人真多啊!我家都是男人。"本多解释了一下他为何这么关注。说完之后,他就站起来了,靠在西边的那棵松树后面,远远地看着这群女人往前走的情景。红叶山西边的山间洼地非常宽敞,所以九段的瀑布在西侧倾泻到四段之后就流进佐渡靠石下面的水潭中了。她们正在瀑布潭的前面踏着脚踏石前进。那里的红叶特别鲜艳,甚至第九段的小瀑布的白色飞沫也在树丛中藏起来了。只见旁边的水都被染成了暗红色。清显远远看着那个穿浅蓝色和服的女子，她正扶着侍女的手，迈过脚踏石。她低着头，白皙的脖颈露在外面。看到这里，清显禁不住想起春日宫妃殿下那让人难忘的丰满且白嫩的脖颈。

过了瀑布潭之后，有一段很短但很平坦的路，这条小路在水旁边，离中之岛最近。清显一直目不转睛地注视着那位身穿淡蓝色和服的女子，但当他根据侧脸认出她就是聪子时，感觉大失所望。为何之前没有认出她就是聪子？为何自己一心认定那是个从来没见过的美丽女子呢？

聪子破灭了他的幻想，他也没必要藏着掖着了。他一边将沾在裙裤上的杂草拂去，一边站了起来，从松树的枝丫下面露出自己的整个身体，然后喊道：

"喂！"

清显突然活跃起来。本多很吃惊，他探出身子。他的朋友好像从梦中惊醒突然活跃起来，如果本多不了解朋友的性格，肯定会觉得自己被朋友抢了风头，肯定的。

"那个人是谁？"

"是聪子。我记得之前让你看过她的照片吧。"清显小声说出她的名字。湖对岸的女子真的很美。但是，这个少年却假装不承认她的美貌。因为他很清楚，聪子喜欢他。

清显有个不好的习惯，他看不起喜欢自己的人，何止是看不起，甚至还有点冷酷无情。本多早就感觉出来了，谁都不如他了解这个朋友。本多想，清显自他十三岁那年知道别人欣赏他的美貌之后，这种桀骜不驯就如同霉菌似的在他心底悄悄发芽。那是一种银白色的霉菌花，如同银铃，仿佛一碰到它，就会发出响声。

其实，作为朋友，清显也是因为这方面原因颇受骚扰。希望和清显当朋友的人最终还是没有得逞，想必有很多同学都受到过他的嘲笑。对于他这种冷酷，唯有本多能够很好地和他相处，这种应对霉菌的实验成功了。或许是误解，他不喜欢那个目光阴郁的学仆饭沼，因为他从饭沼的脸上看到了常见的失败者的表情。

……本多没有见过聪子，他也是根据清显的话才知道聪子的名字的。

绫仓聪子家是羽林家二十八家之一，起源于自称为"藤家蹴鞠祖先"的难波赖辅，她家是赖经家分支的第二十七代，后来当了侍从，搬到了东京，在麻布的旧武士宅第里居住。她家世代以擅长吟咏和歌以及踢圆球①出名，家里的孩子小时候就被封为从五位下，一直晋升到大纳言②。

松枝侯爵追求家族中缺乏的风雅，觉得至少要让下一代有大贵族的那种优雅，所以他就在父亲的批准下将年幼的清显送到绫仓家寄养。清显因此受到了公卿家风的熏陶，而且比他年长两岁的聪子很喜欢他。在清显上学之前，聪子就是清显唯一的姐姐，也是他唯一的朋友。绫仓伯爵说话带着点京都口音，很温柔。他教导小清显学习和歌和习字，绫仓家至今还保留着王朝时代玩双陆盘③游戏到半夜的习惯。获胜的那位会得到皇后赐的点心。

清显至今还受到伯爵优雅方面的熏陶，从十五岁开始就参加每年正月里由宫中御歌所举行的歌会。一开始，清显认为这只是个义务，后来随着不断长大，他在不经意间发生了变化，开始希望参加年初举办的难忘的优雅歌会了。

聪子现在已经二十岁了。根据清显的相册可以了解她的具体成长历程，相册中有聪子和清显儿时亲嘴的照片，还有她最近参加五月底举行的"神宫"祭祀的照片。二十岁的年纪已经不再是豆蔻之年了，但是，聪子还是单身呢。

"她就是聪子吗？那么，大家照顾的那位穿着灰色短和服的老太太又是谁？"

"啊，她是……对了，她是聪子的大娘。她是一位住持尼，她头上戴了奇怪的头巾，我都差点儿没认出来呢。"

她可是个稀客，肯定是首次来访。如果聪子是独自一个人来

---

① 当时日本皇家贵族的一种游戏。
② 从五位和大纳言都是日本旧时的官衔。
③ 两人对坐玩的一种游戏。

的，母亲肯定不会这样隆重地接待她。但是，月修寺的住持尼来访，就不同了，所以才领她们来参观庭院。对了，一定是住持尼很少来东京，聪子带她来欣赏松枝家的红叶的。

清显在绫仓家寄养时，这位住持尼也很疼他。只是清显已经对那时候的事情不大有印象了。他只记得上中学时，住持尼每次来东京，绫仓家都会隆重招待她。清显只见过她一次。即便是这样，她的慈祥、优雅及白皙的皮肤、温柔的言语和随和的态度都始终带着凛然的气势，令清显难以忘怀。

……岸边的人听到清显的喊声，都停了下来。两个年轻人穿过茂密的草丛出现在中之岛的铁鹤旁边，跟海盗似的，把她们吓了一跳。眼前的情况，两个年轻人都看得很清楚。

母亲从腰带中抽出一把小扇子，指了一下住持尼，示意清显要见礼。清显便在岛上朝住持尼深深地鞠了一躬，本多也跟着鞠了一躬。住持尼在下面还了礼。母亲将扇子打开，招呼他们下去。此时，扇子上面的金粉映着红叶，被染红了。清显知道需要让朋友将船划到对岸去。

即便清显是在帮本多解缆绳，也没忘了用责备的口吻说："聪子肯定会找机会来这里。大娘来访就是最好的理由，很显然她逮住了这么好的机会。"本多还想，清显说要去给住持尼请安，急匆匆地到对岸去还不是自己给自己找借口，不是吗？他对朋友慢悠悠的动作很焦急，迫不及待地用其白嫩纤细的手指帮忙将粗缆绳解开，看他急不可耐的样子，足够让本多产生怀疑了。

本多背向对岸将船划过去了。红色的水面反射的光随着船身的移动，将清显的脸照得红彤彤的。很显然，他非常兴奋。他故意避开本多的目光，使劲往对面看，也许是男人在成长期的一种虚荣心在作祟，他不希望本多看到自己面对聪子时做出的最脆弱的反应。聪子很了解自己的孩提时代，也曾让清显产生过情感上的依赖。那时候，或许自己身体的每一寸成长都逃不过聪子的眼睛。

小船到了对岸，清显的母亲慰劳了辛苦的本多：
"啊，本多的划船技术真棒！"

清显的母亲长着一张瓜子脸,八字眉间略带忧伤,就算是微笑时看上去也略有几分哀愁,这并不一定就是多愁善感性格的流露。她是个现实但反应迟钝的人,她习惯了容忍丈夫那种乐观性格和放荡行为。这样的母亲肯定洞悉不到清显的细腻心思。

清显上岸时,聪子一直盯着他看。清显的一举一动,她都尽收眼底。一般人来看,她那炯炯有神的目光是爽朗且宽容的,但是,清显却有点怕她。清显总觉得她的眼神夹杂着批评,也难怪啊。

"很高兴今天住持尼大驾光临,难得又可以聆听佛法了。我想先陪她来欣赏一下红叶山,却在这里听到一声粗犷的怪叫声,太让人吃惊了。你们刚刚在岛上做什么呢?"

"无聊地抬头看天空呗。"清显对母亲的问话,故意不直接回答。

"看天空?天有什么好看的?"

母亲无法理解肉眼看不到的东西,她并没有觉得这种性格有什么不好。清显反而认为这是母亲唯一的优点。所以母亲说想聆听宣讲佛法,这种想法值得赞扬,但是难免有点可笑。

住持尼谨守着客人的本分,听着他们母子二人的对话,脸上露出谦恭的微笑。

清显故意不看聪子,聪子却一直盯着清显那俊美红润的脸上飘着的粗黑散乱的头发。

这群人就这样一起登上山路,她们一边欣赏着红叶,一边倾听着树梢上小鸟叽叽喳喳的鸣叫声,并猜想是什么鸟,一路谈笑风生,十分愉快。就算两个小伙子已经放慢脚步,但依然走在了前面,把簇拥着住持尼的那群女人抛在了后面。本多借此时机,第一次问了有关聪子的事情。他夸聪子长得漂亮,这时候清显地冷冷地回答道:

"你真这么觉得吗?"

若本多说聪子长得不漂亮,那么想必清显的自豪感会顿时受到打击。很显然,清显认为,不管自己是否关心聪子,她都和他有关系,所以她必须得漂亮才行。

他们这群人好不容易来到瀑布口下面，从桥上抬头看第一段大瀑布时，母亲正由衷地期待第一次见到这种壮观景象的住持尼的夸赞呢，清显却看到了这一天无论如何也无法忘记的不祥之物。

"怎么了？瀑布口怎么分叉了？"

母亲也注意到了。她打开扇子，遮住透过树丛缝隙洒落的阳光，抬头想看个究竟。为了使瀑布在一泻而下时的景象变化多端，园林山石的布局非常讲究。也是因为如此，瀑布口的正中间不可能让水流岔开这么大一个口子。那边确实有块凸出的岩石，但是也不至于将瀑布的造型搞得这么乱！

"怎么了？好像被什么东西堵住了……"母亲迷茫地对住持尼说。

住持尼当时好像看出了什么，只不过她没说，默默地微笑了一下。清显认为需要将看到的一切如实说来。但是，他担心如果实话实说，会让大家扫兴，所以就有点犹豫。再说了，他也知道大家都看到那个东西了。

"那不是一只黑狗吗？耷拉着头。"聪子直言道。

她这么一说，大家好像就都知道原因了，然后喧嚷起来。

清显的自负心受到打击了。聪子以一个女孩似乎没有的勇气一语道出那是不祥的狗尸。而且她的声音从小就很甜美，她知道事情的轻重，性格爽朗，态度坦诚且直率，都足以表明她的优雅。就像装在玻璃容器中的水果，新鲜且水灵，这让清显因为自己的犹豫而感到惭愧，并且害怕聪子那种教育者的力量。

母亲当时就叫侍女将渎职的园林师叫过来了，同时还再三跟住持尼道歉。住持尼慈悲为怀，提出一个奇怪的建议：

"既然遇到这种事情也是缘分。我们将它葬了吧，修个坟，为它祈祷冥福。"

可能这只狗早就受伤或者生病了，想在水源处喝水，但是不慎失足溺水，尸体顺着水流下来，到了瀑布口的岩石上被堵住了。本多佩服聪子的勇气。在他看来，瀑布口上飘浮着些许薄云的晴空，半空中浸泡在清凉的瀑布飞沫中倒挂着的黑狗尸体，那被打湿了的狗毛，张着的大嘴里露出的洁白狗牙、红黑色的口腔，仿佛都近在咫尺。

在场的人们将话题从欣赏红叶转移到了葬狗上，大家都躁动起来，侍女们顿时你一言我一语的，显得有点浮躁不安。大家走过石桥，在一间仿赏瀑茶室风格的凉亭里休息。园林师火急火燎地跑来，一个劲地道歉，后来他爬到危险陡峭的山岩上面，将湿漉漉的黑狗尸体抱了下来。她们在那里坐着，等园林师找到合适的地方，挖坑将狗尸埋掉才罢休。

"我去摘点花。清显先生能帮我吗？"聪子说道，同时婉拒了侍女要求帮忙的表示。

"还给狗献花啊？"清显勉强应了一声，把大家都逗乐了。这时，住持尼将短和服外褂脱下来，露出罩着小袈裟的紫色法衣。大家认为这里有一个德高法深的住持尼在，不祥之兆就可以化解了，她会把这小小的不祥化解在这阳光灿烂的日子里。

母亲微笑着说："这只狗真有福气，能让您给它祈祷冥福，它下辈子肯定能够投胎做人了"。

聪子在清显前面沿着山路往前走，她眼尖，只要看到还没凋谢的龙胆花就摘了下来。而清显，除了枯萎的野菊花，就没看到别的花。

聪子漫不经心地弯下腰，将花摘下来。她的浅蓝色和服的下摆稍微岔开，使她的腰身显得更加丰满，和她苗条的身材很不相称。清显觉得自己的脑子就像沉积在海底的沙子被翻腾了出来，浑浊无比。他有点儿厌恶这种感觉。

摘了几株龙胆花之后，聪子突然站起来，看着别的地方，挡住了紧跟过来的清显。平日里，清显都不敢正视的聪子的高鼻梁和美丽的大眼睛如梦如幻般出现在他的眼前。

"清显，如果我突然不在了，你会怎么样？"聪子小声快速地说了一句。

四

说起来，聪子一直都有这个毛病，故意说些让人吃惊的话。

但是这次，看上去她好像不是在开玩笑，脸上没有流露出丝毫可以让对方从一开始就意识到是开玩笑的神情。她说这句话时，好像在宣布一件重大的事情，非常认真，充满悲伤。

虽然清显很了解她，但还是不由自主地反问道：

"你说的不在了是什么意思？为什么？"

他这种表面上假装漠不关心但内心却很着急的反问，正是聪子希望听到的。

"我不能告诉你为什么。"

就这样，聪子在清显毫无防备的情况下，在他那颗如玻璃杯中的水一样透明的心上滴上了一滴墨汁。

清显盯着聪子，眼神犀利。聪子一直这样，总是在毫无征兆的情况下，突然就能让他感到不安。他就是因为这个才怨她的。这滴墨汁在他的心底散开，无法阻挡，水渐渐地成了暗灰色。

聪子的眼神中夹杂着几分忧伤，有点儿紧张，有点儿颤抖。

当他们返回时，清显的情绪非常低落，大家也感到很奇怪。松枝家的众多女人们又开始将这件事当成谈资了。

……清显比较任性，有点不可思议的是，他越来越不安了。

如果这是恋情，有这么强的吸引力和持续性才像年轻人的样子。但是，他的情况不同。聪子知道，如果他喜欢一朵美丽的鲜花，还不如说他更爱长满了刺的暗淡的花种子。聪子想尝试一下，或许因此才种下这颗种子。清显已经给这颗种子浇水了，正安心等待着它在自己的心田上生根发芽，他已经别无所求了，只顾酝酿着不安的情绪。

她令他产生了"兴趣"。后来,他就一直闷闷不乐。聪子这样含糊其辞,让他很生气;同时,他对自己当时并没有打破砂锅问到底的优柔寡断也感到很气愤。

与本多他们在中之岛的草坪上休息时,他就说过"要一件有决定意义的东西。"虽然他不知道那是什么,但是,眼看着"有决定意义的东西"近在咫尺了,却让聪子那身浅蓝色的和服袖子给遮挡住,然后又将他推回了迷茫的深渊。清显经常这么想。实际上,这种有决定意义的东西或许只是无法企及的远方闪烁着的光芒罢了。但是,为什么眼看就能得到了,却总被聪子阻拦呢?清显经常这么想。

让他更加烦恼的是,能够解开这个谜底和让他摆脱不安情绪的所有方法都因为他自己的矜持而失效了。例如,当别人问他时,他就只会用反问的语气问一句:

"你说不在,是什么意思?"

这句反问的结果只能让聪子怀疑他是否关心她。

"该如何是好呢?我该如何让人相信,我和聪子之间毫无瓜葛,我所做的只不过是我自己不安的一种抽象的表现罢了。"

清显不知道反复考虑过这个问题多少次了,但是这种情绪一直困扰着他。

每当这个时候,他平常不喜欢的学校就成了他散心的场地了。午休时,他一直和本多待在一块儿。他觉得本多的话题有点烦了。原因是自从上次在清显家正房的客厅与大家一起听了月修寺住持尼宣讲佛法之后,本多就被佛法深深地吸引了。清显那个时候心不在焉的,左耳进右耳出,但现在本多却将他听过的佛法,按照自己的理解再一一进行解释,勉强清显听着。

在清显这颗梦幻般的心灵当中,根本没有佛法的影子,但有意思的是,本多那理智的头脑却对佛法有了反应。

原来奈良近郊的月修寺是尼姑庵当中鲜有的法相宗寺庙,本多被它的理论教义深深吸引住了,不过住持尼宣讲的目的就是引导人们认识唯识思想,所以深入浅出,引用了一些通俗易懂的例子。

"住持尼说过，她看到奉拉在瀑布口的狗尸之后，就想起了这次的佛法宣讲，对吧？"本多说，"住持尼这次宣讲佛法，体现了她对你们家的慈悲心怀。她的那种带着贵妇风格的古京都话，像微风吹拂帷幕那般轻柔，就好像蕴含着一种淡淡的神情，这对加强宣讲的感化力量大有帮助。"

"住持尼讲了唐代一个叫元晓的男子的故事。他为了探求佛道，长途跋涉，造访过很多名山大川，晚上他就露宿在坟冢之间。半夜醒来，有点儿口渴，他就伸手去旁边水坑里的水喝。他觉得从未喝过这么清澈、甘甜的凉水。他喝完水之后就继续睡觉了。早上醒来时，迎着晨曦，他看到昨天晚上喝的水竟然是淤积在骷髅中的水，顿时感觉一阵恶心，将水吐了出来。所以，他得出了这样一个真理：心生则种种法生，心灭则与骷髅没什么差别。"

"但是，我很好奇，悟道之后的元晓是否还能再次喝到同样的水，是否还感到水是清澈、甘甜的呢？你不觉得纯洁也是如此吗？不管一个女子堕落到何种程度，纯洁的小伙子从她身上依然能感受到纯洁的爱情。不过，一旦这个小伙子知道这个女子曾经多么堕落，知道了自己纯洁的心描绘的只是一个一厢情愿的世界时，他还能从她身上感觉到纯洁的恋情吗？如果还是可以的话，你不认为这样很了不起吗？如果能够让自己的心灵的本质和客观世界的本质密切结合在一起，达到这种程度，你不觉得很了不起吗？难道这不就是掌握了打开世界秘密的钥匙吗？"本多说道。

本多知道自己从来没有碰过女人。清显也这样，所以他无法反驳本多这种奇妙的言论。只是不知为何，这个任性的少年觉得自己的内心实际上和本多不同，他觉得自己生来就已经掌握了打开世界秘密的钥匙。不知道他哪里来的这种自信。他从小就喜欢做梦，性格孤傲，郁郁寡欢，再加上天生的美貌，都像宝石一样深深地嵌在了他柔软的内心深处。感觉不到疼痛，也感觉不到累赘，而是发出清澈的光芒，或许他是因为这个才无病呻吟的吧。

清显并不好奇也不想了解月修寺的来历。本多与月修寺没有半点儿渊源，但是却在图书馆中将它的来历调查得清清楚楚。

这座寺庙建于18世纪初。第一百一十三代东山天皇的女儿为了悼念英年早逝的父皇，笃信清水寺的观音菩萨，对老住持尼宣讲的唯识论情有独钟，后来逐渐皈依法相教义，削发为尼。她没有去原先的皇家寺庙，而是新开创了一座学问寺，她就是现在的月修寺的创始人。法相尼姑庵的特点至今保存完好，但是历代皇家寺庙的传统早在上一代就消失了。虽然聪子的大娘有皇家血脉，但是成了最初的大臣住持尼……

本多突然从正面问道：

"松枝，你最近在搞什么？我说任何话你都心不在焉的。"

"说什么呢。"突然被这么一问，清显含糊其辞地回答了一句。他真挚地看了一下他的朋友。朋友知道自己傲慢，自己也没觉得不好意思，倒是有点儿害怕朋友知道自己的苦恼。

清显知道，这时候如果他敞开心扉，本多会鲁莽地闯入自己的内心，而清显不会允许任何人这样做。这么一来的话，清显很有可能很快会失去这唯一的好友。

但是，本多这时候很快就知道清显在想什么了。他知道如果要继续维持他和清显的友谊，就不能有卑俗的关系，就像不该故意触碰刚喷漆的墙并且留下手印。必要时，就算朋友垂死挣扎，都要装作若无其事的样子。尤其是，如果这是一种特别的垂死挣扎，通过隐藏才能达到优雅境地的垂死挣扎。

清显的眼睛里此时流露出一种切实的恳求的表情，本多很喜欢这种表情，好像在说：希望让一切都停留在朦胧的美丽的岸边……当友谊处于即将破灭的状态时，当友情还在讨价还价的无情对峙时，清显第一次表现出恳求的表情，本多反而成为审美的欣赏者。这才是两个人心照不宣地期望的状态，让人们觉得这才是他们真正的友谊。

五

大约十天之后,父亲少有地很早就回到家,难得父子能够一起吃顿晚饭。父亲喜欢吃西餐,因此在洋房的小餐厅里面吃饭,他亲自带着清显去酒窖里面挑选了葡萄酒。父亲耐心地跟他讲摆满酒窖的各种葡萄酒种类,还告诉他吃什么样的菜得配什么样的酒,除非皇宫里来人,否则不能饮用这种葡萄酒,就这样教导了他一番。父亲给清显讲述这些知识时比什么时候都开心,但对清显来说,这都是些无用的知识。

在喝饭前酒时,母亲神采奕奕地谈起了她前天叫了一个小马夫赶着一辆独套马车到横滨购物的情景。

"奇怪的是横滨那边的人也对西式服装感到很好奇。一群脏兮兮的小孩一边喊着洋妾[①]、洋妾",一边肆无忌惮地跟在马车后面。

父亲示意要带清显去参观"比叡号"军舰的下水典礼,他肯定是清楚清显一定会拒绝才故意说的。

后来,父亲和母亲刻意地找了一些共同话题,清显都知道。这时候,不知为何,他们竟然聊起三年之前清显十五周岁庆祝"夜月"时的事情来。

那是一种古老的风俗,阴历八月十七日的晚上,要在院子里放一个装满水的新盆子,让夜月在水中呈现倒影用来当作祭品。传说,十五岁这年的夏天,如果夜空是阴沉沉的,就表示一生不顺遂。

听了父母的话,清显清楚地记起当天晚上的情景。

那个草坪正中间放了一只装满水的新盆子,草上遍布露珠,周

[①] 咒骂日本女人给外国人做妾。

围一片虫鸣。清显穿着带家徽的裙裤，站在父母中间。人们故意将灯火熄灭，庭院周围的树丛和对面的青瓦及红叶山等景象错落有致，一切都倒映在盆子的水面上。那个明亮的丝柏木盆的边缘意味着这个世界的终结和另一个世界的开始。正是因为事关在庆祝自己十五岁时对人生吉凶的占卜，清显觉得自己的灵魂好像被赤裸裸地放在了这到处是露珠的草坪上面。自己的心扉就在盆沿内侧敞开着，自己的外表则在盆沿外侧裸露着……

大家都沉默不语。他从未如此聚精会神地倾听过秋虫的鸣叫声。大家的目光聚焦在木盆那里。一开始，盆里的水是黑色的，月亮被海藻般的浮云遮住了。海藻云慢慢移动着，月亮隐约地透出一点儿光，紧接着就又消失了。

不知道过了多久，盆中那仿佛凝固了的昏暗突然被一轮小小的明月划破，圆月倒映在水中央。人群沸腾了。母亲如释重负，这时候才摇了摇扇子，驱赶衣服下摆的蚊子，说道：

"太好了。这个孩子运气好啊！"

接着，人们开始纷纷道贺。

清显有点害怕抬头仰望天边的月亮。他只看着金贝壳一般的月亮在自己那圆圆的水形的内心深处，最深处沉着。就这样，他终于觉得自己的内心捕捉到了一个天体。他的灵魂的捕虫网捕捉到了闪闪发光的金黄色的蝴蝶。

不过，这灵魂的网眼太大了，曾经捕捉到的蝴蝶会不会很快飞走呢？十五岁的清显就已经开始担心会得而复失，担心得到得快、失去得也快。患得患失成为他的性格。一旦得到了月亮，今后如果在没有月亮的世界里生活，那该多么可怕！所以，他开始怨恨月亮……

就算只少了一张纸牌[①]，也会给这个世界的秩序带来一些无法挽回的影响。清显特别害怕失去秩序的一小部分，就像钟表失去一个小齿轮一样，会使整个秩序都无法动弹而被雾霭笼罩。为了寻找那

[①] 日本纸牌，以日本字母为顺序，每张纸牌上都有一首诗。

张丢失的纸牌，不知道要耗费我们多少精力，最终岂止是失去一张纸牌的问题啊，甚至有可能因为这张纸牌引起一场争夺王位的世界大战。他的内心翻江倒海，控制不了。

……想起十五岁那年八月十七日晚上的"夜月"，清显又情不自禁地想起聪子。当他发现时，吃了一惊。

这时候，穿着凉爽的仙台高级丝织裙裤的侍女，走过来汇报说饭菜已经准备好了，她的衣服发出窸窸窣窣的声音。侯爵父子走进餐厅，在饰盘前面坐下，这些饰盘都是在英国定制的，上面都带着精美的家徽。

清显从小就跟着父亲学习严格的就餐礼仪。母亲到现在为止还不习惯吃早餐，但是清显却熟练地、潇洒地使用着刀叉。父亲到现在还保持着刚回国时的严厉作风。

开始吃饭了，侍从端上汤，母亲就马上平静地说道：

"聪子这孩子难办啊。听说今天早上她让人去回绝了。看样子她很快就能决定好了。"

"她也二十岁了吧。如果再任性下去，肯定就嫁不出去啦。我们也是瞎操心。"父亲说。

清显侧耳倾听。父亲又无所顾忌地说道：

"究竟是为什么呢？或许她觉得身份不符吧？可是，虽然绫仓家属于名门，但是现在也开始衰败了，既然对方是内务省的秀才，肯定会有一片大好前程，还求什么门第呢？应该很高兴地答应才对。"

"我也是这么想的。这样的话，我就不用为她操心了。"

"只是，清显受了人家的恩惠，我们总该为他们家的未来着想一下，尽点绵薄之力才对。不管怎么样，我们也要尽量说服她，让她答应才行。"

"有什么好办法吗？"

清显听着他们神采飞扬的谈话。所以，这谜底终于解开了。

"如果我突然不在……"原来，聪子这句话是指自己的婚事。那天的她是想跟他说她马上就要答应这门婚事了，所以来看看清显的态度。如果像母亲刚刚说的，十天之内她就正式拒绝了那门亲事，那么清显应该很明白她拒绝的理由，因为聪子深爱着清显。

所以，清显的心情变好了，不再焦躁不安了，如同一杯清澈的水。他终于回到了这十来天他想回到却又回不到的祥和的小院子里，很开心。

清显觉得非常幸福。这种幸福很显然是他自己再次感觉到的。一张被藏起来的牌又一次回到了自己的手中，这副牌就全了……纸牌终究是纸牌……让人有一种说不清道不明的清晰的幸福感。

至少现在，他成功地赶走了"感情"的愁绪。

侯爵夫妇并没有察觉到儿子突然沉浸在幸福感中，他们相对而坐，只顾着看着对方的脸。侯爵看着妻子那张带着一点儿忧郁的八字眉脸。妻子则只顾看着丈夫那张刚毅的红脸。丈夫本来就擅长交际，一旦闲下来的话很快就会感到整个皮肤就好像针扎似的疼。

这样听起来，父母的热烈讨论让清显觉得他们在例行公事。他们的谈话就有条不紊、毕恭毕敬，说每一句话都要经过深思熟虑。

自少年时代起，这种类似的场合，清显见得多了。它没有白热化的争吵，也不存在感情的高潮。尽管这样，母亲也很清楚将来会有什么结果，侯爵也很清楚妻子知道这一点。就好像掉落在瀑布潭之前，连垃圾都会手拉着手，以毫无预感的表情滑落在倒映着蓝天和白云的平静水面。

侯爵吃过晚饭之后，匆忙喝了一杯咖啡，然后说道：

"喂，清显，去打场台球吧？"

"那么，我也该走了。"侯爵夫人说。

今天晚上这种诓骗好像没有让清显感到任何伤害。母亲回到正房中时，父子俩走进了台球室。

这间房子不仅模仿了英国风格使用的木板镶墙，更是以墙上挂着的祖父肖像画和巨幅日俄战争海战图的油画而著称。这幅巨大的祖父肖像画是画格拉德斯通肖像画的英国肖像画家约翰·米列斯卿的弟子在访日期间绘制的。在暗淡中浮现出祖父穿着大礼服的身影，它的结构很简单，写实的严谨性和理想化融为一体。这种描绘方法将作为维新功臣受到世人敬仰的祖父的那种刚毅的风采呈现了出来，也通过脸颊上的那颗痣体现了祖父和蔼可亲的神态，两者巧妙地融为了一体。每次从老家鹿儿岛来了新侍女，肯定会将她们带到这副肖像画面前，让她们瞻仰膜拜。在祖父临终之前的几个小时，没有人到这个房间里来，不知何故，肖像画突然就落到地板上，发出惊人的响声，但是肯定不是因为吊绳旧了。

台球室有三张并排的台球桌，桌面都是意大利大理石的。他们家不玩日清战争时期引入的三球击法，父子二人也是玩四球的。侍女早就将红白两色各两个球摆好了，分别放在左右两边，中间有一定的间隔，然后将两根球杆递给侯爵和清显。清显一边用意大利产的碳酸石灰块擦球棒尖，一边盯着球台。

红白亮色的象牙球在绿色的呢绒面上投射出些许圆影，如同海螺伸出的触角。清显一点儿也不关心这些球。就好像白天在一条人烟稀少的陌生道路上突然冒出的球一样，在他眼里就是一种奇怪且没有意义的东西。

侯爵平日里对儿子眼中的冷漠总是感到很忧虑。即便是今天晚上这样充满幸福的时刻，清显的眼神依然冷漠。

"你知道暹罗的两个王子最近要来日本学院留学吗？"父亲突然想起来，问道。

"不知道。"

"大概和你年龄相仿，我告诉外务省了，请他们到我们家来住几天。最近，暹罗的奴隶已经解放了，还兴建了铁路，看上去在实施进步政策，你也应该认识一下他们。"

父亲说完之后，弯下腰，手执球杆，瞄准目标，像一头肥胖的豹子在那虚张声势。清显看着父亲的背，忽然笑了。就好像红白两色的象牙球轻轻亲吻似的，他让自己的幸福感和陌生的热带国家在内心里互相轻轻触碰。于是，他觉得他水晶般的幸福感，接收到了突然的热带丛林耀眼的绿色，成了五彩斑斓的样子。

侯爵的球技很好，清显本来就不是他的对手。俩人打完最初的五球之后，父亲就要离开了，走之前说了一句在清显意料之中的话：

"我要去散步了,你准备做什么?"

清显没回答。于是,父亲又说了一句让他很意外的话:

"还是和你小时候一样跟我去大门口吧。"

清显很吃惊,黑色的眼眸炯炯有神地看着父亲。侯爵至少在让儿子吃惊上取得了成功。

父亲的外妾就住在门外几间房屋中的一间。这些房子中有两间住着西方人,院子和宅第都是一墙之隔,而且都有后门,因此西方人的孩子可以自由进入宅院,并且在里面玩耍;只有外妾这间房子的后门安了锁,而且锁早就上锈了。

正房门口距离大门约八百米。清显小时候,父亲经常牵着他的手一起散步到大门口,然后让侍女将清显带回宅子,父亲则去外妾那里。

父亲有事外出时一定会乘坐马车,如果是步行,则固定是去那里,幼小的清显觉得父亲总是让他陪着一起去,让他感觉很尴尬,本来为了母亲他也必须将父亲拉回母亲的身边,所以他很生气自己的懦弱。这时候,母亲肯定不希望清显陪着父亲去"散步"的。但是父亲却将清显的手拽得更紧了。清显认为父亲私下里是希望他背叛母亲。

在十一月寒冷的夜晚散步,这太奇怪了。

侯爵让侍者穿上外套。清显也从台球室走了出来,并且穿上了带金扣的学校校服。管家在主人身后十步开外的地方跟着,手里捧着包着礼物的紫色包袱。

月光清朗,寒风在树梢上怒吼。父亲并不在意身后紧跟着的管家山田那幽灵般的身影,但是清显不放心,回头看了一下。天太冷了,山田也没有穿件大衣,只是穿了平常那件带着家徽的裙裤,手上戴着白色手套,手里捧着紫色包袱。山田的腿脚有点不利索,步履蹒跚地跟在后面。他的眼镜反射着月光,如两片白霜。清显平时很少和他说话,根本不知道这个忠心耿耿的汉子心里有着什么样的情感。不过,与性格开朗且有教养的侯爵父亲相比,这个冷漠的儿子反而更能洞察别人的内心。

猫头鹰在叫，松树的树梢被风吹得沙沙作响。在酒后耳热的清显听来，那种声音非常悲壮，犹如"凭吊阵亡者"照片中随风摇曳的茂密树丛发出的沙沙声。深夜的天气非常冷，父亲想象着深夜里等待着他的温馨、湿润和泛红的嘴唇露出的迷人笑靥，但清显却只想到了死亡。

醉醺醺的侯爵拄着手杖一边走，一边敲击着小石子，他突然说道：

"你好像不怎么喜欢玩。我像你这么大时，已经有过好几个女人了。怎么样，下次我带你去，多叫几个艺伎过来，偶尔玩玩。愿意的话，你也可以带几个同学一起来。"

"我不要。"

清显不由地全身颤抖，两脚就像被钉子钉住了似的，一动不动。父亲的话使他的幸福感就像一只玻璃瓶掉到地上摔得粉碎一样。

"你怎么了？"

"我回去了，您休息吧。"

清显转过身，急忙朝着比发出昏暗灯光的洋房大门更远的那扇从树丛中透过灯光的正房大门走去。

那天晚上，清显彻夜难眠。倒不是思考任何和父母有关的事情，而是一心想着怎么报复聪子。

"她吊着我的胃口，让我陷入她设下的无聊陷阱，已经让我痛苦十天了。她只有一个目的，那就是让我心烦意乱、痛苦不堪。我必须要让她好看。但是，我没把握是否能够和她那样耍心机不择手段地折磨她。怎么办才行呢？我感觉最好的办法就是跟父亲学，让她知道我非常看不起女人。不管当面说还是写信，难道就不能用些污蔑性的话，让她难堪，让她受不了吗？之前我太心软了，总是不能公开跟别人表白，这样太吃亏了。只让她知道我不关心她还不行，这样做会让她想入非非。我要污蔑她！我必须要侮辱她，让她没脸见人！我必须这么做。到那时候，她才会后悔折磨了我。"

但清显思前想后，也没有想出一个切实可行的具体方案。

卧室的床周围放着一对六折屏风，上面写着寒山的诗歌。脚边的紫檀木百宝架上放着一只在栖木上停落着的鹦鹉青玉雕。他本来就对刚流行的罗丹和塞尚不太感兴趣，更别说那种被动的趣味了。他醉眼蒙眬地看着鹦鹉，只见翅膀上细腻的雕纹，在朦胧的绿韵中充满了透明的亮光，鹦鹉就这样只留下了朦胧的轮廓，好像快要融化似的。他对这种异常的情况很惊讶。他感觉到是月光透过窗帘边上的缝隙偶尔射进来了，投射到了青玉雕鹦鹉身上。他突然拉开窗帘，只见皓月当空，月影洒在了整张床上。

月光皎洁，有些朦胧。他想起了聪子穿的闪耀冷光的绸缎和服。他从月光中看到了聪子那双美丽、迷人的大眼睛。风已经停了。

清显浑身发热，甚至觉得热得耳朵嗡嗡作响，他掀开毛毯，解开睡衣的纽扣，露出胸膛。体内的烈焰仍将热浪蔓延至身体各处，似乎觉得如果不沐浴在这冰冷的月光之下，就无法平静。于是他脱掉睡衣，裸露着上半身，他郁闷地将困倦的后背转向月光，脸趴在枕头上。颞颥仍然热得不停跳动。

清显就这样将白皙、光滑的脊背裸露在月光之下。月亮的影子在他的细嫩、柔滑的肌肤上映出几许微小的凹凸感。表明这不是女人的肌肤，而是一个尚未完全成熟的男青年的肌肤透出的些许冷峻感。

尤其月光正好洒在他左腋窝下的腹部周围，传递着胸肌微微起伏的波动，白皙的肌肤让人眩晕。那边有三颗不起眼的小黑痣。这三颗小黑痣就好像是犁头星座，在月光里隐去了它们的踪影。

六

1910年，暹罗国国王拉玛五世将王位传给了六世，这次来日本留学的一个王子是新王的弟弟，也是拉玛五世的儿子。他的称号是帕拉翁昭，名字叫巴塔纳迪多，英语敬称是希思·海涅斯·巴塔纳迪多。

与巴塔纳迪多一起来的另一个王子，也是十八岁，不过他是拉玛四世的孙子，是巴塔纳迪多要好的堂兄弟，称号是蒙昭，名字叫库里沙达。平日里巴塔纳迪多殿下称呼他为"库里"，库里沙达殿下依旧对嫡系王子很敬重，将巴塔纳迪多殿下尊称为"昭披耶"。

他们都是虔诚的佛教徒，但是平常穿英式风格的衣服，英语也很流利。新王担心年轻的王子们完全西化，于是打算让他们去日本留学，王子们都同意了。只有一件事让昭披耶觉得难过，那就是与库里的妹妹分别。

这对年轻人的恋情，可以说是宫廷里的一段佳话，他们感情很好，约好了等昭披耶留学回来就结婚，因此也没对未来产生什么不安。但是，巴塔纳迪多殿下走时所表现出来的难过，在一般不善于表达自己心事的暹罗国人看来，觉得有点小题大做了。

经过一路颠簸，再加上堂弟的安慰，年轻王子的离别之苦稍稍缓解了一些。

清显邀请这两位王子到家中做客，他觉得这两个皮肤黝黑的年轻人看上去朝气蓬勃、活泼开朗。王子们在寒假之前的这段时间，只是去学校里参观了一下，次年再入学，正式入班要等掌握日语、熟悉日本环境后的春季新学年。

洋房二楼的套间作为了这两位王子的卧室。因为洋房里装了从芝加哥进口的暖气设备。在与松枝家人一起吃晚饭之前，清显和客人都有点拘束，但吃过晚饭后，只剩下年轻人时，气氛很快就缓和了。王子们拿出曼谷大佛寺等迷人的风景照片给清显欣赏。

清显发现虽然这两位王子一样年纪，但是库里沙达殿下还具有任性的孩子气，巴塔纳迪多殿下则具有很丰富的想象力，这一点和自己一样。他感到很开心。

他们拿出来很多照片，其中有一张名为因瓦特·波的著名僧院的全景照，里面有很多大卧佛释迦，这张照片经过人工着色之后，色彩很鲜艳，看上去有种身临其境的感觉。照片的背景是浮云和炎热热带的蔚蓝天空，还有茂密的椰树林，这座美丽的由金色、白色和红色组成的僧院耸立其中。一对金色的门神守护着僧院的大门。庙宇中镶嵌着金边的朱红门扉，洁白的墙壁和成排的白色大柱子一直到顶都垂下了纤细的金色浮雕，这些浮雕渐渐集中到屋顶和房檐上，好像被金色和朱红色的繁杂浮雕包围起来，最后在中间的顶部形成三层宝塔，金光灿灿，直耸入蔚蓝的天空，让人心旷神怡。

清显由衷地赞叹着这种美，两位王子很开心。因此，巴塔纳迪多殿下用锐利的眼神凝视着远方说——他的目光和他柔和的圆脸很不协调：

"我非常喜欢这座寺庙，在这次来日本的航海途中，不知道有多少次梦到了这座寺庙。我梦到了那金色的屋顶在夜晚的海中央浮上来了，然后整座寺庙逐渐全部浮了上来，这时候，船在往前行驶，因此当我看到寺庙的全景时，总感觉船在远方。从海水中浮现出来的寺庙闪烁着星光，好像夜晚在遥远海边的天空升起的一轮新月。我站在甲板上合掌朝它祭拜。这个梦简直太神奇了，在那么遥远的地方，而且还是在晚上，连金色和朱红色的细腻浮雕都一一浮现在我的眼前"

"我将这些情况告诉了库里，我跟他说那座寺庙好像是跟随着我到日本来了。库里却打趣我，'追来的是其他回忆吧。'这时候我生气了。我现在回想起来感觉和库里的感觉一样。"

"为什么呢？因为所有神圣的东西与梦和回忆都是由相同的因素构成的，因为时间和空间的关系，与我们相融的东西会奇迹般地出现在我们眼前。并且,这三种东西都有相同之处,都是无形的。一旦离开了有形的东西,就有可能变成神圣的东西,变成奇迹,变成无以言表的美丽的东西。一切都是神圣的,但当我们用手触摸了它,它就被我们的手玷污了。我们人类是神奇的存在。只要用手指去触摸,就会玷污东西,但是自己却又偏偏可以成为神圣。"

"昭披耶的话晦涩难懂,无非就是说离别的恋人的故事。怎么样,把照片给清显看看吧?"库里沙达殿下打断了他的话。

巴塔纳迪多殿下有点儿害羞,因为皮肤有点儿黑,这一丝红晕并不是很明显。清显见他有点儿犹豫,并没有强人所难,于是换了个话题:

"你经常做梦吗?我也在记录做梦的日记呢。"

"等我学会了日语,请你一定让我拜读啊。"昭披耶诚挚地说。

清显这种对梦的执着情感,甚至对亲友都没有勇气说出来,现在用英语,竟然能够轻易地说到他的心坎上,他越来越感觉昭披耶很亲切了。

但是,后面就有点儿话不投机。清显从库里沙达殿下那双淘气的黑眼珠里领略到:想必是因为自己没有要求看那张照片的原因吧。也许昭披耶在期待着他强烈要求看呢。

"把随着你来的梦的照片给我看看。"清显勉强说了一句。

库里沙达殿下又从一边插嘴说:

"你是要看寺庙的那张还是恋人的那张呢?"

昭披耶责怪库里沙达殿下不该这样鲁莽地比较。但是,库里沙达还是淘气地伸长了脖子,指了指拿来的照片,特意解释道:

"占托拉帕是我的妹妹。占托拉帕就是'月光'的意思呀。我们平日里都叫她馨香公主。"

清显看了照片之后,没想到只是一位普通的少女,难免有点儿失望。这位公主穿着镶着白色花边的洋服,头发上系着一根白丝带,胸前戴着珍珠项链,表情有点儿夸张,若说她是女子学院一名学生的照片,肯定谁都信。她那美丽的浓密、柔滑的黑发披在肩上,增添了一丝美感,不过她的眼眸很深,映衬着那双有点儿吓人的大眼睛，加上两片像在炎热的旱季里干枯的花朵一样微微翘起的嘴唇，都充满了一种仿佛自己从没感觉到自己的美的稚气。当然了，这是一种美。只是像一只没想到自己还会飞的雏鸟那样，有些自满罢了。

"聪子比她强多了。"清显不自觉地进行了一番比较，"尽管她动不动就逼得我讨厌她，想必是因为她太强势了吧。再说了，聪子比照片中的公主好看多了。而且聪子知道自己好看。她什么都知道。最糟糕的是，她还清楚我的幼稚。"

昭披耶看到清显聚精会神地盯着照片看，感觉自己的恋人好像要被清显夺走了一般，突然伸出纤细的琥珀色的手，将照片要了回来。清显看到他的手指上闪烁着绿光，这才注意到昭披耶的手上戴了一枚好看的戒指。

这枚戒指很大，上面有一颗大约二三克拉的方形祖母绿宝石，镶嵌在一对精雕细琢的金色守护神"雅"的半兽脸上。清显之前竟然没见过这么显眼的东西，足以说明他并不关心别人。

"这枚宝石戒指是我的生日礼物。我五月份出生，馨香在为我饯行时送给我的。"巴塔纳迪多害羞地解释了一下。

"在学院里戴这么名贵的戒指，或许有人会指责并且让你将它摘下来。"清显吓唬他。

王子用暹罗语同库里认真地商量着平日里应该将这枚戒指放在哪里较好。但是他又感觉自己不经意间用暹罗语说话有失礼貌，于是就道歉，又用英语将刚才的谈话重复了一遍。清显说：那么我让父亲给您介绍一家可靠的银行金库吧。库里沙达殿下也拿出了他的女朋友的照片之后，关系逐渐融洽后王子们就要求看看清显的恋人的照片。

刹那间，年轻人的虚荣心促使清显说道：

"日本不习惯相互交换照片。只是，最近肯定会将她介绍给你们认识。"

……清显真没有勇气将聪子的照片拿给他们看。那张照片是他小时候贴到影集里的。

清显知道自己很英俊,一直生活在别人的赞美中,但是现在他都已经十八岁了,还在这府第里过着寂寞的生活。除了聪子,他没有交往过任何女朋友。

聪子是他的女朋友,也是他的死对头,根本不像王子们所说的那样,是感情甜蜜如胶似漆的偶人。清显对本人和自己周围的所有人都不满。他甚至觉得他那慈爱的父亲酒后在"散步"途中所说的那番话也是在污蔑和嘲笑他的孤独和爱幻想。

现在,清显因为自尊心拒绝的一切,却统统反过来伤了他的自尊心。暹罗王子们拥有健康的黝黑皮肤、炯炯有神的眼睛,虽然他们还年轻,但是他们又长又细且黝黑的手指却擅长爱抚,一切都像在对清显说:

"啊?像你这种年纪,竟然没有恋人?"

清显无法完全控制自己的情绪,但他还是尽量保持优雅,说道:

"过段时间,我肯定会给你们介绍。"

但是,如何才能将她的美展示给这两位异国新朋友呢?

清显犹豫了很久,终于在昨天给聪子写了一封言辞激烈的信来侮辱她。那封信的内容,经过多次修改、字斟句酌,用词很犀利,字字句句都深深地刻在他的脑海中。

……我都是被你逼的,很抱歉,我必须给你写这封信。

信是这么开头的。

你告诉我一个那么无聊又可怕的谜,却不告诉我怎么解开谜底,这个谜让我手发麻,以至于完全变黑了。我不得不开始怀疑你这么做是为了什么。你这么做,一点都不优雅,更别说什么狗屁爱情了,根本连友情都算不上。我觉得你就跟恶魔一样,你肯定自己也不知道为什么这么做吧,但是我知道你确实有个明确的目标。但是,出于礼貌,我还是不说了。

然而现在,你的一切努力和目的都是徒劳。我很生气(间接原因是你造成的)终于迈过了人生第一道坎,我有时候会陪着父亲去烟花之地寻花问柳,所有男人都喜欢去这种地方。说实话,我睡了我父亲给我介绍的艺伎。在社会道德许可的范围内,我作为一个男人享受了一把。

很幸运,这一夜春宵彻底改变了我。我对女人的看法也颠覆了,我开始会调戏和玩弄女人了。我认为这是那个世界给予我最大的教训了。曾经,我和父亲在对待女性方面意见不同,现在我却很明白,不管是否愿意,我都随我的父亲。

读到这里,也许你会抱着明治时代就过时的老观念,我进步了,你肯定高兴吧。或许你会嘲笑我,嘲笑我这种下流的人玩弄女性,会让那些正经人更尊重女性。

不,肯定不会的!这一夜春宵(如果说是进步也算是进步吧)让我毫无障碍地跑到了渺无人烟的旷野去了。那里没有艺伎和贵妇之分,没有下流人和正经人之别,也没有有教养的女人和淫荡的女人之别,总之,都一样。所谓的女人,一切都是骗人的。

只不过是淫荡的东西罢了,只不过是靠浓妆艳抹,难以启齿,我觉得你跟她们都一样。请你将从童年时代就认识的那个懂事的、单纯的、好欺负的、容易被人耍的、可爱的'清显',当作早就死了吧……

……还没有到深夜,但清显对两位王子说了声"晚安",就急匆匆地离开了,他们俩觉得好像哪里不对劲。当然了,清显还是一副绅士做派,乍看上去,他满脸堆笑,也很有礼貌,他十分仔细地检查了两位客人的寝具和其他用品,还听取了客人提出的各种要求,然后非常礼貌地走了。他从洋房走向正房,在长长的廊道一边跑一边想:"这种时候,我为何就没一个可以说说真心话的人呢?"

他一路上想了好几次本多的名字,但是本多不想讨好朋友,顿时清显又否决了。夜风从廊道上的窗边吹拂而过,一排昏暗的灯火仿佛没有尽头。清显跑得喘不上气来,他怕别人看到他的狼狈并指责他,于是就在廊道的一个角落里停下脚步,但还是喘着粗气。他将胳膊肘靠在连接着万字形的雕花窗框上面。看着院子,尽量让自己冷静下来。这与梦境不同,现实是一种没有可塑性的素材。这不是飘忽不定的感觉。这种感觉就如同具有立竿见影效果的黑色小药丸,他必须将这种思绪变成自己的。他深深地感到自己的无能。从带暖气的房间中走出来,廊道上扑面而来的寒气让他瑟瑟发抖。

清显把头贴到咯咯响的窗玻璃上面,看着院子。今天晚上红叶山和中之岛都黑漆漆的,没有月光,在廊道昏暗灯光的照耀下,可以隐约看到湖面上泛起的涟漪。他感觉湖中的甲鱼好像都伸出头来盯着他看,禁不住打了个寒战。

清显回到了正房中,正要走到自己的房间,但是在台阶的门框处碰到了学仆饭沼,他突然很生气。

"客人都休息了吗?"

"嗯。"

"少爷在这里休息吗?"

"我还要学习呢。"

饭沼今年二十三岁了,是夜大高年级的学生,他好像刚从学校回来,一只手里还抱着好几本书。他那日渐沧桑的脸上又多了一些忧郁,他的肌肉像大衣橱那么深,让清显有点害怕。

清显回到自己房间,没有点暖炉,房间很冷。他很烦,坐立不安,脑子乱七八糟的。

"得快点儿了。难道晚了吗?我已经给她寄过那封信了,几天之内需要尽量让她以自己的情侣的身份介绍给那两位王子。而且还要做得天衣无缝的,让大家都觉得很自然。"

有些没有来得及读的晚报,乱七八糟地堆放在椅子上面。清显不经意间看到了其中一张,看到帝国剧场要表演歌舞伎的广告之后很开心。

"带这两位王子去帝国剧场。聪子肯定还没收到昨天寄出去的信,或许还有希望。父母或许不同意他和聪子去看戏。假装偶遇也行吧。"

他飞跑出房间,跑下台阶,径直奔到大门口,他在进电话亭之前悄悄地看了一眼大门口亮着灯光的学仆室。饭沼好像还在学习。

清显拿起话筒,将电话号码告诉了交换台。他很激动,刚才的寂寞情绪已经荡然无存了。

"是绫仓家吗?请问聪子在家吗?"清显向接话人询问了一句,那个人的声音很耳熟。晚上从遥远的麻布传来了那人非常恭敬但明显不开心的回应:

"您是松枝府上的少爷吗?抱歉,现在已经很晚了。"

"她已经睡觉了吗?"

"没有……哦,可能还没睡。可是……"

清显一再请求,聪子终于接电话了。清显听到她清脆的声音感到很幸福。

"清显,这么晚了,有什么事啊?"

"我昨天给你寄了一封信。我想请你在收到信之后千万别看,你发誓收到后立刻将那封信烧掉。"

"可是,还没看就……"

聪子喜欢遇到事情就搞暧昧。乍听上去她的语气很平和,但是清显却觉得在平静中她已经开始一贯的伎俩了。所以,清显很着急。就算这样,在这个寒冬的深夜里,聪子的话却像是六月的杏子,稳重、温馨且成熟。

"所以,什么都别说了,你要保证在收到我的信之后别打开看,立即将它烧掉。"

"好吧。"

"你保证啊?"

"保证。"

"另外还有一个请求……"

"你事真多,清显。"

"我已经买了后天帝国剧场的票,请你带着蓼科一起去帝国剧场看戏。"

"哦!……"

聪子不说话了。清显怕聪子拒绝,但是他很快就感觉自己错了。清显知道绫仓家里现在的经济状况,一个人两块五的费用也不低。

"对不起,我将票给你寄过去。如果咱俩坐一块儿,别人肯定会嚼舌根子的,所以我安排咱俩离得远点。我还请了暹罗的两位王子去看戏。"

"啊,多谢关照,蓼科肯定会很高兴的。我接受你的邀请。"聪子说。

聪子很坦然地说出了她心中的喜悦之情。

七

　　清显在学校也邀请本多去帝国剧场看戏了，听说要陪两位暹罗王子，他有点儿放不开，但还是很开心地答应了。不过清显没有跟他说会在剧场里偶遇聪子。

　　回家吃晚饭时，本多将这件事情告诉了父母。父亲本认为有的戏不一定好看，但是想到儿子已经十八岁了，不该过多地干涉他。

　　本多的父亲是大审院的法官，在本乡的宅第中居住。宅第里也有很多明治式的洋房，家里的氛围一直很正经且认真。家中有好几个学仆，书库和书斋里藏书很多，走廊上也有深色皮书烫金字的精装本。

　　本多母亲很没劲，是爱国女人会的负责人。对于儿子和不喜欢参加这种活动的松枝侯爵夫人的儿子交情颇深这事，她感到很无奈。

　　此外，她觉得本多在学校的学习成绩、在家中的自习以及身体、言谈举止都很棒。因此，不管对自己人还是对别人，她都觉得自己教子有方。

　　她家大大小小的物品，甚至连最小的家具都很经典。正门前的盆栽松树，写着"和"字的屏风、客厅的成套烟具，或者带穗子的桌布都很经典，甚至厨房的米箱，厕所的毛巾架，书斋的笔盘、镇纸等用具都很经典。

　　家里的话题也一样。朋友家中总有一两位老人喜欢说些奇闻趣事，比如透过窗户可以看到两轮月亮时大声喊，其中一个月亮就会显出狐狸的原形逃走；等等。说的人一本正经地说，听的人一本正经地听，现在还保留着这种风气。但是，本多家里因为家长要求很严格，甚至不让老侍女说这种愚蠢的话。因为这家的家长常年留学德国学习法律，崇尚德国的理性。

本多和松枝侯爵家相比，他发现了一些有意思的事情。松枝家崇尚西式生活，家中有数不清的进口货物，他家里思想却很保守，过着保守的日式生活，但精神生活更倾向于西式。就连父亲使唤学仆的方法也不同于松枝家。

本多当天晚上预习完二外法语，想到早晚要上大学，需要多学点知识，还因为对所有事情追根究底的好奇，于是大量阅读从丸善书店邮购来的法语、英语和德语的法典解说。

不知道为何，他听了月修住持尼宣讲后，就觉得自己曾经关注的欧洲自然法思想并不完善了。这种思想从苏格拉底开始，经过亚里士多德时代，成为罗马法的核心思想。在中世纪，通过基督教形成严密的体系，在启蒙时代发展迅猛，出现盛极一时的自然法时代，但是现在几近消失了。经过两千年的思想变化，每次复兴都焕然一新，但其他思想都比不上这种思想的执着。这种思想保持着欧洲的理性信仰最古老的传统。但是，这种思想越顽强，本多就越发现这种积极向上的人生观具有阿波罗神一般的力量，这种力量在最近两千年期间一直受到黑暗势力的迫害。

不，何止是黑暗势力，光明也受到威胁，所以就会不断摒弃比自己更加优秀的思想。莫非这种包括黑暗在内的光明没法体现在法治世界中？

即便如此，本多对十九世纪浪漫风格的历史法学派或者民俗学式的法学派的思想并不感兴趣。明治时代的日本要求的不是从这种历史主义诞生的、国家主义的法律学。但是，他关注的是在法律基础上建立的自然法思想。他最近还想了解法的普遍性所包含的极限。如果法能超越被希腊时代之后的人生观制约的自然法思想，迈向更加普遍的真理（若有），法本身也许会瓦解。本多喜欢在这样的领域胡思乱想。

年轻人的这种想法太危险了。但是，罗马法的世界就好像将几何学式建筑物的幻影，清晰地投映在明亮的土地上。罗马法的世界在现在所学的近代实定法基础上没有变过，他有时候希望摆脱明治时代保留下来的日本的忠实继承法，关注亚洲其他范围更广且古老的法秩序方面，也是情理之中的事情。

刚好丸善书店寄来了 L. 德隆相的《摩奴法典》，里面有解答本多疑问的答案。

《摩奴法典》是公元前 200 年至公元 200 年间印度古法典的精华。到现在，它在印度教教徒当中还颇受欢迎。这部法典共十二章二千六百八十四条，包括宗教、习俗、道德、法律等，从宇宙的起源说起，甚至涉及盗窃罪和继承权。亚洲的混沌世界和基督教中世纪的自然法学那样井井有条的大宇宙和小宇宙的对应体系形成鲜明对比。

但是，和罗马法的诉讼权一样，它们的根据都是不同于近代的权利概念的思想，没有权利救济的地方就没有权利，《摩奴法典》也是在有关神圣的过往和婆罗门法庭仪式的规定之后，将诉讼事件限定在负债不还等仅有的十八个项目之内。

本多没想到原本枯燥乏味的诉讼法竟然有这种内容，诸如将过往通过事实审理，弄清是否正确，比作"如同猎人通过血滴找到了受伤的小鹿的窝"；还列举了国王的义务，说"好像因陀罗在四月的雨季，下了太多雨"，将恩惠都滋润着王国的土地。这部法典的独特之处吸引了本多，他继续往下读，终于读到最后一章，那文字既像不可思议的规定也像格言。

西方法律的定言命令，都是基于人的理性的。但是《摩奴法典》却说明了理性无法估计的宇宙法则，也就是说它很自然地、天经地义地用通俗易懂的方法提示了"轮回"的问题。

"行为来自身体、语言和意志，也产生善恶的结果。"

"在这个世界上，精神同肉体相连，有善、中、恶三种区别。"

"人让精神承受精神的结果，让语言承受语言的结果，让身体承受身体行为的结果。"

"由于身体行为的错误，人下辈子会变成树、草；因为语言的错误，会变成鸟、兽；因为精神的错误，则会降生到下等阶级。"

"对一切生物，能克制精神、语言和身体，还能完全控制爱欲和愤恨的人，就能修成正果，即得到最终解脱。"

"人正是凭借智慧，看清楚个人灵魂的基于法和非法的归宿，必须经常将意志专注于获得法上面。"

就是在这里，也像自然法那样，法和善业意思相同，在悟性方面，它在不好掌握的轮回转世这方面有所不同。从另一方面来说，这不是理性的做法，而是一种报应的恫吓，也许可以说这是一种法的理念，比起罗马法的基本理念，它不怎么信赖人性。

本多不想继续深究这个问题了，也不想继续专注古代思想的黑暗。但是，作为一个法律专业的学生，他要站在确立法的一边，不过他无法摆脱现在对实定法的怀疑和内疚。在考虑现在的实定法的复杂情况时，他发现了自然法的神的理性和《摩奴法典》的根本思想，比如有必要经常从更广阔的视野中呈现明朗的蔚蓝天空和夜里星光闪烁的天空。

所谓法律学，真是一门不可思议的学问，就好像一张网眼细小的网，法网恢恢疏而不漏。最后它还张开自古以来的大网眼的大网，甚至将运行的星空和太阳也捞上来了，干着贪婪的渔夫一样的撒网工作。

本多埋头苦读，忘记了时间，他觉得该睡觉了。他担心明天若睡不醒，就不好意思接受清显的邀请陪外宾一起看戏了，那样太有失体统。

他想起那位令人捉摸不透的美貌朋友，就觉得自己过得太刻板了，心中不由地有点忐忑。他又隐约地想起来另一位同学的话：那位同学在祇园的茶馆中，曾将坐垫卷起来当作橄榄球，和许多歌舞伎在客厅里玩室内橄榄球。

本多还想起今年春天的一件事，虽然别人觉得这不算什么，但对本多家族来说，却是大事。这件事就是祖母十周年忌日，在日暮里的菩提寺做法事时，参与的亲戚们在法事结束后顺便都聚集到本多家中。

在这些客人当中，本多的表妹房子姑娘最年轻、最漂亮，而且还很爽朗、活泼。本多家的气氛比较沉闷，但是她却经常笑，甚至让人觉得有点儿傻。

虽然说是做法事，但人们早已忘了死者，一切都成为遥远的记忆了。亲戚们难得一聚，他们滔滔不绝地谈着话，都争先恐后地说着自己家里刚出生的婴儿，而不是追忆死者。

三十多位客人到本多家里的每个房间参观了一番，不管走到哪个房间，都能看到书籍，这让大家很吃惊。好几个人提议要看一下本多的书斋，所以就去了，在他的书桌周围转悠了一圈，然后就陆续走了。最后，房间中就只剩下房子和本多了。

两人坐在了墙边的长皮椅上。番邦穿着学院的校服，房子穿着一身紫色的长袖和服。人们都走了之后，两个人有点不好意思，房子也不笑了。

本多原本想好好招待她，让她看看影集什么的，但是恰巧他没有这些东西，而且房子好像突然有点儿生气。以前，本多讨厌房子太活泼，经常大声笑，拿他开玩笑（自己长她一岁），行为轻浮。虽然房子就像夏天的西番莲花那样美丽迷人，但是他决定：一定不会娶她这种女人当老婆。

"真累啊！繁邦哥你不累吗？"

说完之后，房子趴到繁邦的膝盖上。这一刻房子的腰带系得很高的身子突然像墙壁倾颓一样，繁邦的膝盖承受着房子浓郁芳香的身子的重量。

繁邦不知所措，他低着头看着压在他膝盖和大腿处沉重而娇柔的身子。就这样持续了很久，因为他束手无策。房子将脸埋在表哥穿着蓝哔叽裤子的大腿上，不愿意动。

这时候，隔扇被打开了，母亲和伯父、伯母突然走了进来。母亲一下子沉下脸来，繁邦很激动。房子却慢悠悠地看着他们，然后非常疲惫地抬起头来说道：

"我累，头很疼。"

"哎哟，这样可不行。给你吃点药吧。"本多母亲热情地说。

"不，还不用吃药。"

……后来这件事便在亲戚中传开了，还好本多的父亲不知情。

但是本多却被母亲训斥了一顿。从此以后就再也不见房子来本多家做客了。

本多一直对膝盖上的温馨念念不忘。

房子的身体、衣服和腰带的分量全都压过来，但是不知道为何，繁邦只记得那美丽且聪明的脑袋的重量。披着乌黑亮丽的头发的头就好像香炉一样压在他的膝盖上，他觉得这具香炉透过自己的蓝色哔叽服在不停燃烧，就好像远方失火所感受到的炽热一样。这种炽热到底是什么呢？房子是在用这具陶器香炉中的烈火来诉说她那说不出的爱吧。尽管这样，她头部的重量又好像是某种严苛的谴责。

房子的眼睛呢？

她歪着头趴在他的膝盖上，他一低头就能看到她那双大眼睛。这是一双容易受伤的、湿润的、黑溜溜的眼睛。这双眼睛好像一只蝴蝶一样，轻盈地在上面短暂地停留。一眨巴眼睛，她的长睫毛就如同蝴蝶在扇动翅膀。眼眸如翅膀上奇妙的斑纹……

本多从未见过这样一双眼睛：它很不诚实，如此近在眼前却又那么冷漠，就好像马上要飞走了一样，带着一种不安、浮动，和水准器的气泡一样，从倾斜到平衡，从精神恍惚到精力集中，不停地来回转动。

这肯定不是媚眼。这眼神比刚才笑着说话时看上去更孤独。这双眼睛能让人感觉到它诚恳地反映出了她内心无尽的闪烁和变化。

而且，这使别人感到为难的甜美和芳香，肯定也不是故意献媚。

……那么，这种近乎无限、长时间占据的东西是什么呢？

八

　　从十一月中旬到十二月十日这段时间，帝国剧场演出的节目并不是由著名的女演员演的，而是由梅幸和幸四郎等演员演的歌舞伎，清显决定还是让外国客人看歌舞伎吧。但是他不太了解歌舞伎，甚至也不熟悉《平假名盛衰记》《连狮子》等节目。

　　因此他邀请了本多。本多利用学校的午休时间，去图书馆查找了这些节目的相关资料，准备给两位暹罗王子讲解。

　　这两位王子只是因为好奇才观看外国戏剧的。放学之后，清显立刻带着本多回家，并且第一次将本多介绍给了这两位王子。本多用英语将今天晚上要看的剧目的内容大致向这两位王子说了一遍。但看上去，这两位王子并不太积极。

　　朋友本多这么真诚和认真，让清显有点儿不安，他尴尬地笑了一下。对他们任何一个人来说，今晚的戏本身并不是他们的主要目的。清显只担心若聪子违反誓言将信拆开看了该怎么办？他有点儿心不在焉了。

　　侍者来报告说：马车已经准备就绪了。马朝着冬日黄昏的天空嘶鸣了一阵，喷出白色的鼻息。马身上的臭味在冬天也变淡了，铁蹄在冰冷的地面上踏步发出格外清晰的声音。在这个季节，马的确有一股威严骁勇的架势，清显非常喜欢这种力量。在嫩叶丛中驰骋的马的确是一匹良驹，而在暴风雪中驰骋的马则如同一团飞雪，被北风卷成冬天旋涡般的气息。

　　清显喜欢马车。尤其在他忐忑不安时，马车摇晃起来可以搅乱他的不安，那独特的执拗形成的固定旋律。他能感觉到身边的马，确切地说是马在赤裸的屁股上甩动的尾巴，也能感受到竖立的马鬃和从咬牙的泡沫垂流下来的唾液，马车内这种马的力量与优雅融合起来的气氛,就是他所喜欢的。

清显和本多穿着校服和外套,两位王子则穿着毛皮领子大衣,但他们还是感觉有点儿冷。

"我们很怕冷。"巴塔纳迪多殿下无奈地说,"我曾经吓唬过一个去瑞士留学的亲戚说,那个国家很冷啊。但是我没想到日本也这么冷。"

"很快就会习惯的。"本多已经和王子们很熟悉了,他安慰他们道。

很多穿着披风大衣的人们穿行在大街上,商店早就挂上了年底大甩卖的海报。王子们询问挂海报是不是在庆祝什么节日?

这一两天,王子们流露出淡淡的乡愁。爽朗甚至有点儿轻浮的库里沙达殿下也开始想家。当然,他还不至于任性到无视清显的款待。但是,清显总觉得,他的思想已经漂到大洋中去了。这样说他反而更开心。因为他觉得,如果心灵的一切都被封闭在现有的肉体中不能浮动,那他肯定很郁闷。

冬日的日比谷护城河很早天就黑了,帝国剧场的三层白砖墙建筑物呈现在眼前。

他们到时,第一个新节目已经上演了。清显看到在自己斜后方二三排并排而坐的聪子和蓼科,俩人彼此对视一眼。清显看到聪子笑了,就说明她已经原谅了一切。

舞台上镰仓时代的武将们跑来跑去的场面,清显却因为幸福而两眼蒙眬,看不太清楚。清显的自尊心从忐忑不安中获得了解放,使他觉得舞台上只有自己光辉的影子。

"今晚,聪子看上去更美丽了。她肯定是精心打扮之后才来的。她是按照我所期望的姿态来的。"清显不断这样想着。他觉得这时候无法回头看聪子,但他的后背仍能感受到她的美,这种感觉多美好啊!那是可靠的、丰富的、优雅的,完全合情合理。

今天晚上,清显只希望聪子打扮漂亮就够了,这是之前从来没有过的。回想起来,清显从来没有想过只将聪子当成一个美丽的女人来看待。聪子也从来没有公开攻击过他。他却一直觉得聪子是绵里藏针，是柔中带刚，并且不管自己是何心情都爱着自己。她绝没有把自己当作一个平静的对象放在心里，为了不让她躺进自己心中，清显紧闭心扉，不让她的激情感染他。

中场休息时。一切都在顺其自然地进行着。清显开始悄悄对本多说聪子也来了。本多朝后面看去，很显然他不认为和聪子是偶遇。清显看见本多的眼神之后就放心下来。这眼神确实可以说明本多不会苛刻地要求朋友要诚实，这就是清显理想中的友情。

人们涌向走廊。他们从吊灯下通过，聚集在窗前，从这里可以看到正对面的护城河和夜色下的石墙。清显和之前有点儿不一样，他今天有些兴奋，耳朵都发热了，他将聪子介绍给了两位王子。当然了，在介绍时，他可以比较平静，但出于礼貌，他也模仿着王子们介绍自己恋人时的那种孩童般的热情。

毫无疑问，他能够将别人的感情模仿得仿佛是自己的感情那样，是因为这时候他心情很好，态度坦然。他认为，自然的感情是阴郁的，越远离它就会变得越自由。为什么呢？因为他自己一点儿都不爱聪子。

老女仆蓼科毕恭毕敬地退到了大柱子后面，她肯定不会跟外国人交心，从她将带梅花刺绣的和服领子紧紧拢起来就能够看出来了。蓼科没有大声说些感谢招待的话，这令清显比较满意。

王子们看到眼前的漂亮女子立刻就活跃起来。这时候，清显很快注意到自己将聪子介绍给他们时，他们的表情怪怪的。昭披耶做梦也没有想到清显是故意在模仿自己质朴的感情表达方式，还为自己第一次发现清显是个正直大方的青年，而对他有了一种亲切感。

聪子不会说外语，但是在两位王子面前，却不卑不亢、落落大方，本多被聪子这种高雅的气质深深地打动了。聪子穿着合身的京都式三重窄袖便服，被四个年轻小伙子围着，犹如亭亭玉立的鲜花，姿态华丽又威严。

这两位王子先用英语询问聪子一些问题，清显担任翻译。聪子每次回答都会冲着清显微笑，好像在征求他的同意，因为聪子的微笑很完美，这让清显又感到有点儿不安。他想：

"她真的没有读那封信吗？"

应该没有，如果她读了，态度肯定不会是今天这样。首先，她肯定不会来这里。可以肯定的是打电话时，信还没有寄到。但信到了之后，她有没有读就不得而知了。清显恨自己没勇气问她，以便听到她说"没读"这样的肯定回答。他烦自己的胆小。

他装作若无其事的样子，开始比较聪子的声音、表情和前天晚上她那爽朗的回答声，想看看是否有什么明显变化。他又开始不安起来。

聪子的脸上有一个像象牙雕的古装偶人那样端庄匀称的鼻子，但并没有高到给人冷峻的感觉，随着那一双顾盼生辉的眼睛，她的侧面时而显得开朗时而显得阴郁。一般来说，秋波撩人是一种低俗的动作，但在聪子绝非如此，她的微笑融入话语中，微笑的余波又转到眼神中，整个表情包含在优雅的流动中，让人感觉很愉悦。

她的嘴唇很薄，笑的时候露出整齐洁白的牙齿，在吊灯的映照下闪闪发光。她总是用纤柔的手，去遮掩湿润的口腔里那清纯的亮光。

王子们过分的恭维，令聪子脸红耳赤，但是清显看不出来，在秀发的掩盖下露出来的水灵灵的娇嫩的耳垂是因为害羞变红的，还是本来就染了胭脂。

但是，她眼睛里发出来的明亮强烈的目光让清显感觉到害怕，感觉不可思议，能够穿透一切。那才是果实的核心。

《平假名盛衰记》开演的铃声响了。大家都回到了各自的座位上。

"她是我来日本以后见到的最漂亮的女孩。你真幸福啊！"

他们并排走过通道，在进入剧场时，昭披耶小声对清显说。这时候，他眼睛里已没有了思乡愁绪。

九

　　学仆饭沼在松枝家已经工作六年了,青春年少时那股雄心壮志也已经磨灭了,不再那么容易发脾气了,取而代之的是冷漠的愤愤不平。他怀揣着这种心情漠视着周围的一切。虽然,是松枝家的新家风让他有了这种变化,不过产生这种变化的真正起因则是十八岁的清显。

　　快要过新年了,清显即将十九岁。如果他能以优异的成绩在学院毕业,那么在他二十一岁那年的秋天就有希望到东京帝国大学法学系就读,这样的话,饭沼的工作就要结束了。奇怪的是,侯爵对松枝的学习成绩并不太上心。

　　如果任由他照现在这样下去的话,肯定是没有希望考进东京帝国大学法学系的。只能去那种学习院毕业的华族学生可以不经过考试就能入学的京都大学或者东北帝国大学。清显成绩平平。他不是很刻苦,也不爱好体育运动。如果清显成绩优异,饭沼也能沾光,会得到同乡的赏识。一开始,饭沼还很着急,后来就无所谓了。不管成绩怎么样,清显将来至少是个贵族院议员。

　　清显在学校里最好的同学是本多,本多成绩非常优异,虽然本多是清显的好朋友,但并没让清显在学习上有什么起色,本多在与清显结交的过程中,喜欢溜须拍马,奉承清显。这让饭沼很反感。

　　当然了,饭沼这样想也有嫉妒的原因。不管怎样,本多作为学友可以了解认识一个真实的清显,但是对饭沼来说,清显的存在就是时刻摆在眼前的一个美丽的失败证据。

　　清显长相俊美、举止优雅,性格优柔寡断,缺乏朴素的气质,天生不喜欢努力还特别爱幻想,风度翩翩、年轻稚嫩,娇嫩的皮肤,梦幻般的长睫毛……一切都与饭沼之前的美好希望相违背。他觉得这个小主人的存在就是对他的嘲讽。

被打击的怨恨和失败的痛苦长期折磨，便会将人的感情引到一种类似崇拜的境地。所以，每当人们说一些苛责清显的话，饭沼就会很生气。并且按照连自己也觉得莫名其妙的无理的感觉去体会年轻主人无可救药的孤独。

清显一直想离饭沼远点，肯定是因为他知道饭沼太急于表现自己。

松枝家里有很多侍者，但是只有饭沼眼中明显充满这种无礼的渴望。有位客人看到他这种目光，就问道：

"请原谅我的冒昧，那个学仆是社会主义者吗？"

侯爵夫人被这么一问大声笑了，因为她很清楚他的经历、日常行为和每天坚持参拜祖先的情况。

这个青年无法宣泄自己的情绪，只好每天早上参拜祖先，他经常在心中向未曾谋面的伟大祖先倾诉自己的情感。

饭沼之前都是直截了当地表达自己的情绪，后来逐渐变成了控诉连自己都不知止境的不满，这种不满都快弥漫整个世界了。

饭沼早上第一个起床。洗漱完毕之后，穿上藏青色碎白花纹的衣服和小仓产的裙裤，向祖先的祭坛走去。

饭沼从正房后面女侍的房间门口走过，然后走上丝柏树林间的小路。霜柱让地面膨胀了，他的木屐踩碎了霜柱，露出闪光洁白的断面。丝柏林树茶色的老叶中夹杂着些许干绿叶，冬天的阳光透过树叶的缝隙洒落下来，像薄纱。饭沼感觉到吐出来的白气可以净化自己的心灵。清晨，从蔚蓝的天空中不断传来小鸟的叫声。凛冽的寒风刺痛了他胸脯的肌肤，让他觉得心潮澎湃，有些可悲：为什么不能陪少年一起来呢。

饭沼找不到向清显吐露这种男子汉的豪情的机会，一半是因为他的过失，他无法在早上硬拉着清显出来散步；还有一半也是他的错。这六年当中，他没有让清显养成任何一种"好习惯"。

饭沼爬到了平坦的山冈上，树林的尽头就是宽阔的草坪，上面的草都枯萎了，草坪中间有条铺着大粒沙子的甬道。甬道尽头就是祖祠、石灯笼、花岗岩牌坊、石阶下面摆放两边的一对炮弹,都井然有序地沐浴在清晨的阳光中。早上这一带的空气异常清新、纯净,和松枝家正房及洋房弥漫着的奢靡气氛完全不一样,让人感觉好像钻到了一只新白木做的升斗里。从小到大,饭沼认为在这个宅子里只有关于死的东西才是真善美的。

爬上石阶站在神社面前,他看到一只小鸟将洒落在杨桐叶上的阳光搅乱了,这只小鸟红黑色的胸口时隐时现的。鸟儿发出的声音就好像打梆子一样,然后这只鸟在他眼前腾空飞起,就像是一只鹅鸟。

饭沼和往常一样,一边将十指合起来,一边在心中开始默念"先祖在上"。"为什么时代会没落到如今这种地步呢?为什么力量、青春、野心和朴素会消失,成了这么可怜的一个世界?您杀戮过,也曾差一点被人杀,您躲过了所有危险,开创了一个崭新的日本,登上至高无上的宝座,执掌所有权力,最后寿终正寝。怎样才能回到您生活过的那个年代呢?这么软弱又无情的时代究竟要持续到何时?不,难道是现在才刚开始吗?人们只看重金钱和女人。男人忘了男子汉该做的一切。同明治天皇的驾崩一起消失的还有纯洁的、伟大的英雄和神的时代。那种能够充分发挥青年才干的时代,难道就此一去不回了吗?"

"在这个时代,处处都有咖啡馆,电车上的男女作风混乱,女性专用车都生产出来了,人们早就不再尽职尽责地做工作。现在只会动动脆弱的神经,动动女人纤细的手指。"

"是什么原因造成的呢?为什么时代会变成这样?一切纯洁的东西都变得污脏的时代来临了?我伺候的令孙正是这个虚弱堕落时代的产物,现在我拿他也没辙了。事到如今,我是否该以死明志?还是希望祖先能够显显灵为我指一条明路?"

饭沼忘记了寒冷,只专心与先祖进行心灵对话。他低着头看了一下胸口,只见自己胸口处男子汉特有的胸毛在自己青碎白花纹的衣衫下面藏着,他感慨自己的肉体无法与纯洁的心灵相融。同时,他认为清显的肉体俊美、洁白、清秀,但没有男子汉爽朗且朴素的心灵。

  饭沼在认真地祈祷,他浑身发热,凛冽的寒风钻进了他的裙裤,他突然感觉胯间有股特别的感觉。这时,他从神社的地板下面拿了一把扫帚,发疯似的将周围打扫了一遍。

十

刚过完新年没多久，饭沼就被叫到清显的房中，他看到聪子家的老女仆蓼科也在那里。

聪子已经到松枝家来拜过年了，今天蓼科是一个人来拜年，还送来了京都鲜面筋，顺便悄悄来到清显房中。饭沼之前只是听说过蓼科，这还是第一次被正式介绍。他不知道为何要将他介绍给蓼科。

松枝家过年比较隆重，来自鹿儿岛的几十名代表先到旧藩主宅第，再到松枝家拜年，在黑漆方格天花板的大客厅里，松枝设宴招待他们，让他们品尝星冈的新年佳肴。吃过饭之后，还让人端上冰激凌和白兰瓜，大受称赞。今年因为明治天皇的丧事，只来了三个人。其中有一位是受松枝家先祖关照过的、饭沼母校的中学校长。每次侯爵赐酒给饭沼时，总是要在校长面前夸赞"饭沼很优秀"，今年也依然如此。校长也是用老生常谈的话表示感谢。今年或许是因为人少，饭沼觉得这种仪式只不过是形式主义，没有什么实质性，只剩下一具空壳。

当然了，和往常一样，饭沼不能列席拜见侯爵夫人的女宾席，当然，年纪大的女宾，也从来没有去少爷房间拜访的。

蓼科穿着下摆印有黑色家徽的和服，工工整整地坐在椅子上。喝了一杯清显招待她的威士忌，有点醉醺醺的，梳得整整齐齐的白发下面的京都式浓施粉黛的额头，就好像雪中的红梅。

三人聊到西园寺公爵，蓼科将视线从饭沼身上移开，立刻将话题拉回来。

"听说西园寺先生从五岁开始就喜欢抽烟、喝酒。虽然武士门第家教很严，但是少爷您也知道，在公卿家，从您小时候开始，令尊就放手不管了。这也不奇怪，孩子从一出生就有五等爵位称号，从某些意义来说，就好像是朝廷寄养的大臣，令尊尊重朝廷，因此就不会苛待自己的孩子。另一方面，关于圣上的事情，公卿家庭向来保持沉默，不像诸侯家的家属之间那样直言不讳地议论圣上。因此，我们家的小姐由衷地尊敬圣上。当然了，还不至于对外国朝臣也那么敬重。"关于款待暹罗王子，蓼科讽刺了一句，然后又赶紧说，"不过，我们倒是托他们的福，才看到了一场没有看过的好戏，受益匪浅。"

清显由着蓼科唠叨下去。他专门将这个老女仆叫到房间，主要是想解开那件事情之后心里留下的疑问。劝完酒之后，他赶紧询问：聪子真没看信就烧掉了？没想到蓼科回答得很清楚。

"啊，是那件事吗？小姐接到您的电话之后，就立刻吩咐我，第二天收到信之后，我没拆就将它扔到火里了。您要是为了这件事的话，尽管放心吧。"

清显听完这句话，顿时豁然开朗，眼前呈现出各种令人开心的景象。聪子没有看那封信，一切都当没有发生过，仅此而已，但是他却感觉眼前好像有另一番新景象。

聪子勇敢地朝前迈了一步。她每年都会在亲戚家的孩子在松枝家聚会时来这里拜年。那天，在一群从两三岁到二十来岁的小客人当中，侯爵就像是这些客人的父亲。只有这天，不管对哪个孩子，他都会亲切地嘘寒问暖，和他们谈笑风生。聪子跟在一群想去看马的孩子后面，清显也陪着一起到了马厩。

马厩中挂上了稻草绳，四匹马正在吃草，一会儿将头伸到饲料槽中，一会儿忽然抬起头来，后退一步，踢一下板墙，很勇猛，从那光滑的马背上散发出新年的锐气。孩子们从马夫那里知道了每匹马的名字，开心地将紧握在手里的糯米点心朝着牙齿发黄的马嘴扔过去。马斜着充满血丝的眼睛，瞪着他们。孩子们感觉自己被当成了大人来对待，很开心。

聪子害怕马嘴里流出来的长唾液，躲在冬青树后面。清显将孩子们交给马夫，然后来到聪子身边。

聪子的眼里还有喝过屠苏酒之后的醉意。在孩子们的欢声笑语中,或许是因为喝醉了的缘故吧,她说的下面这些话可以视为酒后之言。聪子看着朝这里走来的清显,肆无忌惮地盯着他,发泄似地说:

"前段时间,我很开心。你跟别人介绍我时,好像将我当成了你的未婚妻,谢谢你了。或许两位王子很吃惊,觉得我原来这么老。不过,能够有这么一刻,就算死也值得了。你能够让我感受到那种幸福,但是你难得这样。我从未经历过这么幸福的新年。今年肯定会有好事到来的。"

清显不知如何回答,最后勉强用沙哑的声音说:

"怎么这么说呢?"

"一个人在觉得幸福时,就好像鸽子从新船下水仪式上的彩色气球中腾空飞起一样,话就会脱口而出。清显,你早晚会懂的。"

聪子在热情的表白之后总喜欢说这句清显最不喜欢听的话:"你早晚会懂的"。这是多自负的预言啊,多么倚老卖老的自信!

清显几天之前听到这样的话,今天又从蓼科那儿得到明确答复,他这颗有疑问的心早就豁然开朗,满怀着对新年的美好向往,反常地忘掉了每天晚上的噩梦,憧憬着美好的明天。因此,他想做一些和身份不相符的举动,将身边的阴影和苦恼抛却,让所有人都能得到幸福。施舍别人恩惠和喜悦,就好像使用精密仪器那样需要熟练。与以往不同,清显这时候却非常轻率。

他将饭沼叫到房间,并不完全出于因为自己已经消除身上的阴影,所以想看一眼饭沼开朗的表情的善意。

些许醉意掩饰了清显这种轻率。另外,老女仆蓼科看起来礼仪周全、谦恭谨慎,像一个有着数千年历史的老牌妓院里的老鸨子,她那皱巴巴的脸上的妖冶,这种风情的样子使清显的狂妄放肆也被淡化了。

"饭沼教给了我所有学习上的事情。"清显故意对蓼科说,"只是或许还有些事情他没有教给我呢。实际上,还有很多事情饭沼也不会,以后还要请蓼科指教一下饭沼呢。"

"少爷,看您说的!"蓼科殷勤地说,"他已经是大学生了。像我这种不学无术的人岂敢……"

"所以我说啊,学问方面没什么可教的了。"

"可不能打趣老年人啊!"

他们继续说着,忽略了饭沼的存在。清显没有让饭沼坐下,所以他一直站在那里,看着窗外的湖面。天阴沉沉的,一群野鸭子在中之岛周围游泳,松树梢上的绿叶带有几丝寒意,被枯草覆盖着的中之岛好像披上了蓑衣。

清显让饭沼坐下,饭沼才慢慢坐在了一张小椅子上面。他怀疑清显之前是不是真没看到他,或许清显是要在蓼科面前逞能呢。肯定是那样的。不过,饭沼很满意清显这个新的举动。

"喂,饭沼,蓼科刚才不经意间从侍女那里听到了一件传闻……"

"啊,少爷!那个……"蓼科急忙挥手制止,但还是来不及了。

"听说你每天早上去拜祭先祖是因为别的目的?"

"什么意思?"饭沼突然神色紧张,放在膝盖上的拳头也开始哆嗦。

"算了,少爷,别说了。"蓼科说。

老女仆将身子往椅背上靠了一下,就像一个歪倒了的陶偶人。她从心底升起一种歉疚不安的情绪,但那双轮廓鲜明的双眼皮眼睛半睁半闭,眼神犀利。痛快开心的情绪从她那镶了不太合适的假牙的嘴角边松弛的肌肉里渗透出来。

"在去祭拜祖先的路上,需要经过正房后面,肯定要经过侍女房间的格子窗下。每天早上,你会在那里和阿峰见面,前天终于将情书从那些格子窗中递给了阿峰,是吗?"

没等清显说完,饭沼就站起来了。他苍白的脸上细腻的肌肉好像在抽动,显然他在极力压抑自己波动的情绪。平日里,他的表情总是很压抑,今天清显很高兴能够在他脸上看到有点暗淡的红晕,好像就要炸裂一样。清显知道饭沼现在非常痛苦,但他还是决定将饭沼这张丑陋的脸当作充满幸福的脸。

"从今天起……我辞职"

饭沼说完，正想走出房间，蓼科跳起来了，想拦住他。装腔作势的老女仆的动作突然像豹子一样敏捷，让清显大吃一惊。

"你不能走。如果这样，我就不好做人了。如果因为我说了一些闲话，而让你因此辞职，那我也只能离开服务了四十年的绫仓家了。你就可怜一下我吧，冷静一点。你知道吗，年轻人太钻牛角尖可不行啊。不过，这又是年轻人的优点，也没办法啊。"

蓼科一边抓着饭沼的衣袖，一边以长者的身份心平气和又言简意赅地责备他。

这是蓼科惯用的伎俩了。她清楚现在有人真正需要她了，她有把握能够将这个世界的秩序维持好。她了解事情的走向，因此才有这种自信，就比如说一项重要的仪式马上要达到高潮了，但是不可能开线的衣服开线了、本不该忘记的演讲稿找不到了，如此等等。对她来说，这种可能不会发生的事情经常发生，她将自己无法预料的任务全部交给了一个机灵的缝补者。对这个冷静的女人来说，世上不会有绝对的安全。即使晴空万里，也可能会突然飞过一只燕子，将蔚蓝天空的寂静打破。

蓼科的弥补工作很迅速、麻利，无可挑剔。

后来，饭沼经常在想，瞬间的犹豫可能会彻底改变一个人未来的生活方式。这个一瞬间或许就像一张白纸上清晰的折痕，犹豫就可能彻底颠覆人生，就像原来白纸的正面变成反面，再也无法回到正面一样。

饭沼在清显的书房门口遇到蓼科，蓼科跟他纠缠了一番。他无意间在这一瞬间犹豫了一下。他想这下完了。在他还年轻的心中有这样一种疑问：难道阿峰会嘲笑自己写的情书并且会向大家公开吗？还是那封信被人发现了，让阿峰难过了？这个时候，这种疑问就好像破浪的鱼鳍疾驰而去一样掠过脑海。

清显看到饭沼回到小椅子上，感觉自己取得了初步的不值得夸耀的小胜利。清显已经绝望了，他决定不再对饭沼表示善意。他觉得只要自己感觉幸福就行，想干吗就干吗好了。他觉得这时候自己真的像是个成年人，真的有自由去表现优雅了。

"我这么说并不是想伤害你，也不是想戏弄你。我同蓼科商量是为了你，难道你不懂吗？我肯定不会将此事告诉父亲，并且尽量不让父亲听到这件事。"

"关于这件事，我想蓼科会给我们出主意。对吧？蓼科。阿峰是我们家最漂亮的侍女了，正是因为这样才出了问题。这件事就交给我吧。"

饭沼就像个无路可退的密探一样，瞪着两只眼，仔细聆听着清显的每一句话。只要仔细琢磨一下这些话就能发现里面有些弦外之音令饭沼极度不安。但饭沼没有去琢磨，只是按表面意思铭记在心。

饭沼从来没有见过，这位比他小的年轻人像现在这么开朗，不停地说着话，很有主人范儿，这确实也是饭沼所期望的。但没想到以如此出人意料、不近人情的方式实现了自己的愿望。

饭沼就这样被清显给打败了。这简直就好像自己内心的情欲被打败了一样，他有点儿纳闷了。刚才一瞬间的犹豫之后，自己长期以来觉得可耻的快乐，忽然就和光明磊落、忠实和真诚联系到了一起。那里肯定有陷阱、有欺骗。不过，从无法形容的屈辱深处，确实打开了一扇小金门。

蓼科装模作样，轻声附和道：

"一切都听少爷的，您虽然年轻，但是考虑问题却非常成熟周全。"

饭沼现在听到这样与自己的想法完全不一致的话一点儿都不觉得奇怪。

清显说："不过，饭沼以后也不要再为难我了，和蓼科一起帮我，我肯定会成全你的感情。让咱们和睦相处吧。"

十一

清显的梦的日记有这样一段记录。

最近很少见到暹罗王子,但不知为何,却梦到了暹罗。这也是我游暹罗的梦……

我坐在房间中央华丽的椅子上面,身子无法动弹。梦中的我总是头疼。因为头上戴着顶又高又尖镶满了宝石的金桂冠。天花板的房梁上有很多孔雀,它们时不时地将白色粪便拉到我的桂冠上。

外面,阳光火辣辣的。长满杂草的院子静静地接受烈日的炙烤。要说声音的话,就只有苍蝇轻轻拍打翅膀的声音、孔雀坚硬的脚掌时不时地改变着方向发出的摩擦声和孔雀的开屏声了。高高的石墙将荒芜的院子围了起来。这些围墙上面有宽敞的窗户,从这里可以看到椰子树的树干还有空中令人眩晕的白色浮云。

抬起头就能看到自己手指上戴着的祖母绿宝石戒指,这枚戒指本来是昭披耶戴着的,不知道何时竟然戴到了自己的手指上,那长着奇怪的金脸的守门神"雅"环绕着宝石的构思也一样。

我盯着反射着阳光的这颗浓绿的祖母绿宝石看,宝石里一块既不像白斑也不像裂纹,像霜柱一样晶莹剔透的东西。我突然发现里面浮现出一张乖巧的女人的脸。

我还以为是有个女人站在我身后,她的脸映入其中呢,我回头看了一下没有发现任何人,祖母绿宝石中女人的脸突然活起来,刚才还没有任何表情的脸上竟然有了明显的微笑。

有一只苍蝇落在我的手背上,我赶紧挥了挥手,再仔细看这枚戒指时,女子的脸已经消失了。

我不知道她是谁,有一种说不出来的悔恨和悲伤的感觉袭来,我就这样醒来了……

清显记录的梦境,经常喜欢加上自己的解释,无论是高兴的梦还是不祥的梦,都会有详细的解释,他尽量回忆起细节,如实将其记录下来。

虽然不看中梦境的意义,但是他重视梦本身,这种想法或许夹杂着一丝对自我存在的一种不安。相比而言,清醒时感情飘忽不定,还不如梦更确切实在。无人能确定感情是否"真实",但至少梦是"真实"的。感情是无形的,但梦是有形有色的。

清显在记录梦的日记时,并不一定是记录对不尽人意的现实的不满。其实,最近的现实情况挺令他满意的。

饭沼终于屈服,成为清显的心腹,经常联系蓼科,寻找机会让聪子和清显约会。清显觉得有了这样一个心腹就足够了,或许他实际上并不需要朋友。所以,不经意间就疏远了本多。本多心里觉得非常寂寞失望,因为他已经敏感地感觉到清显不需要自己视为友谊的一个重要部分了,因此他将原来和清显在一起虚度的时光都用在了学习上。他阅读了大量的英语、德语和法语的法律文学和哲学方面的书籍,他倒不是很想学内村鉴三,还钻研托马斯·卡莱尔写的《撒托·雷萨图斯》。

一个下雪的早晨,清显打算去学校,饭沼为了在清显身旁伺候,就来到了清显的书房中。饭沼最近一直很谦卑,消除了饭沼常有的忧郁神情和体形给清显带来的压力。

饭沼跟清显说,蓼科来电话说今天早上下雪了,聪子很兴奋,想和清显一块儿乘车赏雪呢,问清显能否向学校请假去接她?

这种要求太让人吃惊了,太任性了,对清显来说还是头一次呢。他已经准备好去上学了,一只手拿着书包,一边看着饭沼的脸，站在那里不知所措。

"你说什么？聪子真的这么想？"

"是的，这是蓼科说的，不会有错。"

可笑的是，饭沼这么肯定时，恢复了一些威严，并且还用眼神暗示如果清显拒绝这个请求，就会受到道德绑架。

清显看了一下背后院子里的雪景。若要说聪子这种任性行为伤害了他的自尊心，倒不如说让人心旷神怡，就好像用锋利的手术刀快速将自尊这种肿瘤切掉一般。这种迅雷不及掩耳之势，是忽视自己意志的一种新的快感。清显一边想"我还是听聪子的吧"，一边瞥了一眼飘落的雪花。雪不是很大，不至于有积雪。这些扑簌而下的细雪，闪着光飘落在中之岛和红叶山上，看一眼之后就挥之不去了。

"那么，你就打电话给学校吧，说我今天感冒了要请假。绝不能让我父母知道此事。打完电话之后，就去人力车站雇两个可靠的车夫，让他们准备一辆双人乘坐的人力车，用两个人来拉。我马上去车站。"

"冒着雪去吗？"

饭沼看到小主人的脸颊突然泛起一片红晕，非常好看。他背后的窗外大雪纷飞，在这种背景的烘托下，红晕染红了背景，脸颊更加有光泽、更加艳丽了。

饭沼凝视着这位自己亲手栽培、成长起来的少年，虽然没有什么英雄气概。但能够这样，先不管出于什么目的，只看他出发时眼里如火焰般的憧憬，自己心里就满意了，饭沼也觉得有点吃惊。现在清显正要奔向过去自己曾经看不起的方向，或许在怠慢中会有未知的意义。

十二

绫仓家位于麻布,是一座武士门第的宅第,长条屋左右两边设有镶了格子窗的警卫室。他们家人手不多,好像现在长条屋里没有人居住。大雪包裹着屋顶上的瓦棱,但看上去倒像是瓦棱轻轻将雪托成屋顶的样子。

有一个撑伞的人影站在便门旁,看样子是蓼科。车子快到时,影子很快就消失了,清显让车子停在门前等候,凝望着便门前飘扬的雪花。

过了一会儿,蓼科半张开雨伞,陪着聪子低着头穿过便门走了过来,聪子穿着紫色圆领和服短外衣,双手捂着胸口。清显感觉她的倩影如同从小茶室中把一枝大紫色荷花拽到雪中一般,华美艳丽得令人窒息。

聪子在蓼科和车夫的搀扶下,身子半浮在空中坐进车里。清显掀开车篷迎她,看到她的领口和头发上有几片雪花,她和雪花一起到了车上。她那白皙且光滑的脸上泛起微笑,让清显觉得好像有什么东西从单调乏味的梦里醒来,然后急速向他自己袭来。或许是因为聪子的重量而使车子失去平衡,车身摇晃了几下,这种感觉在这瞬间更强烈了。

一件紫色的香气袭人的大包袱钻入车中,清显觉得自己的脸颊周围飞舞的雪花好像突然间也发出了香味。聪子上车时因为惯性自己的脸差点儿碰到了清显的脸,她赶紧挺直身子,清显看见她脖子上绷起的青筋,如同白天鹅脖子上的筋疙瘩。

"为什么……为什么突然……"清显无奈地问。

"京都的亲戚病危,我父母昨天晚上乘夜车去京都了。现在家里就我一个人,我特别想见到你,昨天晚上考虑了一晚上,今天早上又下雪了,所以我们俩去看雪吧。我从小到大第一次这么任性。请你原谅。"她一改常态,喘息着天真地说道。

在拉车人和推车人的吆喝声中,人力车开始前行。从车篷的小窗户往外看,只能看到飘扬的黄色雪花。车厢中,昏暗在不停地摇晃着。

清显带来的一条深绿色苏格兰方格子毛毯盖在两个人的膝盖上。他们挨得很近,除了小时候已经模糊的记忆之外,这还是第一次呢。清显看到充满灰色微光的车篷缝隙时而打开,时而关闭,不停地有雪花飘进来,落在绿色的毛毯上,化成了水滴。雪花飘落在车篷上的声音,就像雨打芭蕉声般响亮,彻底吸引了清显。

车夫询问去哪里?清显回答说:

"随便,哪里都行,能走多远就走多远。"

清显觉得聪子也会这样想。随着人力车把的抬高,两个人的身体稍微往后仰了一下,他们还是有点儿拘束,甚至都没有牵手。

但是,毛毯下面的膝盖难免会发生碰撞,就好像是雪下的一团火。清显的脑海中又出现讨厌的疑问:"聪子真没有读那封信吗?既然蓼科肯定地说没读,那就没读。那么,聪子是将我当成一个不懂女人的男人来折磨吗?我怎么才能忍受这种屈辱呢?原先希望聪子不要看那封信,现在竟然觉得还不如让她看了呢。她如果看了,那这个飘雪的早上的约会明显说明这个女子在勾引一个懂女人的男子。如果如此,我也有办法对付……就算是这样,我不懂女人这个事实不就瞒不住了,不是吗?……"

在昏暗的四方形小车厢中,黑暗的摇晃将清显的思绪全部打乱了,他想将视线从聪子身上移开,但是除了看飘满雪花的浅黄色赛璐珞的亮窗,也没有别的地方可以看了。他最终将手伸到了毛毯下面。聪子的手在等他呢,就好像在温暖的巢中充满狡猾的等待。

一片雪花飘了进来,落在了清显的眉毛上。聪子看到了,禁不住"啊"的一声喊了起来。清显不由地将脸转向聪子,他觉得有股凉气扑到了自己的脸上。聪子突然将眼睛闭上了。清显对着闭着眼睛的脸庞,只看到涂了京都口红的嘴唇呈现出微暗的亮光。那张脸就好像是被指间轻轻掸了掸的花一样在摇曳，看不清轮廓。

清显的心怦怦乱跳。很显然，他感觉到紧束着他的脖颈的校服高领的束缚，很难受。他觉得没有比聪子静静地闭了眼睛的白皙脸庞更难以理解的了。

清显感觉到毛毯下面将聪子的手握得更紧了，如果将这个理解为暗示，清显肯定又要受到伤害，不过清显被这种轻微的力量诱惑了，情不自禁地吻了聪子的嘴唇。

车子的摇晃似乎要将他们吻在一起的嘴唇分开。清显极其自然地以两张嘴唇接触部位为轴心，采取能够抵制摇晃的姿势。清显觉得在这个轴心四周仿佛有一面非常巨大的、芳香四溢的扇子在逐渐展开。

这个时候清显忘了自我，但没有忘掉自己的美貌。从公平的角度看，自己的美和聪子的美好像水银一般相互交融。清显感到，那种拒绝、焦急和刻薄都是跟美无关的另一种东西，盲目狂信所谓孤傲的自我，不是肉体上的病态，而是精神上的一种病态。

清显内心的不安早就荡然无存了，他真切地感觉到了幸福的存在，于是更加激烈地亲吻着。接着，聪子的嘴唇也变得更加柔软。清显担心自己全身是否会融进她那温暖的、甜蜜的嘴中，因此自己的手指也想去摸点什么。因此，他将手从毛毯下拿出来，去拥抱她的肩膀，支撑她的下巴。这时候，他的手指碰到了她的下巴，他觉得她下巴的肉很嫩，骨头很软。他再次确切感受到，除了他，还有另外一个肉体存在，他们亲吻得更加融合、更加热烈了。

聪子流泪了。泪水流淌到清显的脸上他才感觉到。他觉得自豪。但是，在他的自豪感当中，没有一点儿曾经施给别人恩惠时的那种满足感。聪子身上的一切，那种年长者的批评口吻也荡然无存。清显的手指触摸她的耳朵、胸脯，他为自己所触摸到的所有新的温柔感到激动。他学会了，这就是爱抚。他将自己动不动就消失的隐约的感觉，依托到了有形的东西上。现在，他只顾着沉浸在自己的喜悦当中。这是他最忘我的境界。

接吻结束的时候，正如不情愿地从睡眠中醒来，尽管还在发困,但是无法抗拒透过薄眼皮射进来的玛瑙般的朝阳,身心残留着不舍和惆怅。那个时刻,睡眠的美妙感觉才到达顶峰。

嘴唇分开以后,如同刚才还在唱着美妙歌儿的鸟儿突然沉默下来,留下一阵不祥的寂静。两个人一动不动的,都不再看对方的脸。幸亏车身的摇晃自然而然地打破了这种沉默。他有一种好像着急要去干其他什么事情的感觉。

清显耷拉下眼皮,看到聪子穿着白布袜的脚尖,从毛毯下面小心翼翼地探出头来,好像察觉危险而从绿草丛中窥探周围情况的小白鼠一样。雪花轻轻地飘落在她的脚尖上面。

清显觉得自己脸颊发烫,像个孩子似的伸手摸了摸聪子的脸。聪子的脸也一样烫。他觉得满足了。只有这里是夏天。

"我将车篷打开,好吗?"

聪子点了点头。

清显伸手将面前的车篷掀起来。眼前四方形的积雪断面,静静地崩泻下来,如同要倒下来的白隔扇。

车夫看到之后将车子停下来。

"没事,走吧!"清显喊道。车夫听到背后传来爽朗有力的喊声,又开始卖力前行了。

"走!尽管往前走。"

随着车夫的吆喝声,车子又往前跑了。

"会被人看到的。"聪子潮湿的眼睛看着车底,皱着眉头说。

"管他呢。"

自己的声音充满了果断的回响,清显很吃惊。他明白了,他现在想面对这个世界。

抬头看去,天空好像雪花飞舞的深渊。雪花直接飘落在他们的脸上,如果张开嘴,肯定会飞进他们嘴里。如果他们俩就这样淹没在雪里,该多好啊。

"现在,雪花飘到这里来了……"聪子用梦幻般的声音说。她大概想说:雪花从她的脖子落到了胸脯。但是,雪花飘落时丝毫不乱。这种降雪的方式,具有仪式般的庄严。脸颊开始感到冷了,清显觉得自己的心也逐渐变凉。

刚好车子来到霞町的坡道，周围都是宅第，在一片沿着山崖的空地上放眼望去，能够看到麻布三连队的兵营。白茫茫一片的兵营里，没有一个士兵。突然，清显从这里看到了那些日俄战争图片中悼念得利市亡魂的幻影。

数千名士兵聚集在那里，远远地围着白墓标和飘着白布条的祭坛，低着头。这番情景和那张照片不一样，士兵的肩膀上有很多白雪，军帽的帽舌也都成了白色的。清显看到幻影的刹那间在想：其实那些都是士兵的亡魂。聚集在那里的数千名士兵，不仅是为悼念战友，也是为了悼念自己。

转眼间幻觉就消失了，眼前开始发生变化：高大的围墙中有一棵参天古松，上面挂着的新绳将松枝吊了起来，以防止松枝被雪压折，新绳子是鲜艳的麦色，绳上也挂满了积雪。二楼的毛玻璃窗户紧闭，隐约地透出灯光，这一幕现实的景象透过飘扬的雪花呈现出来。

"把车篷放下来吧。"聪子说。

放下车篷的帷帐，车厢内又变暗了。但是刚才迷人的氛围却消失了。

"她容忍、接受我吻她？"清显又和往常一样开始思索，"我吻得忘乎所以、自我陶醉，她是否会认为我太幼稚、太不像话呢？的确，那时候我只顾沉醉在自己的喜悦里了。"

这时，聪子说："该回家了！"的确，这句话很合理。

"她又随便发号施令了！"清显这样想着，瞬间就错过了拒绝的机会。如果清显这时候说"不能回"，那么清显还有主动权。清显只是用手触摸手里的沉重的骰子，就觉得指间也是冰冷的，这个象牙骰子还不属于他。

十三

清显回到家中,撒谎说因为觉得身上有点儿发冷,就提前从学校回来了。母亲听说后急忙去了清显的房间,执意要给他量体温,正吵嚷着准备叫医生时,饭沼来报告说,本多打电话来了。

母亲要替清显去接电话,清显好不容易才阻止了她。不管怎么样,他都要去接这个电话,所以家里人就用克什米尔羊毛毯裹住他的后背。

本多是用学校教务课的电话打来的,清显的声音听上去很不高兴。

"今天有点儿事,临时提前离校了。上午就没有上课,一定要对我家里保密啊。感冒?"清显一边留意电话室的玻璃门,一边压低声音说,"感冒不严重。明天就能去上学了,具体详情去了再跟你说……只休息一天,何必这么担心打电话来呢。未免有点太夸张了。"

本多挂了电话,感觉自己的好心被当成了驴肝肺,非常委屈,非常懊恼,从来没有对清显这么恼火过。与清显这种冷漠不高兴的声音和怠慢无礼的应付态度相比,他话中那种极不情愿让朋友知道了自己一个秘密的遗憾,更让本多伤心。到现在为止,本多记得自己从来没有强烈要求过清显告诉他任何秘密。

本多心情稍微平复了一下之后就反省道:"我也是,他只休息一天,何必打电话去问候呢……"

按捺不住去问候,不光是因为关心朋友,更是因为他心中有一种无法言表的不祥预感,所以才在休息时,从积雪的学校操场跑到教务课借用电话。

清显的座位从早上就开始空着。本多看到这番情景感觉很恐怖，就像是曾经有过的恐惧又出现在眼前。清显的桌子挨着窗户，窗外的雪光映射在这张刚涂了清漆的旧桌面上。桌子就好像一具蒙上了白布的坐棺……

本多回到家里还是闷闷不乐。这时候，饭沼来电话说，清显对刚才电话里的态度感到很抱歉，今天晚上会派车来接他过去，不知他能否前往？本多对饭沼这种低沉且生硬的语气更生气，他一口就回绝了：等到清显能上学之后再说吧。

饭沼将他的答复告诉了清显，清显觉得非常苦恼，好像真的生病了一样。所以，深更半夜时，清显把饭沼叫到房间，对他说：

"都是聪子的错。真的，女人会破坏男人的友谊。如果聪子一大早上没有那么任性妄为，也不至于让本多那么生气。"

饭沼听了大吃一惊。

深夜时，雪停了。第二天是个大晴天。清显不顾家里人的反对就去上学了。他希望比本多到校早点，这样可以主动跟他说早安。

但是，一觉醒来看到如此灿烂的清晨，清显压抑不住内心深处的幸福感，变成了另一个人。本多进来时，清显向他微笑，本多也若无其事地微笑了一下。清显在此之前想向本多坦白昨天早上发生的事情，但是他现在改变主意了。

本多回以微笑，但不想说话。他将书包放到抽屉里，走到窗边，看着下雪之后的晴天。他看了一下表，想必是觉得还有半个多小时才上课吧，就转身走了出去。清显自然也紧跟其后。

木质二层楼房的高中部教室旁有一座花坛，这座花坛以亭子为中心，呈几何形布局，花坛另一边是山崖，山崖下面是一个名叫洗血池的池塘。池塘周围树木环绕，有一条通往丛林的小径。清显想：本多不至于去洗血池那边吧。刚化雪的小路多难走啊。本多果然在亭子旁边停下，他将椅子上的雪擦掉，坐了下来。清显从铺满白雪的花圃中走向本多。

"跟着我干什么？"本多说着，眯起眼睛看了一下清显。

"昨天是我不好。"清显坦率地道歉。

"算了。是装病吧？"

"嗯。"

清显拂去本多身边椅子上的积雪，挨着他坐下来。

雪光很刺眼，眯起眼睛看着他，可以让感情的表面镀上金，帮着赶走尴尬的气氛。站着可以透过覆盖着雪花的树梢缝隙看到池塘，但是坐在亭子里就看不到了。从校舍的房檐、亭子的顶部和周围的丛林中传来雪融化之后发出的清脆的滴水声。周围的花圃上面覆盖着凹凸不平的白雪，表面已经结冰、下沉了，反射着花岗岩粗糙横断面似的细密的光。

本多原本以为清显肯定会坦诚他的秘密，但是又不能承认自己在等他交代。一方面又希望清显什么都不要说，因为他无法忍受朋友像施恩似的把秘密告诉自己。所以，本多就拐弯抹角地说：

"最近这段时间，我就自己的个性问题思考了一番，我觉得我至少在这个时代、这个社会和这个学校里是一个与众不同的人，你也是这样的吧。"

"是啊。"这个时候，清显勉强地、无精打采地回了一句，散发着独特的幼稚气息。

"但是，你想一想再过一百年会是什么样子呢？不管我们是否愿意，都会被卷入一个时代思潮当中。任人观察，没有别的办法。美术史各个时代的不同风格，残酷地说明这一点。当我们生活在一个时代模式中时，每个人都得通过这个模式去看待事物。"

"但是，当今时代是什么模式？"

"你是想说明治时代已经快消失了吗？但是，人们生活在一种模式当中肯定是看不到这种时代的。因此我们肯定也会被这种模式所包围。如同金鱼生活在鱼缸中，它自己感觉不到一样。"

"你只在感情的世界中生活着，别人觉得你正在发生变化，你自己也觉得自己是忠于个性而生活的。但是，没有什么可以证明你的个性。一句同时代的人的证言都没有。或许你的感情世界本身就体现出时代模式最纯粹的形式……但是，也没有什么东西可以证明这个。"

"那么，什么才可以证明呢？"

"时间。只有时间，时间的流逝将你我都包括其中，我们无意间无情地觉察出时代的共通性……因此，将我们彻底融合到一起的正是'大正时代的青年原来是按这样的方式思考问题、穿衣打扮和说话'的形式。你不喜欢剑道部那些人吧？对他们充满蔑视的情绪？"

"嗯。"清显应了一下。从裤腿钻进来的一股冷气让他不爽。白雪滑落之后的山茶树的树叶紧挨着亭子的栏杆，发出耀眼的光芒。清显看着晶莹的光芒说："嗯。我不喜欢他们，很看不起他们。"

现在，本多对清显这种无精打采的应答不再吃惊了。因此，他接着说：

"那么，如果再过几十年，若你和你最看不起的那些人被同等对待，你觉得会怎么样？那些人愚笨的头脑、忧伤的灵魂，喜欢指桑骂槐、狭窄的心胸，欺负低年级学生，对乃木将军疯狂的崇拜，通过每天早上打扫明治天皇种植的杨桐树周围觉得妙不可言的神经……将他们和你的感情生活一股脑儿地搅和在一起，同等看待。

"因此，基于此，现在我们生活的年代概括的真实就很容易实现。如同刚刚被搅浑的水平静下来，随即就在水面上泛起彩虹。的确，我们这个时代的真实，在我们去世之后才能轻易分离，谁都能看明白。百年之后，人们才会明白这个所谓的'真实'是不正确的，我们会被视为一个时代中具有某种错误思想的人。

"你觉得这种想法依靠的是什么标准呢？是那个时代的天才思想吗？是伟人的思想吗？不是的。后来的人界定那个时代的标准是根据我们和剑道部那些人的无意识的共通性，即我们最通俗的一般性信仰。所谓的时代，总是包含在一种愚昧的信仰当中的。"

清显不明白本多到底在说什么。不过，听着听着，他觉得一丝思想在心中萌芽。

可以看到几个学生的脑袋出现在二楼教室的窗口处。其他教室紧闭的玻璃窗上，反射着耀眼的太阳光辉，映出了蔚蓝的天空。这是学校清晨的景象。与昨天飘雪的早晨相比，清显觉得自己已经从昨天那种感情暗潮的动荡中回到了眼前这明亮的、洁白的理性校园里。

"这就是历史吧。"清显说。每次讨论，他都不无遗憾地觉得自己的语调远比本多幼稚，不过他还是想楔入本多的话题。"这么说，不管我们有什么想法、有什么希望、有什么感慨，对历史都毫无影响啦。"

"是的。就如西方人总是觉得是拿破仑推动了历史一样。人们总是觉得是你的祖父他们的意志创造了明治维新。"

"但是，事实真的如此吗？历史有哪次是按照人类的意志发展的呢？我看到你之后总是想：你既不是伟人，也不是天才，却有自己的特点。你几乎毫无意志。每当想到这样的你和历史之间的关系，我就很兴奋。"

"你在讽刺我吗？"

"不，不是讽刺。我在想有关干预毫无意识的历史事件的问题。比如，如果我抱着某种意志……"

"你的确有意志啊。"

"如果我发誓要改变历史，那么我就要奉献我毕生的精力，全神贯注地将我的一切努力按照自己的意志去改变历史。同时，也要获得能够达到这个目的所需要的尽可能高的地位和权力。就算是这样，历史也不一定按照我的意志发展成我期待的结果。"

"也许，历史在一百年、二百年或者三百年之后突然和我毫无关系，且表现出来的恰好是我梦想中、理想中和意志所追求的样子。或许，历史会按照我在一百年、二百年或者三百年前所期待的样子呈现。用我觉得无与伦比的美，微笑着冷漠地看着我，讽刺我的意志。"

"人们大概会说，这就是历史吧。"

"这不是一个时机问题吗？不是时机成熟了吗？别说一百年了，就说三十年、五十年，也肯定会经常发生这种事情。或许历史采取这种形式时，你就没有意志了，然后就成了一个无形的、潜在的细线，帮助历史的完成。如果你失去在这个世界上的任何生存机会，就算你再等几万年，历史也不会以这种方式出现。"

幸好有本多，使清显在陌生的抽象性语言的冰冷森林中感觉到自己身体微微发热的兴奋。清显觉得这种开心是无奈的。只是，看了一下周围枯木落在覆盖着白雪的花圃上的影子，以及充满雪水清脆的滴答声的皑皑世界之后，清显知道虽然本多直觉地感受到他依然沉浸于昨天记忆中的热烈缠绵的幸福中，却又表现出明显地漠然置之的态度，清显很开心，对这种如白雪一样纯洁的做法表示欣赏。这时候，从校舍的屋顶上滑落下来一大片雪，屋顶上露出了发着光的黑瓦片。

本多又接着说："到时候，百年之后，如果历史变成我所希望的那种形式，你把它叫作什么，'完成'吗？"

"肯定是完成。"

"那么，是谁的完成呢？"

"你的意志啊。"

"别开玩笑了。到时候，我早已经不在人世了。我刚才也说过了呀。历史的变化和我没有任何关系。"

"你不觉得那就是历史意志的结果吗？"

"历史有意志吗？把历史当作人非常危险啊。我觉得，历史没有意志，和我的意志没有半点儿关系。所以，结果不是任何意志产生的，这种结果肯定不能称为'完成'。事实证明，历史表面形式的完成就是崩溃的开始。"

"历史总是在不断地崩溃。同时，它又在准备下一个子虚乌有的结果。历史的形成和崩溃只有意义相同。"

"我很了解这种事情。不过咱俩不一样，我必须做一个有意志的人。就拿意志来说吧，或许它就是我的迫不得已的性格的一部分。确切的内容，一定不要对别人说。不过，大概可以这么说，人的意志其实是'试图和历史产生关系的意志'。我并没有说它就是'与历史产生关系的意志'。意志几乎是不可能和历史产生关系的，它只是'试图产生关系'罢了。这又是所有意志的结果。当然了，意志并不想承认这一切的宿命。"

"从长远看，所有人的意志都会受到挫折。人们往往无法如愿以偿，这也是情理之中的。这时，西方人会怎么想呢？他们觉得'我的意志就是意志，失败只是偶然的'。所谓的偶然就是排除所有因果关系的、自由意志能够承认的唯一不属于业的目的性。"

"所以，西方的意志哲学如果不承认'偶然'就无法存在。所谓偶然，就是意志最后的藏身处，是孤注一掷的赌注……如果没有偶然，西方人就无法解释意志的经常受到打击和失败的原理。我觉得这种偶然、这个赌注才是西方神的本质。既然意志哲学最后的藏身处就是偶然这个神，那么这个神同时也能鼓舞人的意志。"

"如果全盘否定这个偶然，结果如何？如果任何胜利和失败都被视为不是偶然的，结果又如何？如此说来，所有自由意志的藏身处就消失了。如果不存在偶然，意志就会失去支撑自己身体的支柱。"

"你想一下吧。"

"那里是白昼的广场，意志自由站立，假装凭借自己的力量站起来，自己本身也有这种错觉。在烈日炎炎的空荡荡的大广场上，它只有自己的影子。"

"这时候，万里无云的天空，响起振聋发聩的轰鸣声。

"'偶然死了，偶然是不存在的。意志啊！将无法自我辩解了。'

"听到这种声音时，意志的躯体也开始土崩瓦解。肉体腐烂之后脱落，即将露出骨头，流出透明的液体，骨头也开始软化、分解。意志用双脚稳稳地站在大地上，但是这种努力徒然无功。

"就在这时，明媚的天空发出恐怖的崩裂声，必然之神从裂缝中出现……

"……不管怎样，我只能想象自然之神的面孔极其恐怖且观之不祥，所以无法描述。这肯定是我意志的薄弱点。不过，如果没有偶然，意志也就毫无意义了，历史也就成为因果循环这个若隐若现的大锁上的锈迹，参与历史的就只有光辉的、亘古不变的、美丽的粒子般没有意志的作用，人类的存在意义就只在其中。

"你不明白这些。你也不会相信这种哲学。与其说你只会糊里糊涂地相信自己的美貌、飘忽不定的感情、个性和性格，不如说更相信自己的无性格。是吗？"

清显回答不出来，但又没感觉自己受到了屈辱。所以，他无奈地笑了笑。

"这对我来说就是最大的不解之谜。"本多叹了一口气说,这口真诚得显得滑稽的叹息在早晨的阳光中变成一道白气轻轻飘浮着。清显感觉这好像是挚友对自己的关心的朦胧的形式。他心里觉得更幸福了。

这时候,上课铃响了,他们站了起来。有人从二楼的窗口将窗边的积雪团成团扔到他们脚边,溅起了闪亮的雪花。

十四

父亲将书房的钥匙交给了清显。

在松枝家正房北面的角落有一间房子,很少有人来这里。父亲不喜欢读书,但是他从祖父那里继承了一些汉语书籍,还出于虚荣心从完善书店买了一大批外语书,另外还有别人赠送的各种图书,他将这些书都收藏在这间书房当中。清显上学习院高中部时,父亲就郑重地将书房的钥匙交给了清显,像交了一座知识的宝库那般隆重。于是,只有清显可以自由出入书房,书房里还有许多和父亲品味不符的古典文学丛书和儿童读物全集。因为这些书在出版时,出版社会邀请父亲为其作序并提供他身穿大礼服的照片,这样便可在扉页上用烫金文字印上"松枝侯爵郑重推荐"几个字。然后赠送全套丛书,表示感谢。

不过,清显也没有充分利用这个书房,因为比起读书来,他更喜欢在这里胡思乱想。

每个月,饭沼都会向清显借一次书房的钥匙,打开书房打扫卫生。对饭沼来说,仅仅是老一辈留下来的大量汉语书籍,这间书房在他眼中就是这座宅第中最神圣的房间了。他将其称为"御书房",只提到这个名字,就让人感到敬畏。

清显和本多和好的那天晚上,他将准备去夜校的饭沼叫到房间,默默地将钥匙交给了他。每个月打扫书房的时间是固定的,并且都是在白天打扫,饭沼有点儿奇怪:今天不是打扫的日子,又是在晚上,清显为何将钥匙交给他呢?这把钥匙就像是被揪掉翅膀的蜻蜓,黑乎乎地在他质朴的厚掌心中躺着……

过了很久之后,饭沼还多次回忆起这瞬间的情景。

那把钥匙如同裸露的被揪掉翅膀的蜻蜓,模样凄惨地躺在他的掌心。

他百思不得其解,直到听了清显的解释。他难以抑制心中的愤怒,气得浑身发抖。与其说是生清显的气,还不如说是气自己的懦弱顺从。

"昨天早上你帮我逃学,今天我来帮你逃学。你假装去上夜校,走出家门,然后绕到后面去,从书房旁边的木门进来,用这把钥匙将书房的门打开,在这里等着就行。不过,一定不要点灯。从里面将门反锁之后就安全了。

"阿峰那边,已由蓼科教好暗号。蓼科打电话给阿峰,问她:'聪子小姐的香囊什么时候能够做好呢?'这个问题就是一个暗号。你知道的,阿峰做香囊和其他小手工艺品技能高超,大家都央求她做。那么,聪子让她做个金线香囊,打电话催一下,是不会有人起疑的。

"阿峰接到这个电话,算好你上夜校的时间,她就会去轻轻敲书房的门和你约会。正好是晚饭以后的时间,大家都很忙碌,阿峰出去三四十分钟,是不会有人注意的。

"蓼科觉得,你和阿峰在外面约会比较危险,很容易暴露。因为,侍女外出需要找各种理由,反而会引起怀疑。

"我也觉得很有道理,所以没有与你商量,就擅做主张,给你安排了。阿峰今天晚上已经接到蓼科的暗号电话了。你一定要去书房,不然,阿峰就会失望了!"

饭沼听到这里,知道自己已别无选择,他双手颤抖着,差点儿将钥匙掉到地上。

……书房里很冷。窗户上只挂着细白布帘,后院的灯光隐约地射进来几缕,连书名都看不清楚。书房里有一股霉味,就像冬天蹲在淤积的臭水沟旁边一样。

不过,饭沼大概记得哪本书放在哪个架子上。线装书《四书讲义》几乎要被先祖们翻烂了,整个书套都没有了。但《韩非子》《靖献遗言》和《十八史略》都完好地摆放在书架上。他在打扫时,偶尔翻开一本上有贺阳丰年的《高士吟》。他还知道铅印本《和汉名

诗选》放在什么地方。他在打扫书房时,《高士吟》中的如下诗句能给他带来莫大的安慰:

> 一室何堪扫,
> 九州岂足步。
> 寄语燕雀群,
> 可知鸿鹄路。

他心里明白,清显知道他很崇拜"御书房",才故意安排他们在这里约会……刚才清显在说这个安排时,语气中夹杂着直接冰冷的陶醉。清显希望饭沼用自己的手去亵渎这个神圣的场所。回想一下,从他小时候起,清显就凭借这股力量默默地威胁着饭沼。亵渎是快乐的。必须让饭沼亲自去亵渎他最看重的东西,这时候,这种快乐就好像将一片生肉包在供奉的洁白的印纸里一样快乐……自从饭沼屈服之后,清显的这种力量就变得非常强大了。但是,他不理解的是所有人都觉得清显的快乐是美好、纯洁的,饭沼的快乐就会更增加肮脏的罪过。这么想来,他就更觉得自卑。

一阵老鼠奔窜的声音从书库的天花板上传来,与之同时还有一阵压抑的呜呜声传来。上个月饭沼在打扫卫生时,将很多带刺的栗子壳放到了天花板上用以消灭老鼠,不过效果不太明显……这时,饭沼突然想起一件他巴不得忘掉的事情,浑身颤抖。

每当看到阿峰的脸,他总会想到一个污点般的幻影,挥之不去。等一会儿,阿峰热乎乎的身体就会来到这个漆黑的房间,到时候这个幻影肯定又会出来作祟。想必清显早就知道了,只是嘴上不说罢了。饭沼也早已知道清显的态度,只是不曾对清显提起。在这座宅第里,此事虽然不算什么秘密,但是他却感到这是一个日益难以忍受的秘密。他很苦恼,如同脑海中总有一群肮脏的老鼠四处乱窜……侯爵和阿峰早就发生关系了。而且现在还时常……他想象着老鼠那双充满血丝的眼睛和它们巨大的悲惨。

天气特别冷。平日里,早晨去祖先庙参拜,再冷也能够昂首挺胸地往前走。但是，现在他只觉得后背发凉，好像在皮肤上贴了一张膏药，冻得他瑟瑟发抖。阿峰要不动声色地寻找合适的机会溜出来并不那么容易。

饭沼在等待的时候一股急不可耐的欲望猛然涌上心头，各种讨厌的想法、寒冷、凄惨、霉味都让他的内心跌宕起伏，如同臭水沟里的垃圾侵蚀了他的小仓裙裤之后缓缓流走。他认为"这就是我的快乐！"一个二十四岁的男人，这个年纪的男人最适合获得任何荣誉、从事任何光荣的活动。

一阵轻轻的敲门声传来，他猛地站了起来，身体撞到了书架上。他将门锁打开，阿峰侧着身子溜了进来。饭沼反手锁上了门，然后一把抓住阿峰的肩膀，鲁莽地将其推到了书房里面。

不知道为何，此时饭沼的脑海中总有一种被侮辱的感觉，就像刚才从书房后面绕路过来时看到的书房外墙下那堆肮脏的雪。不知何故，他还想在与那堆残雪一墙之隔的书房角落对阿峰动手动脚。

因为幻想，饭沼变得非常粗鲁，但又从心里觉得阿峰很可怜，他意识到自己如此粗鲁地对待阿峰，是因为心里想报复清显于是感到更加屈辱。阿峰不吭声，任由他摆布。但饭沼从她的温柔屈服中感觉到与自己相同的温柔且周密的理解，更觉得受到了伤害。

不过，阿峰的温柔并非出于理解。阿峰本来就是一个轻佻风流的姑娘，阿峰觉得饭沼不善言辞，有些恐惧、慌乱且坚硬的手指让她感觉到一种笨拙的诚实。她做梦也想不到饭沼会可怜自己。

突然，阿峰觉得自己衣服的下摆被掀起来了，好像躺在了一块冰冷的钢板上。她在暗中抬起头，书名模模糊糊的书籍、密密麻麻排列着书套的一排排书架，仿佛将其包围起来，压在她的身上。必须抓紧时间，她必须迅速将身子藏到这个细小的时间缝隙中。不管感觉多么糟糕，都想让自己的存在和这缝隙尽快适应，她知道只要在那里迅速地将身体藏起来就好。她身段娇小、丰满成熟，皮肤细腻有光泽，她期待的大概就是能够适应这些。

阿峰真的很爱饭沼。饭沼追她，她也很明白追求者的优点，她和别的侍女不同，她不会嘲讽和取笑饭沼。阿峰用自己的温柔打动了这个长期以来饱受摧残的男生。

她眼前忽然浮现出庙会一片光明且热闹的情景。乙炔灯的强光及难闻的气味，气球、风车，还有各种糖果的光彩都在黑暗中呈现，然后又消失了。

……她在黑暗中醒来。

"为什么瞪着眼睛？"饭沼着急地说。

天花板上又传来一阵老鼠奔窜的声音。脚步声细碎且急促，这些老鼠乱作一团，好像在广袤无垠的黑暗的原野中，从一个角落奔窜到另一个角落。

十五

按照老规矩，寄到松枝家的信，管家山田要先经手，将其整理好之后放在描金花纹的漆盘里，然后再亲自分送到各位主人手上。聪子知道这个情况后，为慎重起见决定让蓼科亲自将信送到饭沼手里。

饭沼忙着准备毕业考试，收到蓼科送来的信后，立即将信送到了清显手中。聪子的信内容如下：

每当想起那个下雪的早晨，即使第二天晴空万里，我心中仍不停地飘起幸福的雪花。片片雪花映照着你的脸庞，我想你，甚至想生活在三百六十五天日日下雪的国度。

如果我们生活在和平年代，大概是你会给我写和歌，我也会给你回赠和歌。我小时候就学了和歌。但是，此时此刻，我却没法写出任何一首和歌来表达我的心情。我觉得很吃惊。或许是因为我才疏学浅吧。

我提出的任性的要求，你竟然欣然应允，我很开心。请不要觉得这就是我所有的开心所在。这和你觉得我是个想思念你就思念你才会开心的女子一样。这是最痛苦的。

我觉得最让我开心的是你的善良。你看明白我这任性的愿望深处是多么急切，你二话不说就带着我去看雪了。你这颗体贴温柔的心，使我内心深处最害羞的梦得以实现。

清显，想起那天的场景，我现在好像还觉得又害羞又开心，甚至全身都在颤抖。在日本，称雪精灵为雪女。我记得，在西方传说中，好像是指年轻帅气的男子。我觉得你穿着庄重校服的英姿正像是诱惑我的雪精灵，我被你的帅气融化了，就算融化在雪地里，冻死了，我感到也很开心。

以下还有很长的绵绵情话，信的最后一句是：

恳请读完后将此信烧毁。

聪子的信文字优美，也有充满激情的大胆表现。

清显读完此信，感觉非常开心，有点忘乎所以。稍微平静之后，他觉得她编写的是优美文雅的教材。聪子好像教会了他：真正的优雅不害怕任何淫乱。

有过那天早晨赏雪的经历以后，说明两个人的确是相爱的，那么每天都想见到彼此，哪怕是短短的几分钟，也是情理之中的吧？

但是，清显不觉得。就像在风中飘扬的旗帜，只是为了感情而活着的话是很奇怪的，这种生活方式很容易让人逃避自然的发展趋势。为什么呢？因为自然的发展趋势让人觉得感情会让人受到自然的牵制，而遇到事情总是不喜欢被人牵制的感情就会想办法摆脱。这样的话，会束缚自己的自由。

清显暂时不想见聪子，不是因为要克制自己，更不是像情场老手那样得心应手地玩弄恋爱法则。从某种意义上来说，这是因为他羞涩的优雅，也是因为有点儿虚荣心的幼稚的优雅。聪子的优雅是自由的，甚至有点儿放荡，所以他觉得嫉妒和自卑。

就像流水回到它所熟悉的河道，清显又开始心痛了。他非常任性，又喜欢做梦。他对这种想见却不能见的无奈感到焦虑，他开始讨厌蓼科和饭沼的多管闲事了。他们的行为是清显纯洁感情的敌人。清显觉得自己的纯洁感情中好像产生了吞噬自己身心的痛苦和想象力的苦恼，让他的自尊心很受伤。恋爱原本就是精彩的，但在他的小作坊里确是单调的。

"在我好不容易打算真心实意谈恋爱时，他们会将我带到哪里去呢？"

不过，一旦将所有感情都视为"恋爱"时，他又变得别扭起来。

通常情况下，少年会对初吻难以忘怀，甚至忘乎所以。但是，对饱受爱情折磨的少年来说，他感觉初吻的回忆更令他伤心。

在那一瞬间，的确有一种如宝石般的快乐。也只有在那一瞬间，铭刻在他的记忆深处，这一点无须怀疑。被暧昧笼罩着，在茫茫的灰色雪地中，一缕缕飘忽不定的情思杂乱如麻，不知道何处是终点，只感觉其中的确有过一颗明亮的红宝石。

这种快乐的记忆和心灵的创伤更加背道而驰，他很痛苦。最后，他又将这种牢记在早已经熟悉的让人忧伤的记忆当中。也就是说，他将初吻看作从聪子那里获得的说不出的羞耻回忆。

他想写一封冷冰冰的回信，但是写了撕，撕了写，如此反复几次。最后，写了一封冰冷的情书。写完时，他觉得自己不经意间沿袭了上次攻击聪子的那封信的风格，采用了识尽风月的男人腔。这个弥天大谎可害苦了自己。因此，清显又重写了一遍，将男子有生以来尝到初吻的喜悦一一写了下来。写成了一封稚气未脱的热情洋溢的信。他闭上眼睛，将信装到信封中，伸出美丽且红润的舌尖，用口水将信封口上的胶水添湿。那是一种淡淡的、甜丝丝的滋味。

十六

原本，松枝家的宅第因红叶而出名，但其实樱花也特别美。离正门八百多米远的林荫道上，还有许多樱树夹杂在松树当中。尤其是在洋房二楼的阳台上远望，可看见林荫道上的樱树、连接前院和大银杏树的几棵樱树、清显曾经在那里庆贺"夜月"山丘周围的樱树、隔湖相望的红叶山上的几棵樱树，放眼望去，一览无余。很多人都赞美这里比种满樱树的院子更有趣。

松枝家往年都会在春夏之间举行三大活动：三月的女儿节、四月的赏花节和五月祭祀先祖的"神宫节"。明治天皇驾崩还不到一年，所以决定今年春天不大事铺张，只在家族内部举行女儿节和赏花节，女人们觉得很扫兴。因为，她们从头年冬天就开始准备女儿节和赏花节的事宜了，还不断说将邀请当年最著名的艺人来表演助兴，他们因此还期待春天的到来。取消这些贺春活动，也就等于阻挡了春天的脚步。

"女儿节"的活动颇具鹿儿岛特色，通过应邀而来的西方客人的宣传，早就名震四海了。那些春天来访的西方客人甚至需要走后门才能参加活动。一对天皇、皇后模样的象牙雕古装偶人，那春寒中的脸颊在烛光的照耀和红毯的衬托下，显得更加冰冷。男偶人的衣冠束带和女偶人十二单衣领口露出的长脖子上都照射着白光。百张榻榻米宽的大客厅铺满了红毯，方格子天花板上垂下无数精致的绣花球，四处张贴着风俗人物的贴花画。听说，每年二月初，有个名叫阿鹤的著名贴花老人会来京专门制作贴花画，她的口头禅："悉听尊便"。

过完热闹的女儿节，就到了赏花节。赏花自然不能太招摇，不过可以想象肯定会比通知书上说的更豪华。因为洞院宫已经口头答应要莅临参观了。

侯爵喜欢铺张，本来还担心世人指责，正郁闷呢，结果洞院宫要来访令他喜出望外。洞院宫是天皇的堂兄弟，既然他能在国丧期间外出赏花，那么侯爵也就有了安排这些排场的理由。

前年，洞院宫治久王殿下曾代表皇室参加暹罗国拉玛六世的加冕典礼，和暹罗王室交情颇深，所以侯爵决定将巴塔纳迪多殿下和库里沙达殿下也一起请来。

1900年奥林匹克运动会期间，侯爵有幸在巴黎结识洞院宫，并带他去享受巴黎的夜生活。回到日本之后，洞院宫还常与他聊一些共同话题。例如："松枝，三鞭酒喷泉之家很有意思哦。"

赏花节定在四月六日举办，过完女儿节就要开始准备了，松枝全家也忙碌起来。

清显过完无聊的春假，父母劝他去旅行，他也不高兴。虽然不经常见到聪子，但也不愿意离开聪子所在的东京，短暂的离开也不想。

他以充满预感的可怕心情迎来了姗姗来迟的乍暖还寒的春天。他在家里很无聊，于是去了平常不经常去的祖母养老的地方。

他之所以不常去祖母养老的地方，是因为祖母一直将他当作小孩子看待，而且动不动就数落母亲。祖母长着一副严厉的面孔和男子般宽阔的肩膀，看上去身体健壮。祖父去世后，她就深居简出了，似乎过着一心等死的日子。她平日里饭量很少，但身体倒是越发健壮了。

一旦老家来人，祖母就会用鹿儿岛的口音说话。但是，她与清显的母亲和清显说话时，则说一口楷书式生硬的京东话，由于她不会发鼻音，听起来就更加生硬。听到祖母这么说话，清显感觉祖母是故意的，以讽刺他的轻浮，因为他随便就能发出京东口音的鼻音。

"听说洞院宫殿下要莅临赏花，是吗？"祖母在炉火边取暖，一见清显进来，就直接问了一句。

"嗯，是的。"

"我还是不想参加。你母亲来邀请我,但是我早就习惯了深居简出,我感觉这样更舒服一点。"

后来,祖母担心清显浪费青春,就劝他学点轻松的击剑。她还埋怨道:把好端端的练武场拆掉,盖什么洋楼,从此松枝家就开始走衰运了。清显心里很认同祖母这个说法。因为他喜欢"衰运"这个词。

"如果你叔叔他们还在世,你父亲肯定也不能这么肆无忌惮了。我觉得招待皇室的人劳民伤财,除了出点风头之外,还有什么好处。每当想起还没来得及过上好日子就战死沙场的儿子们,我实在没有心情和你父亲一起寻欢作乐。就拿烈士家属抚恤金来说,诺!那些还供奉在神龛上面,没有动过。一想到这些都是儿子们用生命换来的,是天皇恩赐的钱,我怎么忍心去花呢?"

祖母很喜欢念这套关于伦理道德的经,但是她的吃穿用度、零花钱及使唤的侍女等所有的一切都是侯爵关照的。清显有时怀疑莫非因为祖母是乡下人,太土,而故意回避洋式的交际。

清显只有在和祖母见面时,才能脱离自己以及包围着自己的所有虚伪的环境,能够接触到生活在自己身边的这样质朴且刚健的心灵,因此他感到很开心。这简直是一种讽刺。

祖母的大手如此,如粗线条勾勒的脸庞如此,严肃的唇线也是如此。不过,祖母也不是只说严肃的话题,她用伸在被炉里的腿碰了一下孙子的膝盖,打趣道:

"你来了之后,这里的女人们就开始躁动了,这可不行。我看你就是个乳臭未干的小屁孩,但她们可不这么认为。"

清显盯着悬挂在墙壁横木上的身穿军装的两位叔叔的模糊照片。他认为那军装与自己没有任何关系,仅仅是八年前战争结束时的照片,与自己相去甚远。清显以略显不安的傲慢心理想:也许我天生就是流淌感情的血而绝不会流淌肉体的血。

阳光照在紧闭的拉窗上。六张榻榻米宽的起居室很温暖,让人觉得拉窗的白纸好像半透明的茧衣,他们就在茧里沐浴着照射进来的阳光。祖母突然打起盹来。在这明亮的房间中,清显静静地听着挂钟发出的清脆的"滴答"声。祖母低下头睡着了。她那束起的头发上还残留着染发的黑粉,发际下露出饱满且有光泽的前额。好像还能看到六十年前少女时在鹿儿岛湾被夏日骄阳晒黑的痕迹。

他想到前扑后涌的海浪,想到岁月的流逝,还想到终有一天自己也会变老……忽然,他很难过。他从来没有想要得到老者的智慧。一直想怎样才能在年轻时了却此生,而不至于太痛苦。就像脱下来随便丢在桌子上面的华丽的丝绸衣服一样,不知不觉中滑落到黑暗的地板上那种优雅的死。

死的想法让他忽然想见聪子一面,看一眼也好……

他给蓼科打了电话,接着就匆忙去见聪子。现在年轻且美丽的聪子还活着,他自己也还活着,这让他感觉很幸运,一种在危难中保住了小命的幸运。

在蓼科的陪同下,聪子以散步的理由,在麻布宅第旁边一个小神社院里和清显见面。聪子首先感谢清显邀请她赏花。聪子觉得清显想邀请她看花。清显仍然不够坦率,明明第一次听说这件事,却假装早就知道了,他含含糊糊地接受了聪子的感谢。

十七

　　松枝侯爵经过反复思量，决定最大限度地减少邀请赏花的客人，仅限于陪同洞院宫夫妇一起吃晚餐的客人，也就是暹罗的两位王子、经常来往的新河男爵夫妇、聪子及其父母绫仓伯爵夫妇。新河财阀目前的户主事事都以英国人为尊，他的夫人近来和平塚雷鸟等人交往密切，成为"新女性"的资助者，应该能为赏花节增添异彩。

　　下午三点，两位殿下大驾光临，让他们在正房稍事休息后，就让人领着去参观庭院。欣赏艺伎化妆表演的元禄赏花舞，接待采取园游会的形式，到五点为止。然后观赏手舞。傍晚时将他们带到洋房，献上餐前酒。正餐之后，专门请来放映师，为他们放映新发行的西方电影助兴。最后，行程结束。这个安排是侯爵和管家山田经反复斟酌敲定的。

　　侯爵对选择什么影片也是颇费脑筋。有一部法国片，主演是法国著名的女演员加布里艾尔·罗斑努，她演技超群，品味高雅，只是好像这部影片会影响赏花的兴致。浅草电气馆从三月一日起改为电影馆，专门播放西方影片，放映《失乐园的恶魔》，曾轰动一时。但是，在赏花节播放这种影片好像也不太合适。另外，妃殿下和其他女人们好像不喜欢看德国的武打片，最后为了保险起见，还是挑选了五六卷恋爱故事片，是由英国赫普沃斯公司根据狄更斯原作改编制作的影片。虽然影片比较忧郁，但优美通俗，影片中又有英文字幕，想必客人们会喜欢。

　　要是那天下雨怎么办呢？在正房的大客厅里观赏樱花视野不够开阔，要不就在洋房的二楼观赏雨中的樱花，然后欣赏艺伎们表演的手舞，再献上餐前酒，最后进入正餐。

从在湖边搭设临时舞台开始准备工作。在绿油油的山冈上可以俯瞰湖边的舞台。如果那天天气晴朗，洞院宫殿下就会四下走走看看，因此在他所有的必经之路上，都要挂红白相间的布幕，这个范围就大得超乎想象了。洋房里各个角落都要插上装饰用的樱花，餐桌的装饰也要精心布置，让它看上去好像春天的田园。仅这些就需要大量人手。游园会的前一天，梳头师及其徒弟都忙得不可开交。

幸好当天天气晴朗，阳光并不强烈。太阳时隐时现。清晨还有一丝凉意。

从正房中挑出一间不常用的房间当作艺伎的化妆间，然后把家里最大的镜子搬进房间。清显因为非常好奇，跑去瞧看这个房间，但立刻就被侍女轰走了。这间已经被打扫得干干净净的二十张榻榻米宽的房间，等待着艺伎们的到来。房间周围都被屏风围起来了，里面放满了坐垫。盖在镜台上的友禅染花绸镜被掀起一角，露出明镜光亮的镜面。房间里没有一丝脂粉味，清显想再过半个小时，这里就会充满女人娇滴滴的声音，变成她们随心所欲脱换衣服的地方。这种想象力使他预想的美丽更加动人了。与庭院里用新木材搭设的临时舞台相比，这里更香，更有魅力。

因为两位暹罗王子没有时间观念，所以清显通知他们吃完午饭之后马上过来。于是他们一点半就到达了。他们穿着学习院的校服来的，这让清显大吃一惊，只好先把他们带到了自己的房间里。

"你那个美丽的恋人会来吗？"

刚迈进房间，库里沙达王子就用英语大声问道。

谨慎的巴塔纳迪多王子责怪堂兄不该这样失礼，用蹩脚的日语向清显道歉。

清显说她今天真的会来，并要求他们在洞院宫殿下和自己的父母面前，尽量别提这个话题。两位王子互相看着对方，有点儿吃惊，好像不明白清显和聪子为何至今还没有公开他们的关系。

这两位王子经过一段时期强烈的思乡愁绪折磨之后，现在已经基本上习惯了日本的生活。或许是因为他们今天穿着校服的缘故，清显对他们的感情与对待亲密无间的朋友一样。库里沙达王子惟妙惟肖地模仿学习院院长的动作，逗得昭披耶和清显哈哈大笑。

昭披耶站在窗户边上，看着庭院里的情景和平日里大不相同，院子四处都挂着在随风飘曳的红白相间布幕，昭披耶担心地说：

"天气应该会变暖了吧。"

王子的声音中满是对炎炎夏日的期待。

清显也从椅子上站了起来，来到窗边。这时候，昭披耶用少年般纯真开朗的声音叫起来。他的堂兄库里沙达王子也惊讶地站了起来。

"是她！清显让咱们别说的那个漂亮姑娘。"

昭披耶竟突然用英语脱口而出。

和父母一起沿着湖边朝正房这里走来的正是聪子。她穿着一身淡红色长袖和服，远远看去和服底襟是春天原野的笔头菜和嫩草的花样。头发柔顺乌黑，隐约露出白皙明亮的脸颊，正用手指着中之岛的方向。

中之岛上没有悬挂红白相间的布幕，但通向远方红叶山的小路上挂着的布幕倒映在湖面，犹如湖面漂浮着红白两色的干果。

一个日本少年和两个暹罗少年屏息凝神地并排站在窗前。清显觉得有点儿不可思议。与这两位王子在一起，或许是被他们热带的奔放感情影响了吧，也轻易地相信自己的热情可以直接表达出来。

现在，他可以坦白地跟自己说：我爱她！并且非常迷恋她！

聪子转过身来，当她那张明艳的脸对着正房时，尽管不是正面向窗户，但是清显仿佛感受到了另一个无比渴望的瞬间。他小时候牵引春日宫裙裾时只是略微一瞥她的侧脸而留下的遗憾。这种遗憾，在六年后的今天终于得以弥补。

这是时间留下的美丽，让自己在六年后清晰地看到它最美丽的样子。在春天略显阴翳的阳光下，聪子嫣然一笑，然后立刻用那双美丽的手娇媚地捂住嘴唇。她那婀娜的体态恍若一声弦乐的清音。

十八

新河男爵夫妇如放纵和狂躁的结合体。男爵对妻子的言谈举止不闻不问，而妻子则从不顾及别人的感受，总喜欢喋喋不休。

无论是在家中，还是在众人面前，都是如此。男爵看似放纵，但偶尔也会对别人提出一些苛刻的批评以示警告，不过绝不会滔滔不绝地长篇大论。而妻子虽费尽口舌，也未必能准确地描述出她想形容的那个形象。

他们为自己买下日本第二辆英国罗斯洛伊施牌高级轿车而感到得意和自豪。这一天吃完晚餐之后，男爵穿着一件丝绸的夜小礼服在休息，对妻子无休止的唠叨置若罔闻。

妻子将平塚雷鸟一派的人请到家中，召开"天火会"的每月例会，"天火会"这个名字取自狭野茅上娘子的一首著名的和歌。但每次开会时都会下雨，于是报纸就将这个会戏称为"雨日会"。妻子对有关思想的问题一窍不通，却极其兴奋地关注妇女的理性觉醒，就像母鸡注视一个异乎寻常的新型蛋一样。

男爵夫妇收到松枝侯爵的赏樱邀请后，既为难又高兴。为难是因为不去也知道这样的赏花会实在无聊透顶；高兴是因为他们能够在这个会上展现自己地道的西方派头。这个富豪商家，与萨长政府一直保持着密切的合作关系，从父辈开始，那种从骨子里透出来的对乡下人的轻蔑就成为他们一直以来的优雅的核心。

"松枝家又要招待皇族，想必要请乐队奏乐表示欢迎吧。因为他们家将皇族的光临看得很重。"男爵说。

"我们总是不得不隐藏我们的新思想。"妻子接着说，"只是，隐藏新思想装作若无其事的样子，显得挺有肚量的，对吧？悄悄地混迹于那些老顽固当中，不也是挺有趣的吗？看看松枝侯爵怎么对洞院宫殿下又是阿谀奉承又是假装多年好友的样子，不也是一场好戏吗？我穿什么衣服好呢？总不能大白天就穿晚礼服吧，还不如穿底襟带着花纹的和服可能更合适一些。你告诉京都的北出，让他赶紧把和服的底襟染成篝火夜樱图案。但是，我总觉得我穿底襟带花纹的和服不太合适，我一直不明白，只是我自己觉得不合适但别人觉得很合适，还是别人也觉得不合适呢？我不知道。你觉得怎么样呢？"

赏樱那一天，侯爵家通知说：请在洞院宫殿下驾临之前到达，但是，新河男爵夫妇故意比通知的时间晚到了五六分钟。没想到离洞院宫殿下到达还有十分钟左右的富余时间，男爵很讨厌这种老土的做法。刚下车就冷嘲热讽道："殿下马车的马大概中途中风了吧。"

不过，不管怎么冷嘲热讽，男爵都是像英国绅士那样，只是小声地自言自语，别人听不到他在说什么。

这时仆人匆匆来报，殿下的马车已经进了侯爵家的大门了，于是主人家的人赶紧跑到正房门口列队欢迎。马车的车轮轧着松树下沙石路上的碎石进来时，清显看到马鼻子中喷出粗气，挺起了脖子，灰白色的马鬃也倒竖起来了，仿佛将汹涌的浪头推到高潮，随即又炸开成白色浪花。只见车厢上的金色家徽，溅上了一点儿雪化后泥土的痕迹，仿佛静静荡漾的金色旋涡。

洞院宫殿下的黑色圆顶礼帽下露出漂亮的花白胡子。妃殿下紧随其后。白色的长条布从大厅门口一直铺到舞台，这样殿下可以穿着鞋子径直走上舞台。当然了，在郑重地致辞之前，他在大厅里和大家也寒暄了几句。

清显觉得交替出现在妃殿下洁白的薄纱和服底襟下的黑色鞋尖，如同荡漾的余波中若隐若现的马尾藻果实，那优雅的姿态使得清显不敢仰视她风韵犹存的尊容。

侯爵在大厅向两位殿下逐个介绍了当天的客人，只有聪子是殿下第一见到。殿下对绫仓伯爵抱怨道：

"这么漂亮的小姐，怎么没早点介绍我认识呢？"

站在一旁的清显此时此刻感到后背一阵发凉。因为清显感觉在这些人眼中，聪子如同一个被高高踢起来的华丽的鹿皮球。

洞院宫殿下和暹罗往来密切，两位暹罗王子刚到日本时，他曾接待过两位王子，因此他们见面之后很快就在一起畅聊了，殿下问他们学习院的同学是否好相处。昭披耶微笑着，真诚且有礼貌地回答：

"大家就像是交往了十年的好友，事事都关照我，很好相处。"

清显听到这句话，感觉很可笑。因为清显知道这两个王子除了他，就没有什么其他朋友，到现在为止，他们基本上还没怎么去过学校。

新河男爵的心好似一块银，虽然专门擦亮了才出的门，但是一旦走到人群中，就立刻生锈了。这样的接待光是听一听耳朵就会生锈……

接着，在侯爵的引导下，大家都跟随着洞院宫殿下，一起去了赏花的庭院。日本人聚会，客人们不会轻易混熟，妻子一般都是跟着丈夫。男爵这时已经完全表现出放纵的状态，大家早就注意到了。他故意跟前后的人都拉开一定的距离，悄悄对妻子说：

"自从侯爵从国外留学回来，就赶潮流，听说不让妻妾住在一起，让妾搬出去住了，就在距离正门约八百米远的地方，所以他是八分时髦。五十步笑百步肯定就是说的他这种人。"

"既然相信新思想，就要彻底相信。不管别人怎么想，就拿咱家来说吧，完全学习欧洲的生活习惯，无论是应邀出门还是晚上临时外出，都是夫妻二人一起……看！对面山上的两三棵樱树和红白相间的布幕倒映在湖面上，真好看。你觉得我的衣服底襟图案好看吗？今天见到大家，就我的服装最讲究、花样最新、最时尚。如果从湖对面看湖面上我的倒影，肯定很好看吧。如果我能同时分身在两岸就好了，对吧。你不觉得吗？"

新河男爵把这种执行一夫一妻制（自愿的）视为比别人早一百年承受思想的磨难，所以心甘情愿。男爵本来就不追求人生的感动，不管多痛苦，只要没有感动插入，他都认为是时髦、有派头。

山丘的游园会上，柳桥的艺伎们打扮成各种角色热情地迎接客人，如在元禄赏花舞中扮演的武士、女侠、奴仆、盲艺人、木匠、卖花人、瓷器贩子、小伙子、农村姑娘、俳谐师等角色。洞院宫殿下对松枝侯爵露出满意的微笑，暹罗王子也开心地拍着清显的肩膀。

清显的父亲在陪同殿下，母亲在陪同妃殿下，那么，两位暹罗王子自然就由清显陪同了。艺伎们围着清显，为了照顾不能流利地说日语的两位王子，清显劳心费神，就顾不上聪子了。

"少爷，来这里玩一会儿吧，今天单相思的人一下子多起来，不理睬她们就太残忍了。"打扮成俳谐师的老艺伎说了一句。

年轻的艺伎甚至女扮男装的艺伎，都浓妆艳抹的，连微笑的表情都荡漾着令人陶醉的红晕。傍晚，天气变冷了，但清显周围仿佛被丝绸、刺绣及浓妆艳抹的肌肤组成的六曲双面屏风围得密不透风，替他挡住了所有的寒意。

这些女人兴高采烈地，充满了欢声笑语，仿佛正泡在不冷不热的洗澡水里一样心情舒畅。她们说话时手指优美的动作、白皙光滑的咽喉处像装了一个小小的金属合页一样适时地停止说话微微点头的变化、对别人的玩笑置若罔闻时瞬间眼神中流露出玩笑似的愤怒且嘴边依然挂着微笑的表情、突然一本正经聆听客人讲述大道理时的那种神态、抬手撩头发时的慵懒……清显从她们各种各样的姿态中，不知不觉地把艺伎们频频发出的秋波与聪子独特的秋波进行比较，发现两者完全不同。

这些艺伎们的秋波灵动且快活，但传送秋波是独立的存在，如羽虫成群地盘旋飞翔般令人讨厌，绝不像聪子那样优雅。

聪子正在远方和洞院宫殿下聊天。她的侧脸映着落日的余晖，如同远方的水晶、远方的琴声、远方山上的皱皱，洋溢着远距离产生的幽玄美。在暮色渐浓之中，透过树木间隙的天空下，像黄昏时的富士山一样，轮廓清晰。

新河男爵和绫仓伯爵闲聊着，两人都有艺伎伺候在侧，但是他们对艺伎似乎毫无兴趣。落满了一地樱花花瓣的草坪上，有一瓣脏花瓣落在了绫仓伯爵那亮得能映出傍晚的天空的珐琅鞋尖上,他的鞋子好像女人的鞋子那么小。说起来,伯爵拿着玻璃杯的手也像偶人的手一样又白又小。

男爵对这种衰败的血统感到非常嫉妒。而且他还觉得伯爵面带微笑的放纵状态非常自然,与自己英式的放纵状态之间,有一种与别人无法形成的对话。

"所有动物当中,啮齿动物最可爱。"伯爵突然说道。

"啮齿动物啊……"男爵心里对啮齿动物没有什么概念。

"兔子、豚鼠和松鼠都属于这一类。"

"您养了这些动物吗?"

"不,没有。养这些动物家里会有一股臭味。"

"这么可爱您也不养吗?"

"首先,它们不会被写进和歌。我们的家规是但凡不能成为和歌素材的就不能放在家里。"

"是吗?"

"我虽然不养,但是我感觉这种毛茸茸的、战战兢兢的小动物很可爱。"

"是啊。"

"不知为什么,越是可爱的东西也越臭。"

"可以这么说吧。"

"听说您长期在伦敦居住……"

"在伦敦,喝茶时侍者总是会问个不停,问你是先放牛奶还是先放茶水?其实,这两者混在一起不都一个样。但是,对每个人来说,先倒牛奶还是先倒茶水,比国家的政治问题更重要……"

"听上去很有意思。"

两人聊着天,艺伎没有一点机会插嘴。说是来赏花的,但他们心里似乎根本没有想到樱花。

侯爵夫人陪着妃殿下。妃殿下喜欢长歌,精通三弦,日本舞伴奏在柳桥非常有名的老艺伎也被请来了,在一旁附和着。侯爵夫人说,有一次她去参加亲戚的订婚典礼,有人在典礼上用钢琴、三弦和古琴合奏了一曲《松绿》。妃殿下饶有兴致地说她当时本来也想参加的。

侯爵时不时地哈哈大笑。洞院宫殿下却是动作非常优雅地捂着胡子笑，所以没发出声音。这时，扮演盲艺人的老艺伎在侯爵耳畔轻声低语了几句，侯爵立刻大声跟客人说：

"各位，赏花舞的余兴表演马上就要开始了，请大家到舞台前面来……"

本来应由管家山田宣布节目流程，现在竟被主人夺去了他这项工作，他眨了一下眼睛，目光黯淡下来。每次他遇到无法预测的事情时都是这副表情，只不过大家都不知道而已。

自己坚持不碰主人的东西，主人也不该碰自己的东西。去年秋天发生过这样一件事：外国房客的孩子跑到宅第捡橡子玩。山田的孩子们也来了，外国小孩就将橡子分给山田的孩子，但是孩子们不愿意要。因为山田平常总是严格地教育他们坚决不能拿主人家的任何东西。孩子们的这种为人处世却让外国小孩的父母误会了，向山田提出抗议。当时孩子们都绷着脸，一副准备挨训的样子，但山田当时了解了事情的原委后，大大夸奖了他们一番……

山田这个时候突然想起这件事，伤心又气恼，拂起裙裤就大步走到客人当中，急忙把客人们请到舞台前面去了。

这时候，湖边围着红白相间布幕的舞台后传出两声梆子声，声音响亮，仿佛划破空气扬起了一阵新木屑，周围开始喧闹起来。

十九

赏花舞的余兴节目结束之后,天色暗下来了,客人们被领到洋房里。这时清显和聪子才有机会单独见面,但时间不多。看过表演的客人和艺伎们又在一起交谈,酒意正酣。暮色渐浓,华灯未上,吵吵嚷嚷,充满着欢乐与不安。

清显从远处给聪子递了个眼色,聪子立刻领悟到了,保持着一段恰当的距离跟在清显身后。红白相间的布幕一直延伸到山丘的小路通往湖边和大门方向的岔路口,那里有棵大樱树,可以挡住人们的视线。

清显先藏到了布幕后面,眼看两人就能见面了,聪子却被陪妃殿下游览红叶山后回到湖边的女官叫住了。眼下,清显便不方便走出来了,只好一个人在树下等着聪子脱身。

清显一个人站在树下,这才抬起头来仔细看着这满树的樱花。

黑色的枝头开满了樱花,就像礁石上密密麻麻地沾满了白色的贝壳。晚风吹起了布幕,先是下面的树枝在摇动,樱花颤颤巍巍地,好像在喃喃低语,朵朵樱花连同枝头都在随风飘扬。

樱花是素白的,只有蓓蕾略带粉红色。仔细一看,星形的花蕊是茶红色,就像纽扣中间的缝线,一丝一丝牢牢地系在上面。

云朵和黄昏的蓝天相互辉映,看上去都很稀薄。花和花混杂在一起,露出天空模糊的轮廓。仿佛融入茫茫的暮色中,让人感到枝干的颜色更黑了。

清显每时每刻都觉得自己与黄昏的天空和樱花越来越亲近,他的心逐渐被不安的情绪包裹住。

这时,清显还以为布幕又一次被风吹起来了,没想到是聪子贴着布幕悄悄走来。清显抓住聪子的手。这双手被晚风吹得冰凉。

清显想要亲吻聪子,但聪子害怕被人看见所以拒绝了。可她又担心自己的和服被树干上如撒满白粉般的青苔弄脏。便被清显一下子抱了起来。

"清显,把我放下!你这样让我很难受。"聪子小声地说。

根据她的语气可以感觉到她很怕被人看见。清显有点不开心,心里埋怨她不应该这么惊慌失措。

清显希望他们两个现在就能够在樱花树下达到幸福的顶峰,尽管摇曳的晚风使他更加焦躁,但就是想体验到聪子和自己此时都沉迷在这别无所求、无比甜蜜的幸福当中。只要聪子表现出一点儿不情愿,他就受不了。他就像一个醋意大发的丈夫,埋怨妻子为什么不能和自己心意一致。

聪子半推半就,闭上眼睛依偎在他怀中。她非常美。她那由优美的线条勾勒出的如花似玉的脸,端庄中洋溢着奔放的神情。嘴唇微微翘起,不知是唏嘘还是微笑?清显在暮霭中迫切地想要看个究竟。她的鼻子的阴影让他觉得天仿佛马上就要黑了。他看着聪子黑发中隐约出现的耳朵,她的耳垂有点儿泛红,精致小巧,像他梦中见过的装着佛像的小小珊瑚佛龛。被夜幕笼罩的她的耳朵深处仿佛藏着什么神秘的东西。难不成是聪子的心?也许聪子的心藏在她那微微张开的嘴唇后面的洁白的牙齿里面?

清显冥思苦想:我怎样才能进入聪子的内心呢?聪子好像不希望清显继续盯着自己的脸,突然主动把脸凑过去亲吻清显。清显搂着聪子的腰的那只手指间已经感受到了她的体温,仿佛站在鲜花腐烂的温室中那样的温暖,气味扑面而来。清显想着要是就这样窒息而死该多好。聪子沉默不语,清显清晰地看着自己的幻想即将到达匀称的美的境界。

亲吻完,聪子将顶着大发髻的脑袋埋在身穿校服的清显怀中,一动不动。清显嗅着发油飘出来的芳香,眺望着布幕那头远方泛着银色的樱花,感觉发油的香味和晚樱的香味没什么不同。在夕阳的余晖中,远处樱花似锦,好像蓬松的羊毛密密麻麻的,在那带点儿银灰色的粉白色下,隐藏着略微不祥的红色,就像是给遗体整容化妆的胭脂那种红色。

突然，清显感觉聪子的泪水打湿了她的脸颊。他的那种不幸的探索心理又开始分析这是幸福的眼泪还是不幸福的泪水，不过也许现在分析这个问题还有点早？聪子的脸离开了他的胸膛，她没有擦眼泪，而是突然用尖锐的目光看着他，急切地说：

"你太幼稚了。清显，你还是太幼稚，你什么也不懂。什么都不想懂。我早该教会你一切。你不要觉得自己很伟大，其实你就是个孩子。真的，我该亲自教你的。但是，已经晚了……"

刚说完，聪子转身消失在布幕另一边。把受到伤害的清显独自留在了那里。

到底怎么了？刚才她那番话深深地伤害了他，连珠炮似的攻击他最脆弱的地方。从某种意义上来说，这些话最伤他了。清显首先应该注意到的是这种伤害不一般，应该想想为何自己会受到这种恶意的攻击。

他气得心跳加速，双手颤抖，委屈地含着泪水的同时又非常愤怒，站在那里一动也不动。他现在无法跳出这种情感去思考任何问题。要他现在装作若无其事的样子出现在客人面前，直至深夜游园会结束，对他来说太难了。

二十

宴会顺利结束,中间没有出现任何纰漏。侯爵自己觉得很满意,他认为客人当然也和他一样很满意了。他还认为,这个时候妻子作为侯爵夫人的价值才得以体现。从以下对话中就能体现出他的这种心态。

"两位殿下一直很开心,看起来是满意而归的?"侯爵说。

"这还用说。妃殿下说了,自从天皇驾崩之后,今天是第一次这么开心呢。"侯爵夫人说。

"虽然这么说有点唐突,但是也确实如此。从下午开始到深夜,游园会持续这么长时间,客人们不会觉得累吗?"

"不会。你的活动安排得很细致,不同的节目一个接一个都很有趣,衔接自然,有序地进行着。客人们根本顾不上累啊。"

"放电影时,没人打瞌睡吧?"

"没有。大家都睁大眼睛,看得饶有兴致呢。"

"聪子真太温柔了,她好像是被电影感动了,只有她在流泪。"

放电影时,聪子情不自禁地哭了起来。电影结束,亮灯之后,侯爵才发现她在哭。

清显感觉很累,回了自己的房间。但是,他睁着双眼,无法入眠。他打开窗户,觉得黑暗的湖面上仿佛有无数只青黑色甲鱼探出头来一起望着他……

他最终还是没忍住按铃将饭沼叫了来。饭沼已经从夜大毕业了,晚上肯定在家里。

饭沼走进清显的房间,一眼就看出他脸色不好,充满了愤怒和焦躁。

最近,饭沼开始慢慢学会察言观色了。他之前没有这种本领。

现在面对经常接触的清显,他已经深谙清显表情变化的含义了,就像观看万花筒里各种纤细玻璃碎片的组合一样看得清清楚楚。

因此,饭沼的心态和爱好也发生了变化。他之前将清显那张苦闷、抑郁的脸当作是怠惰软弱的表现而厌恶,但现在反而觉得颇有一种优雅的风趣了。

很显然,对清显忧郁帅气的外貌来说,和幸福喜悦的表情有点儿不协调,悲伤和愤怒才能提升他高雅的气质。当清显气愤焦躁时,肯定同时会具备一种柔弱的天真,两种情绪重叠在一起。他原本就白皙的脸颊会更苍白,那双漂亮的眼睛中布满血丝,长眉拧在一起,失去重心而摇晃的灵魂表现出强烈想要依赖某种东西的渴望,仿佛荒野上传来的歌声,弥漫着一种荒芜的乐观氛围。

清显一直保持着沉默,饭沼自己坐在了椅子上。以前清显不叫他坐下,他都不会主动坐下,现在却不请自坐。他拿起清显放在桌上的晚餐会菜单看起来。饭沼知道,就算自己在松枝家再待几十年,也没有机会尝到这份菜单上的佳肴。菜单是这样的:

大正二年四月六日赏樱会晚宴菜单
一、清炖甲鱼
二、芙蓉鸡肉丸子汤
三、奶油鳟鱼
四、牛里脊炖西洋蘑菇
五、鹌鹑炖西洋蘑菇
六、烤羊里脊烧西芹
七、水晶鹅肝
　　菠萝汁酒
八、斗鸡炖西洋蘑菇
九、奶油龙须菜
　　奶油扁豆
十、西式奶油糕点
十一、双色冰激凌、小点心

清显盯着一直在看菜单的饭沼,眼里露出又轻蔑又哀求的神色,局促不安。饭沼在等着他开口。清显对饭沼不够灵敏的客气很生气。如果饭沼这时能忘掉主仆之别,像兄长那样,将手搭在清显的肩膀上问一句,或许清显更容易敞开心扉吧。

清显没有感觉到在那里坐着的已经不是原来那个饭沼了。饭沼之前只是笨拙地隐藏自己的情绪,现在却能够温柔地对待清显了,并且已经闯入他本来很陌生的细腻的感情世界。他之前一点也不了解那些不习惯的事情。

"你现在或许理解不了我这时候的心情。"清显开口说道,"聪子狠狠地侮辱了我,根本没有将我当成成年人,说我过去的行为都是孩子般愚蠢的行为。不,她真这么说。她故意选择我最讨厌的弱点来攻击我,我对她大失所望。这么说的话,那个观赏雪景的早晨,我对她百依百顺,也是被她耍了……关于这事,你知道些什么吗?比如你有没有听蓼科说些什么……"

饭沼思索了一会儿,说:

"哦,没想起说过什么。"

饭沼思索的时间太久了,这久得有点异常的时间如同藤蔓纠缠着清显越来越敏感的神经。

"胡说。你肯定知道点什么。"

"不,我什么都不知道。"

他们这样争论时,饭沼将原本不想说的话一股脑儿都说出来了。虽然饭沼能看透别人的心思,却对心灵的反应不太了解,所以根本没想到自己的话对清显来说会造成多大的打击。

"我听阿峰说的。这个秘密,阿峰只对我一个人说过,她让我绝对保密,不许跟别人说。但是,这件事与您有关,所以我想还是告诉您更好。

"正月的贺年会那天,聪子小姐不是也来了吗。每年的这一天,侯爵老爷都会和亲戚家的孩子们亲切交谈,无论什么事都可以问他。那天,侯爵老爷玩笑似的问小姐:

'你有事要问我吗？'

"小姐也开玩笑似的回答：

'有，有件很重要的事情，我想知道您对清显的教育方针是什么。'

"我得强调一下，这些都是侯爵老爷对阿峰说的枕边话（饭沼气愤地说），他是笑着对阿峰说的。然后阿峰又将这些话如实告诉了我。

"于是，侯爵老爷饶有兴趣地说：

'是啊，是什么教育方针呢？'

"小姐说：'听清显说，叔叔曾亲自带他去花街柳巷。于是清显也学会了荒唐，他感觉自己已经长大了，所以目中无人，叔叔真对他进行这种不道德的实践教育了吗？'

"她就是用这种口气将这难以启齿的问题问了出来。

"侯爵听后仰头哈哈大笑，说：'这个问题不好回答啊。就像是矫风会的人站在贵族院的讲坛上质问演讲。如果清显说的是实情也无所谓了，但是有些地方需要解释一下，实际上他本人断然拒绝了这种教育。他和我不一样，就那样一个不肖之子，晚熟并且洁身自好。我确实诱导过他，不过我刚说他就拒绝了，然后气呼呼地走了。实际上他就是嘴硬、在吹牛，不过也蛮有意思的。只是，就算再亲密的关系也不该向大家闺秀谈论花街柳巷的事情吧。我忘了曾经教他当这样的男子啊。我马上叫他过来，把他臭骂一顿。或许，他就会发愤图强希望去尝尝冶游的滋味呢。'

"小姐好不容易才劝阻了侯爵老爷别喊你来质问，侯爵老爷还保证这件事他只当听听罢了，以后坚决不跟别人说，可后来老爷还是偷偷地将这件事告诉了阿峰，一边说一边笑，当然，他有要求阿峰保密。

"阿峰毕竟是个女人，心里藏不住事儿，她只跟我一个人说了。她还郑重地嘱咐我千万别对别人说。我说：这事事关少爷的名誉，若你敢随便说，我就跟你绝交。她很佩服我这种出乎意料的谨慎态度，我觉得她肯定不会对别人说。"

清显越听脸色越苍白,他之前的困扰如今烟消云散了,眼前出现一排玲珑的白色圆柱,所有模糊的轮廓都变得清晰了。

首先,聪子不承认她看过清显那封信,实际上她看过了。

当然了,这封信也让聪子有点儿不安。贺年会上,聪子问了侯爵之后才明白,后来就更加得意了,陶醉在她所说的"幸福的新年"之中。那天,在马厩前面,聪子突然热情奔放地表白,其目的就不言而喻了。

聪子打消了疑虑,才敢肆无忌惮地邀请清显去赏雪。

从表面看不出聪子今天为何要哭,还一味地指责他,但现在有一点很清楚,就是聪子一直都在骗人,她心里一直都看不起清显。不管怎么辩解,她在与清显接触时常用这样的方法对付清显以获得乐趣是谁也无法否认的事实。

清显想:聪子一边指责我像个孩子,一边又希望我永远做个孩子。太狡猾了。她有时表现出很依赖我的样子,但心里却始终不忘侮辱我;表面上假装恭维我,实际上却戏弄我。清显非常愤怒,竟然忘了事情的起因了,就是他自己写的那封虚假的信,一切都是从清显先骗人开始的。

清显将一切都归咎于聪子的背信弃义,因为她伤了清显的自尊心,这种自尊心对正处于躁动期的青少年来说最重要了。大人也许觉得这种自尊心无关痛痒(父亲的笑就足以表明),但正是这些无关痛痒的事情更容易伤害一个男青年的自尊了。不管聪子是否知道这一点,她的做法已经残酷地踩躏了这份自尊心。除了羞愧,清显感觉自己好像生病了。

饭沼不忍心看他那张苍白的脸,长久地沉默着,还没意识到自己也伤害到了清显。

这个帅气的少年长时间以来都在伤害饭沼。虽然饭沼并不想报复他,但在不知不觉中却深深地伤害到了清显。饭沼从没有觉得这位颓废的少年这么可怜。

饭沼还在想:是不是要将他扶起来,抱到床上去,倘若他伤心地哭泣,想必自己也会掬一把同情的泪吧。但是,清显抬起头时脸上一片干涸，没有流泪。他那冷漠锐利的眼神，一下打破了饭沼的幻想。

"知道了。我要睡觉了，你走吧。"

清显从椅子上站起来，将饭沼推到门口。

二十一

从次日开始,无论蓼科给清显打多少次电话,清显都没有接。

蓼科对饭沼说:"请务必转告少爷,小姐有话要直接跟少爷说。"但饭沼不会去转达,因为早上,清显已经严厉地吩咐过他了。有一次聪子亲自打来电话拜托饭沼,饭沼还是毅然拒绝了。

最近几天经常有电话打过来,惹得侍者们私下里纷纷议论。清显还是拒绝接电话。最终,蓼科找上门来了。

饭沼在内门厅外接待的蓼科。他穿着小仓裙裤,端正地坐在门厅前的铺板上,摆出一副坚决不让蓼科走进房间的架势。

"少爷不在家,没法见你。"

"不可能不在家。你如果非要阻拦我,那就叫山田出来。"

"叫山田出来也没有用,少爷不愿意见你。"

"那好,我就偏要进屋,我一定要见到他。"

"房门锁上了,你肯定进不去。你要进去是你的自由,只是,你是偷偷来的,如果让山田知道,事情闹大了,被侯爵老爷知道,就不合适了。"

蓼科不说话了,在昏暗中狠狠地瞪着饭沼那长满粉刺的凹凸不平的脸。明媚的春光洒落在门口的五叶松叶尖上,饭沼看着蓼科那张皱巴巴的、涂了一层厚厚的白粉的老脸,在阳光的照耀下,像绢绸画上的人物。她凹陷的眼皮下的双眼发出愤怒的凶光。

"好吧。就算是少爷的命令,但你这么不通人情,会有什么后果,想必你已经很清楚了。我之前也为你办过很多好事,缘分就到此了。少爷那边,随你的便吧。"

四五天之后,聪子寄来一封长信。

之前因为顾忌山田,一般都是由蓼科将信直接交给饭沼,然后再由饭沼转交清显。但是这次，信是被工工整整地放到山田双手捧着的泥金花纹漆盘上，送给清显的。

清显特将饭沼叫来，给他看那封未开封的信，然后叫他将窗户打开。当着饭沼的面，清显将信扔进火盆烧掉了。

饭沼看着清显白皙的手一边躲开发着光的小火苗，一边挑开被厚厚的信纸压着的即将熄灭的火焰，就像小动物一样在桐木火盆中到处乱窜，好像看到了一种微妙的犯罪行为。如果自己帮忙，肯定会燃烧得更彻底，但又担心被清显拒绝，所以没有帮忙。清显叫他过来，显然只是想找个见证人。

清显还是被烟呛着了，眼里掉下来一滴眼泪。这滴眼泪是饭沼之前希望得到的严厉的教训和理解的眼泪，但是现在清显脸颊上的泪珠，并不是饭沼感化的结果。不知何故，在清显面前饭沼一直都觉到自己无能为力。

大约一个星期后，有一天侯爵早早地回到家，清显便到正房的日式房间与父母一起吃晚饭。

"时间好快啊，明年你就要被赐'从五位'了，以后就让家里人叫你'五位少爷'吧。"侯爵兴高采烈地说道。

清显却在心里诅咒即将到来的明年，因为明年自己就要成年了，才十九岁，却对人生竟然如此困惑和疲惫，他怀疑自己这种心境是受到了聪子的影响。小时候，翘首期盼过新年，迫不及待地盼着自己早点长大的心思，清显早就没有了。他极其淡然地听着父亲的话。

三个人平时在一起吃晚饭时，有着略显哀愁的八字眉的母亲从来不插嘴，总是温柔体贴地照顾着丈夫和孩子。面色红润的侯爵则故意破天荒地表现出很开心的样子。父母轻轻地交换了下眼神，甚至谈不上是眼神的动作被清显察觉到，他觉得很吃惊，因为他们俩之间没有比心有灵犀更令人怀疑的了。清显看了一下母亲，使母亲有点紧张，说话也语无伦次的。

"……我说，有点不知道怎么说，其实也不是什么大事，我只是想问问你，看你有什么想法？"

"什么事？"

"就是，又有人向聪子提亲了。这次这门亲事很不容易，以后就不好轻易拒绝对方了。只是聪子的态度还是不明朗，不过，她对现在这门亲事并没有像之前那样无论是谁都一概拒绝。她的父母这次也很积极……所以，我们就想到了你，你和聪子也算是青梅竹马，你对她的婚事有什么意见吗？你想什么就说什么吧。如果有不一样的意见，可以如实地告诉父亲。"

清显连筷子都没放下，面无表情地说：

"我不反对，这件事跟我一点儿关系都没有。"

侯爵沉默了一会儿，依然开心地慢慢说：

"哦，现在反悔还来得及。如果，是说如果，你心里有什么疙瘩的话，可以直说。"

"我对她没有意思。"

"我说的是如果啊。既然你没有意思，那就好办了。长期以来，我们一直受到她家的关照，现在我们要尽力撮合这件事情，能做的就做，能帮的就帮，还得花点儿钱……就这样吧。下个月又到了先祖的祭日了，如果这门亲事进展顺利，聪子也要开始忙了，或许今年就没法来参加祭祀了。"

"既然这样，为何不一开始就别邀请她来呢。"

"真是让人吃惊啊！你们竟然到了如此水火不容的地步。"

侯爵说完就哈哈大笑起来，这个话题暂时结束了。

对清显的父母来说，清显的心思飘忽不定，像是个谜。他和父母之间一直有隔阂，父母很想了解他是怎么想的，但总是搞不清楚，后来就死心了。如今，侯爵夫妻甚至有点埋怨绫仓家对从小寄养在那里的清显没有进行很好的教育。

难道我们一直憧憬的公卿家的优雅就是这样意志不坚定、模棱两可、无法捉摸吗？远看很美，但是仔细看看受过这种教育的儿子，侯爵心里满是疑云。侯爵夫妻虽有各种期待和目的，但也只是南国式的单调色彩。但清显的心思却像是古代宫中女官多彩衣衫的色调，赤黄里的红色中包含着竹青色，分不清楚到底是什么颜色。

这样的猜测就够侯爵累的了。侯爵努力回想自己小时候的情景，从没发现过自己有心事重重的记忆，从没这么暧昧含糊，为躁动不安的心灵而苦恼。看似一片涟漪，但却清澈见底。

侯爵过了一会儿又说："不说这个了，我最近想将饭沼辞退。"

"为何？"

清显第一次有了少年的惊讶之情，这真是个意外。

"我觉得他照顾你时间也不短了，明年你就要成年，他也已经大学毕业，现在的时机最恰当。最直接的原因就是，我听到了一些关于他的不好的传闻。"

"什么传闻？"

"他在家里做出了越轨的事。实话说吧，他跟女佣阿峰有私情。如果是在过去，可是要斩首的。"

侯爵夫人听到这番话之后异常的平静。无论从哪个角度来讲，在这个问题上，她都和丈夫站在同一条线上。清显再次问道：

"从谁那里听说的？"

"别管谁了。"

清显的脑海中立刻闪现出蓼科的影子。

"如果在古代，就要斩首他，但是现在不行了。再说了，他是老家推荐来的，那位中学校长每年都一如既往地来拜年，考虑到这种关系，我就在想将他悄悄地送出去算了，也不会影响他的前程。我还想成人之美，有意成全他们，将阿峰也辞掉，若他们两情相悦，让他们结为夫妻也行。我还打算给饭沼谋个生计。总之，就是让他离开我们家，最好做到让他不要有任何的抱怨。他照顾了你那么长时间，这是事实，在这方面他也没有什么过失……"

"这样对他，算是仁至义尽了……"侯爵夫人说。

这天晚上，清显见到饭沼时，什么也没说。

清显躺在床上，思绪纷繁。他知道现在自己已经完全被孤立，就只有本多一个朋友，只是他又不能毫无保留地跟本多把事情的来龙去脉讲清楚。

清显做了一个梦。他在梦里觉得这个梦是他所有的梦当中最无法记录在梦境日记中的。这个梦太繁杂了,错综复杂。

梦里有各种各样的人物。忽然出现在雪地里的三连队兵营,本多在那里当军官;忽然飞来一大群孔雀落在雪地上,两位暹罗王子分别站在聪子的两边,给她戴上了一顶垂着长长的璎珞的黄金桂冠;忽然,又梦到了饭沼和蓼科吵架,两个人纠缠不休,突然都掉进万丈深渊,阿峰乘着马车赶来,侯爵夫人也出来恭迎,忽然又看到自己撑着木筏,漂荡在无垠的大海上……

清显在梦中想,因为在梦里待太久了,梦都跑到现实中来了,造成了梦的泛滥。

二十二

  二十五岁的治典王殿下是洞院宫的三王子,近来刚荣升为近卫骑兵大尉,长相帅气,气度不凡,最受父亲宠爱。因此,他在选妃时不听别人的意见,别人给他介绍的那些人选都入不了他的眼,就这样被耽误下来。他的父母亲为此事非常苦恼,就在这时,松枝侯爵邀请他们参加赏花宴,自然得体地给他们介绍了绫仓聪子。两位殿下很满意,想要一张聪子的照片。绫仓家马上送来了聪子的一张正装照。治典王殿下看到照片之后,没有像平常那样出言讽刺,而是看入了迷。虽然聪子已经二十一岁了,但年龄不是问题。
  为了报答绫仓家过去对清显的照顾之情,松枝侯爵很早就想要振兴家道已经中落的绫仓家。最快捷的方法就是能够和皇家攀亲,就算不是直接的皇族也行。绫仓家本来也是公卿之家,这样做也是情理之中的。只不过在这种情况下,需要有人筹谋。对绫仓家来说,要拿出一大笔陪嫁钱,而且以后好几年还要给皇家的仆人和侍者等送很多礼,也够头疼的了,所以松枝打算尽量在这方面给予帮助。
  聪子冷漠地看着自己身边忙忙碌碌的景象。四月份鲜有晴天,在灰暗的天空中已没有多少春天的气息,夏日即将来临。这座武士宅第表面看十分气派,但内部结构却很朴素简单。聪子透过房间的落地窗眺望着杂乱且宽敞的院子,茶花早已凋谢,又黑又硬的叶丛中发出了新芽;石榴树的细小枝叶尖上也发出了微红的嫩芽。新芽都是直立的,好像整个庭院都踮起脚尖伸展腰肢一样。庭院好像变高了一些。
  聪子最近明显变得沉默了,经常陷入沉思。蓼科为此也很焦虑,聪子同时也变得很听父母的话,没有像之前那样反对,总是微笑着接受一切。一切寂寞心思都藏在心中，好像最近阴郁的天空。

五月的一天，聪子收到一张邀请她去参加在洞院宫府第举行的茶会的请柬。按照以往的惯例，这个时候，应该先收到松枝家祭祖的请柬，然而聪子现在没有收到她最期待的请柬，却收到了洞院宫内务官送来的喝茶的请柬。

表面上看来这一切都很自然，其实这都是经过精心策划的。父母不善言谈，但也和这些人一样偷偷地画了很多复杂的咒符，想将聪子封闭起来。

当然了，绫仓伯爵夫妇也被邀请参加洞院宫家的茶会，只是如果让洞院宫家派马车来接就有点小题大做了，所以他们决定借松枝家的马车。明治四十年兴建的洞院宫殿下的府第位于横滨郊外，若不是去参加茶会，一家人乘坐马车去横滨可说得上是一次非常愉快的郊游。

持续几天的阴天终于放晴了，伯爵夫妇很开心，觉得这是个吉利的兆头。南风呼呼地吹着，一路上都可以看到鲤鱼旗在风中飘扬。鲤鱼旗的悬挂数以家中男孩子的人数来衡量，大黑鲤鱼和小绯鲤鱼相间，要是再挂上五面鲤鱼旗，就让人觉得有点杂乱，在风中飘扬的姿势也不好看。伯爵靠在马车的窗边，突然举起白皙的手指，数了数山脚下那户人家悬挂的鲤鱼旗，竟然有十面。

"人丁真兴旺！"伯爵微笑着说。

然而，对聪子来说，这实在是一句完全不符合父亲身份的粗俗的玩笑话。

嫩叶的长势惊人，山峦从黄绿色变成墨绿色。在各种绿色当中，尤其是枫树的嫩叶的光洒在树荫底下，把地面映成了紫黄色。

"呀，有点儿尘土……"母亲说。

她忽然看向聪子的脸，当她正打算用手绢替聪子拂去尘埃时，聪子突然朝后躲了一下，脸上的尘埃也消失了。母亲这才知道原来是玻璃窗上的一点污迹被阳光投影在了聪子脸上。

聪子对母亲这种错觉没有一点兴趣，只淡然一笑。母亲今天对自己的脸格外仔细，她很不喜欢自己被当作赠品一样来检验。

因为害怕头发被风吹乱，她们关紧了车窗，车里热得像个火炉一样。车身摇摇晃晃的，周围是一片绵延不绝的还没有插秧的水田，倒映着长满绿叶的群山……聪子不知道自己在期盼什么。一方面，她胆大妄为，使自己面临即将坠入深渊的危险，感觉心惊肉跳；另一方面，她好像还在期待什么。现在还为时不晚。好像在期盼危急关头有人能送来一道赦免令，同时又憎恨所有希望。

洞院宫的宅第位于高高的山崖上，可以俯瞰大海，这是一座具有宫殿式外观的洋房，外面铺了大理石台阶。内务官在门口迎候绫仓一家人下车，他们从马车上下来时，俯瞰着停泊了各种船只的海港，不由得发出一声赞叹。

茶会设在南向的宽阔廊道上，从这里可以眺望辽阔的大海。走廊上放了很多枝繁叶茂的热带植物。入口处放着一对巨大的新月形象牙，是暹罗王室送来的礼品。

两位殿下在这里迎接来宾，并热情地请客人就座。侍者端上了英式茶，放在铸有皇室菊花徽章的银器中。长条桌上还摆着精致小巧的三明治和西式糕点、饼干。

妃殿下说前段时间的那次赏花很开心，还说起打麻将和咏长歌的事情。伯爵赞美了沉默的女儿一句："小女在家还是个孩子，还没有打过麻将呢。"

"哎呀，我们要是有空的时候整天都在打麻将呢。"妃殿下一边笑一边说。

聪子不想说自己在家里还玩古老的"双陆"，一种用十二个黑白子玩的游戏。

今天洞院宫穿着一身普通西服，显得放松随意。他陪着伯爵站在窗边，指着海港的船只，好像在给孩子讲解一样：那艘是英国的货轮，平面甲板型船；那艘是法国的货轮，防浪甲板型船，以彰显他的博学。

当时，两位殿下看上去对选择谈论什么话题好像感觉有点为难。其实不管是谈论体育还是喝酒，只要找到一个共同感兴趣的话题就可以了。但是，绫仓伯爵总是处于被动的位置，只是微笑地倾听着。聪子觉得父亲从没有像今天这样,学来的优雅毫无用武之地。平日里,伯爵谈话总是喜欢穿插一些与话题无关的、有趣且有风度的笑话,但是今天却不敢放肆。

一会儿之后,洞院宫殿下看了一下表,好像忽然想起来似的说道:"今天正好治典王殿下从部队请假回来,我这孩子看上去很粗鲁。但请别介意,他心地是很善良的。"

刚说完就听到正门处传来嘈杂声,治典王殿下回家了。

传来佩刀和军靴的声音,治典王殿下威武地出现在走廊上,他向父亲敬了个军礼。聪子突然觉得这种威风徒有其表罢了,她很清楚洞院宫殿下很喜欢儿子的这种威武,年轻的治典王都是按照父亲的愿望行事。因为他的哥哥身体不太好,特别柔弱,父亲很早就对其失望了。

治典王殿下的英姿大概也有掩饰他第一次看到美丽的聪子时那种害羞的心情。实际上,不管是寒暄时还是寒暄过后,治典王殿下一直都没敢正眼看聪子。

王子虽然不够魁梧,但是很结实。动作干练潇洒、神情孤傲但有意志力、虽年轻但有威严,洞院宫殿下眯着眼睛满意地看着儿子。据传,洞院宫殿下虽一表人才、举止不凡,但是内心深处缺乏坚强的意志力。

听说治典王殿下喜欢收集西方音乐唱片,绫仓一家说起这件事时,妃殿下立即对他说:

"给我们放一张听听吧?"

"嗯。"

治典王殿下回应了一句,便走到室内放留声机的地方,聪子的视线也随着转移到那边,只见他大踏步跨过走廊和房间交汇处,锃亮的黑色长筒军靴上反射着窗户外面投来的闪闪白光,窗外蔚蓝的天空也在闪烁着,如蓝色且光滑的陶片。聪子闭上眼睛,等着音乐声传来。等待时,心中涌起一股非常不安的感觉,连唱针落在唱盘上那微弱的声音,她听起来都感觉好像耳畔响起了隆隆雷声。

后来,聪子和治典王殿下也只闲谈了两三句,傍晚时分,绫仓一家便离开了洞院宫家。一星期之后，洞院宫家的内务官来访，与伯爵聊了很久。结果是洞院宫家决定正式向宫内省的宗秩寮提出征询意见书，并将办理手续所需的报告也给聪子过目了，内容如下：

  尊敬的宫内大臣阁下　亲启
  关于治典王殿下与从二位勋三等伯爵绫仓伊文的长女聪子的结婚事宜双方已商定。
  今特呈文书征询尊旨。专此叩上。
          洞院宫内务官　山内三郎
          大正二年五月十二日

三天后，宫内大臣发来下述通知：

  关于回答洞院宫内务官事宜
洞院宫内务官
  关于治典王殿下打算与从二位勋三等伯爵绫仓伊文的长女聪子结婚事宜双方已商定，征询宫内意见一事，现谨回复同意。
  专此奉复。
              宫内大臣
          大正二年五月十五日

征询宫内省意见的手续就这样办妥了，随时都可以奏请敕许了。

二十三

　　清显已是学习院高等科最高年级的学生了,明年秋天就要升入大学学习。为了考上大学,有些人在一年半之前就开始复习准备。本多没复习,这让清显很开心。
　　乃木将军恢复的全体学生住校制度原则上所有人都要严格执行。只是,学校也允许身体虚弱的学生走读,像本多和清显那种,家长不想让他们住校的,自然能出示正规的医师诊断书。本多患的是心脏瓣膜症,清显患的是慢性支气管炎。他们两个人经常以各自的假病开玩笑,本多假装心痛窒息的样子,清显则假装气喘咳嗽。
　　所有人都不相信他们俩有病,他们也没有必要装模作样。只是,由参加过日俄战争的下士教授的监武课例外。这些下士在监武课上总是故意把这两个人当作病人。每当教练训示时,都会指桑骂槐地嘲讽一下,若病恹恹的连住校都不行,还能指望他们在国家危难时刻挺身而出吗?
　　暹罗王子们住校了,清显很同情他们,经常带着礼物去宿舍看望他们。王子们和清显现在交情已经很深了,他们看到清显就会大倒苦水说他们的行动如何不自由。性格开朗又冷酷的舍友并不都是他们的好朋友。
　　很长一段时间,清显都冷落了本多这位朋友。现在又厚着脸皮像小鸟一样飞回他的身边,本多依旧若无其事地欢迎他,好像已经忘掉清显之前忽视他的事情了。新学期开始后,清显突然像变了个人似的,有一种空虚的快乐和爽朗的感觉。本多虽然感觉有点儿奇怪,但也没有追问这件事情,清显也没有说。
　　清显觉得就算是好朋友也不能袒露一切,这是他目前最明智的做法。因此就不用担心本多发现自己原来是一个被女性玩弄的傻子了。清显知道，正是这种安心感才使他在本多面前这么自由且爽朗。清显觉得自己不想让本多产生幻灭感的心情和自己在本多面前要变成自由人和解放人的心情足够补偿对本多的冷淡和疏远了，这是自己对本多最好的友情的证明。

清显对自己的变化也很吃惊。后来，父母淡淡地将洞院宫和绫仓家结亲的进展情况告诉了他，比如那个好强的姑娘在相亲宴会上的拘谨，甚至连话都说不出来。他们说的时候，感觉挺好笑。当然，清显从他们的谈话中感受不到聪子的悲伤。

缺乏想象力的人可以自然地从现实的现象中发挥自己的判断力。但是，想象力丰富的人则要在现实的现象上筑起想象的城堡，关闭所有窗户，把自己封闭在里面尽情想象，清显就是这种人。

"就等敕许了。"

母亲这句话一直萦绕在清显耳畔。在听到敕许这个词之后，他好像真的听到自己恨恨地卸下金锁的动静。在一条宽且长的黑漆漆的长廊尽头有一扇门，门上有一把很小但很牢固的金锁。

清显出神地凝视着自己，听到父母讨论这件事情之后竟然能够这么坦然。他觉得自己是个硬汉，没有愤怒也没有悲伤，这种感觉很真实。他想："我是个比自己想象的还难受到伤害的人啊。"

他之前觉得父母对自己的感情不够细腻，很疏远。现在，他发现自己也继承了他们的性格，并且为此感到很高兴。他属于伤害人的那一类人，而不属于容易被伤害的那一类人。

日子就这样一天天流逝，聪子与他渐行渐远，不用多久，她就会彻底从他的世界中消失。想到这里，他就觉得有一种说不出的快感，就好像看着给饿鬼布施的灯笼投影在水面上，乘着夜潮向远处漂走，心中暗自期望它尽量漂得远一点，越远就越能证明自己的力量。

但是，大千世界，现在却没有一个人能为他的这种心思作证。这使得清显能轻易地自欺欺人。"我懂少爷的心思，这事交给我了！"平常说这种话的"心腹"也不再关心他了。让他感到更惊喜的是，能够摆脱蓼科这个大骗子，还能摆脱饭沼这个可以说是亲密无间的忠实的学仆。所有的烦恼从此都被抛之脑后。

清显觉得饭沼被父亲善意地赶出家门,这是饭沼咎由自取,这种想法保护了自己的冷漠,而且蓼科保证"肯定不会将这件事告诉令尊",并且她一直没有爽约,这让清显太高兴了。他觉得这一切都是这颗水晶般的、冰冷、透明且带有棱角的心的功劳啊!

饭沼即将离开时,来清显的房间辞行,他哭了起来。清显从他的眼泪中感受到了各种含义。浅显觉得饭沼一直在强调自己的忠心,这使清显觉得很不开心。

饭沼什么都没说,一直在哭。他想用沉默来跟清显表达什么。对清显来说,饭沼与他朝夕共处七年,是从感情或记忆都模糊不清的十二岁那年春天开始的。如果回忆往事,一定会有饭沼的身影。饭沼几乎陪伴了清显整个少年时期,他就像是清显身边的一个影子、一个穿着肮脏的藏青色碎白花纹长衫的黑影子。清显对饭沼的这种无法容忍的不满、愤怒和否定越不关心,就越沉重地压抑在他的心头。另外,幸亏饭沼那双暗淡的忧郁眼睛里藏着这些东西,才使清显在少年时期避免了难以避免的不满、愤怒和否定。饭沼追求的东西一直在饭沼的心中燃烧,他对清显寄予了厚望,但越是如此,清显就离他越远,或许这是一种自然发展的趋势吧。

当清显将饭沼收买成自己的心腹,将他施给自己的沉重力量化为乌有时,或许清显已经从心里期待今天的离别了。这对主仆本来就不该这样理解他们的关系。

清显郁闷地看着垂头丧气地站在那里的饭沼,在夕阳的映射中,只见他那藏青色碎白花纹的和服胸前,隐约露出了些许凌乱的胸毛。这厚实且沉重的让人厌烦的肉体,保护了他强加于人的忠实。他的肉体本来就充满了对清显的不满,甚至在夕阳照映下那凹凸不平的酒刺也发出泥泞的光,用一种目中无人的光彩诉说着信赖他并且将和他一起离开这个家的阿峰的存在。这太无礼了!少爷被女人抛弃,一个人痛苦,而学仆却得到女人的信任,并得意地离开这里。而且饭沼认为自己今天前来辞别是出于对清显的绝对忠诚,这让清显更烦躁不安。

但清显仍能保持着贵族的态度，用来表示冷若冰霜的表情。

"这么说，你离开这里之后很快就会和阿峰结婚？"

"嗯，承蒙少爷厚爱，有这个打算。"

"到时候通知我，我要送你一份贺礼。"

"谢谢。"

"安顿好之后，来信告诉我，或许我会去看你。"

"如果少爷光临，我肯定很高兴。不过，我的住处又脏又小，恐怕会有所怠慢。"

"这个就不用客气了。"

"是，既然您这么说……"

饭沼说着又哭了起来。他从怀里掏出一张粗糙的再生纸擦了一下鼻子。

在今天这种场合，他觉得清显说的每一句话都恰到好处，正如他想的那样。显然，清显说的这些不夹杂任何感情的话反而让人觉得很感动。清显原本是一个感性的人，现在因为需要，也学会了心理学。必要时，这种安慰对自己也适用。他学会了穿上情感的铠甲，并且把铠甲擦得锃亮。

这个已经摆脱了所有不安的十九岁少年，没有痛苦，也没有烦恼。他觉得自己是个冷漠的人，好像某些事情已经完全结束了。饭沼离开之后，他透过敞开的窗户，看着嫩叶繁茂的红叶山倒映在湖面的美丽的影子。

窗边的榉树枝繁叶茂，嫩叶葱葱，不伸头就看不见第九段瀑布落入水潭的情景。湖畔覆盖着一大片浅绿色的莼菜，萍蓬草还没绽放黄花，不过在大厅前面曲折的小石桥缝隙中可以看到花菖蒲苍翠的树叶丛，好像利剑似的，里面有星星点点的紫色和白色的花。

清显专注地看着一只吉丁虫从窗框上慢慢地爬进屋里。吉丁虫闪着金绿色光的椭圆形甲胄上有两道紫红色的鲜艳线条，慢慢地一步步朝前移动着像锯齿一样的细腿。身上凝聚的沉静稳重的光彩在静止的时间中，显得很沉重也很滑稽。清显看着看着，不知不觉竟然被吉丁虫深深吸引住了。吉丁虫就这样将它优美的身姿慢慢朝清显移动。它这种毫无意义的移动，好像在教清显怎么才能够巧妙、有意义地度过这种每一瞬间都在无情改变现实的结局。他自己的感情铠甲又是怎样的呢？有没有像吉丁虫的甲胄那样有力量并发出自然且美丽的光彩呢？能不能抵抗外界所有东西的力量？

这时候，清显觉得周围茂密的树木、蔚蓝的天空、云彩、各处屋顶的脊瓦等，所有的一切都服务于这只吉丁虫。吉丁虫好像成了世界的中心，世界的核心。

今年祭祀先祖的气氛不同于往年。

首先，以前每到祭祀时，饭沼就会早早地将祭坛打扫干净，摆好椅子。今年饭沼走了，这些事情都落在了山田身上。这些原本不是山田的本职工作，而且平常都是由年轻人负责，现在山田不得不承担这些事，心里很不开心。

其次，没有邀请聪子参加。虽然只不过是应邀来参加祭祀的亲朋少了一个人而已，再说了，聪子也不是真正的亲戚。但是，客人里没有一个能比得上聪子的美丽。

神灵感觉到这种变化好像也有点儿不开心，在祭祀的过程中，突然阴云密布，雷声阵阵。女人们在听神官念祈祷文时，内心很焦急，担心下雨。还好穿着绯红色裙子的巫女绕着场地给大家倒了神酒，天气顿时转晴。耀眼的阳光照射在低着头的女人们抹着白粉的颈窝里，脖颈上沁出细细的汗珠。藤架上的藤蔓洒下浓郁的阴影，后排坐着的客人正好能享受这花影的树荫。

每年举行的这种以表示对先祖的敬意和哀悼的祭奠，越来越没有氛围了，如果饭沼在，他肯定很生气。尤其是自从明治天皇驾崩之后，明治时代就慢慢过时了，先祖们距离现在的社会也越来越远，成为与这个世界毫无关联的神灵了。参加祭奠的人中虽也有先祖的遗孀等几个老人，但他们也早已流干了悲伤的眼泪。

在这么繁杂的仪式过程中，女人们窃窃私语的声音一年比一年大，侯爵也没有责怪她们。不知何故，他自己也觉得这样的祭奠是个累赘，希望能够简单地办，不要那么烦琐。侯爵一直在看长得像琉球人一样的巫女，她浓妆艳抹，特别引人注意。在举行仪式时，她那投影在素陶酒杯中黢黑又明亮的眼睛的影子，让侯爵都看呆了。仪式刚结束，侯爵就匆忙走到嗜酒的海军中将的表弟身边，好像说了什么玩笑话。惹得中将尖声大笑，吸引了全场人的注意。

侯爵夫人不动声色，她知道自己这副悲伤的八字眉面孔非常适合这种场合。

虽然清显也没有特别虔诚的态度，但看着眼前整个家族的妇女都聚集在五月底的藤花架树荫下，包括连名字都不知道的婢女在内的所有女人，她们面无表情，没有一点儿悲伤，只因为邀请她们来，她们就来了。不久之后，她们又都会走，她们表情茫然，一张张脸像白天的月亮般苍白，夹杂着说不出来的沉重及不快。清显敏锐地感受到一股浓郁的气味，就是女人的气味，聪子也是这个味道。就算手持献神的杨桐玉串——玉串上包裹着素白币帛，缠着光滑的深绿色树叶，也无法摆脱。

二十四

有种失落的安心在安抚清显。

他的心一直这样感受着,与其陷入失去的恐惧,不如知道在现实中已经失去。

他失去了聪子,这是好事。连之前那样的愤怒也快速平息,更不用浪费感情了。他好像燃烧的蜡烛,明亮且炽热,但自身却逐渐融化,直到熄灭,在黑暗中孤独的存在。当然它已无须担心自己的身体再次融化。他明白孤独就是休息。

眼看要进入梅雨季节。清显像康复期的病人一样提心吊胆地开始摆脱特别的保养,早就想尝试自己是否真的不再动心,他还有意地回忆起聪子。他拿出影集,浏览昔日的照片,其中有一张是两人小时候的合影,他们胸前都围着白色围巾,并肩站在绫仓家的槐树下。清显小时候比聪子高,他觉得很满意。伯爵擅长书法,曾热心地教他们练习一种古老的日式书法,这种书法源自藤原忠通的法性寺流派,有时候他们写烦了,伯爵为了提高他们的兴致,还让他们按照《百人一首》和歌集一人写一首。这些书法保留至今。清显写了一首源重之的"风吹浪击伤岩石,破碎心灵犹沉思";聪子则在旁边写上大中臣能宣的"皇城卫士焚火光,夜燃昼熄思更旺"。一看就知道,清显的字迹比较稚嫩,聪子的手法则比较流畅、精致,让人想不到这是孩子写的。清显长大之后很少接触这书卷轴了,因为他发现聪子比他成熟,这种差距让他很苦恼。但是,这时候静下心来观赏一番,他发现尽管自己的字迹比较幼稚,但在这笨拙的书法中却能体现他男子的气概,和聪子那种流畅的优雅形成鲜明的对比。不但如此,每当想起随意蘸满墨汁的笔端落在这配有小松枝图案的漂亮金箔粉末纸张上时,当年那种情景便浮现在眼前。聪子那时头发又长又黑，留着厚厚的刘海，弓着身子聚精会神练习书法时，黑发从肩头滑落，她那纤细的小手依然紧握笔杆，专心地写着。清显总是透过头发的缝隙，目不转睛地看着她那可爱的侧脸，紧咬着下唇的洁白的小前齿，虽然还只是个小女孩但轮廓清晰的挺拔鼻梁。空气中有一股忧郁且暗淡的墨香，笔端掠过纸面发出如风吹竹叶的沙沙声，砚台上刻有奇怪的"海与山"名称，风平浪静的海边突然深陷海底，一切都消失了，只有墨黑的沉淀，墨的金箔脱落散乱在上面，如月影散发出的光，那是永恒的夜之海……

"我居然可以这样天真地怀念过去。"清显感到很自豪。

清显竟然没有梦到过聪子。梦中有一个像是聪子的身影，一出现立刻就转身走了。梦中常出现的反而是白天没有人影的大街。

在学校里，巴塔纳迪多王子拜托清显办一件事，希望清显将他存放在清显那里的戒指带到学校来。

两位暹罗王子在学校的口碑一般。主要还是因为他们不能流利地说日语，影响学习，这还没什么，主要是他们领会不到朋友们友好的玩笑，一开始大家还替他们着急，后来干脆躲着他们了。两位王子总是保持微笑，在一些粗鲁学生的眼里觉得他们别有用意。

听说这两位王子住到学校的宿舍是外务大臣安排的。清显听说舍监为了接待这两位客人大费周章。给他们准皇族的待遇，安排他们住特别的房间，他们的床也是高级的。舍监竭尽全力让他们和其他寄宿生友好相处。但是，长期以来，两位王子好像被关在只有他们两个人的城堡中，大部分时间都不去参加朝会和体操。这样一来，不知不觉中就加深了他们和寄宿生之间的隔阂。

造成今天这个局面的原因有很多。一方面，他们到日本不到半年就想让他们用日语听课，显然不太可能。另一方面，在准备期间，这两位王子学习也不太刻苦，在本应该大放异彩的英语课上，因为不是英译日就是日译英的练习，也使这两位王子很无奈。

巴塔纳迪多王子将戒指寄放在松枝侯爵那里，存放在侯爵在五井银行的私人金库中，清显需要用父亲的印鉴才能将其取出来。傍晚时，清显又返回学校去找王子。

虽是梅雨季节，但这天没下雨，天气很闷，阴森森的。在这样的日子中，王子们太期待阳光明媚的夏天了，虽然眼看就要到夏天了，但是还没来，这样的日子让人很没精神，仿佛就是王子们焦躁不安情绪的写照。他们的宿舍是粗糙的木板平房，掩映在茂密的树林深处。

体育场上不时响起练习橄榄球的叫喊声。清显不喜欢这种从年轻人喉咙里迸发出的理想主义的叫喊声。粗暴的友情、新人文主义、无休止的时尚打扮和俏皮话、不厌其烦的歌颂罗丹的天才和塞尚的完美……这些只不过是与古代剑道的嘶喊相对应的新体育的叫喊罢了。他们的喉咙一直充血，因为年轻而发出一股青桐叶的芳香，戴着一顶高高的唯我独尊的无形的古礼帽。

语言不熟的两位王子夹杂在这种新旧潮流之中，可以想象得到他们有多难过。现在，已经摆脱愁苦，获得自由，心情开朗的清显不禁对他们深表同情。虽然这两位王子住着高级的房间，房间位置却是在昏暗走廊的尽头。清显来到贴着他们名牌的一扇旧门前停下，轻轻地敲了一下门。

王子一开门见到是清显，高兴得想马上和他拥抱一下。两位王子，清显很喜欢那位认真朴实且爱做梦的巴塔纳迪多王子——昭披耶。那个原本比较浮躁且喜欢吵闹的库里沙达王子最近变得沉默起来。他们两个人总是待在房间里用母语闲聊。

房间里除了床、桌子和衣柜，连件像样的摆设都没有。房子本身充满了当年乃木将军兵营的味道。护墙板上是白墙，白墙上有个小木架，上面放着一尊金色释迦像，王子早晚都要膜拜。整个房间只有这尊佛像大放光彩。窗户两边挂着被雨水污染的细白布窗帘。

在傍晚的昏暗中，两位王子明显晒黑了的脸只有微笑时露出的白牙格外显眼。两人让清显坐在床边，然后就立刻催问戒指有没有带来。

这只戒指上镶嵌着一块祖母绿宝石，由一对半兽面孔的金色护门神"雅"保护着，戒指发出的光芒与这个房间极不协调。

昭披耶高兴得叫起来，接过戒指，立刻戴到了他那只柔软的浅黑色手指上。这手指好像天生就是为了爱抚,那么纤细且有弹力,就像从门扉的缝隙中将它的足迹深深地嵌在细木地板上的一道热带的月光。

"月光公主的馨香终于又回到我的手指上了。"昭披耶有点儿伤感地叹息道。

库里沙达王子没有和之前一样取笑昭披耶,他打开衣柜的抽屉,将精心藏在几件衬衫间的自己妹妹的照片拿了出来。

"我在学校将照片摆在桌子上,同学们都取笑我。所以我只好这样将妹妹的照片保存起来。"库里沙达王子说着都快哭了。

过了一会儿,昭披耶坦白说,月光公主已经两个月没有来信了,虽然他们向公使馆打听过,但仍没有消息,她也没有给她的兄长库里沙达来信报平安,如果她生病或者发生了什么事情,肯定会来电报通知的。昭披耶无法想象:如果发生了对哥哥也要隐瞒的变故,除非是暹罗王宫急着搞什么政治联姻了。

昭披耶想到这里就心烦意乱了。明天是否会来信呢?可又怕来信会传来坏消息呢。他现在满脑子都在想这些事情,没有心思学习。王子这时候唯一的精神寄托就是将月光公主在临别时赠送的那只戒指要回来,这样可以让自己的思念寄托在好像是密林融化在朝霞下的青绿色祖母绿宝石中了。

这时候,昭披耶好像忘了清显也在,他将戴着祖母绿宝石戒指的手放到了桌面上月光公主的相片旁边,他好像在这个瞬间想将遥远的时间距离与空间距离合二为一。

库里沙达王子拧开了吊在天花板上的电灯,昭披耶手上的祖母绿宝石在相框玻璃的反射下发出的绿光,刚好映照在公主白色花边衣服的左胸上。"看!怎么样?"昭披耶用英语说着梦呓一般的话"她有一颗绿色火焰般的心,不是吗?像一条用树上藤蔓似的姿态盘缠在密密麻麻的枝丫上的又细又长的绿蛇,才具有这样一颗发出冰冷绿光、带着细微裂痕的心。或许她在当初温柔告别时,就希望我能理解她的心意。"

"怎么可能会这样?昭披耶。"库里沙达王子毅然打断了他的话。

"库里沙达,你别生气,我没有侮辱你妹妹的意思,我只是想说'恋人'的存在是多么不可思议。

"我觉得她的照片只是记录了她照相时的姿态,她在临别时送绿宝石戒指却真诚地反映了她当时的心情,难道不是吗?我记得,相片和戒指、外貌和心灵原本就是分开的,现在却这样合并到一起了。

"在恋人面前,我们将她的外貌和心灵分开是最愚蠢的了。或许,这时候我离开了真实的她,反而觉得比相逢时更能清晰地看到月光公主是一个完整的形与心的结晶。离别是痛苦的,相逢亦是痛苦的;若相逢是欢乐的,分别亦是欢乐的,世上没有这样的道理。

"对吧?清显。我想探索一下恋爱这东西,怎么能够像魔术一样将时间和空间结合起来,其秘密究竟是什么?即使她就在面前,也不一定是迷恋她本人,而且她的美丽外表就是被视为实际存在不可缺少的形式,所以隔着时间和空间,可能会有双重疑惑,也可能双倍地接近她的实际存在……"

清显不知道王子的哲学思考有多深奥,但他还是认真倾听。不过,王子的话多少能够引起他的共鸣。清显认为这时候自己对聪子来说,就是"接近双倍的实际存在",而且确实知道自己迷恋的不是她的实际存在。有什么证据证明呢?说不定自己只是陷入"双重疑惑"当中,不是吗?自己迷恋的果真是她的实际存在吗……清显不经意间摇了摇头。他忽然想起曾经做的一个梦:从昭披耶的祖母绿宝石戒指中出现的美丽女子的脸,那个女人到底是谁呢?是聪子,还是素昧平生的月光公主呢?还是另一个……

"话又说回来了,什么时候才能入夏啊?"库里沙达王子说。

库里沙达王子心事重重地看着窗外笼罩着密林的黑夜。密林的另一边是学生宿舍,那里灯光闪闪,时隐时现。传来阵阵嘈杂声。好像是可以去食堂吃晚饭了。林间小路上有学生时不时发出吟咏诗歌的声音,这种粗犷且不认真的吟咏调子,惹得其他同学哈哈大笑。两位王子皱起眉头,好像害怕夜晚降临时,随之而来的各种妖魔鬼怪……

　　清显归还戒指后没多久，却因此发生了一件不愉快的事情。

　　几天之后蓼科打电话来，女仆转告了清显，但清显没接电话。

　　第二天，蓼科又打电话来，清显依然没有接。

　　这件事清显觉得不怎么重要，他暗自决定，先不说聪子的事情，仅是蓼科的无礼他就觉得很生气了。一想到那个骗人的老太婆不知廉耻地又想骗他，他就怒火中烧，自己因不接电话带来的那点儿忧伤也因此都消失了。

　　三天后进入了梅雨季节，接连下了好几天雨。清显刚从学校回来，山田就毕恭毕敬地将信送到了清显手中。清显看了一下信封的背面，上面写着蓼科，他不禁大吃一惊。封口经过了精心的封贴，摸上去感觉双重信封中装了一封厚实的信。清显担心只有自己一个人时会忍不住拆开信看，所以他故意当着山田的面，将那封厚厚的信撕碎了，并且让山田立即拿走扔掉。因为他担心，如果将信扔在房间的垃圾桶中，自己会忍不住将撕成碎片的纸屑捡起来拼凑好。山田什么也没问，但他戴着眼镜下的眼睛里充满了诧异。

　　又过了好几天。在这段时间里，清显觉得自己将那封信撕碎之后，精神压力越来越大了，他不由得开始生自己的气。他发现自己的心被这封早就和自己无关的信搅得心神不定。要仅仅是这样还好，但他竟然还后悔自己当初没有坚决地将信拆开，这让他受不了了。当时，他之所以将信撕碎扔掉，就是因为自己坚强的意志力，但是后来，他又想了一下，觉得那不过是自己懦弱的掩饰罢了。

　　他用手撕那封不显眼的白色双重信封时，手指好像碰到了柔软且坚韧的麻丝图案纸，就觉得阻力很大。实际上，那纸张并没有掺入麻丝，而是他内心深处有着如果意志力不够坚定就撕不毁这封信的潜意识，这是一种怎样的恐惧呢？

　　他不想再为聪子烦心了。他不想让她那种很不安的香气再搅乱自己的生活。他好不容易才使自己的头脑清醒起来……可是，他在撕毁那封信时，竟感觉自己好像在撕裂聪子那白皙且失去了光泽的肌肤。

梅雨过后，天气放晴。在一个闷热的周日下午，清显从学校回到家中，正房门口传来嘈杂的人声，他们在为家中的出行准备马车，仆人们把大宗礼物搬上了马车，这些礼物用紫色的包袱包着。每次搬东西上马车时，马的耳朵都会动一下。脏兮兮的白齿缝中流下的唾沫反射出光泽。强烈的阳光照在好像涂抹了一层油的青鬃毛上，在浓密的鬃毛下，清晰地浮现出起伏的静脉。

清显正要走出门厅，碰到了母亲穿着带有家徽的三层礼服从里面往外走。

"我回来了。"清显说。

"哦，你回来了啊，我正要去绫仓家表示祝贺。"

"祝贺什么？"

母亲从来不想让仆人听到重要的事，所以她将清显拉到门厅旁放伞架的昏暗角落里，小声说：

"今天早上，敕许终于下来了，你也一起去祝贺吗？"

侯爵夫人还没等儿子回答，就看到儿子眼里有一丝忧郁且欣喜的亮光闪过。夫人着急出门，顾不上细想儿子这种眼神代表什么。

她跨过门槛，又回过头来，带着一副忧伤的八字眉说了这么一句。这句话表明她并没有从清显瞬间的眼神里察觉到什么：

"这终归是件喜事。就算感情破裂了，这时候还是应该由衷地表示祝贺的。"

"您去吧，算了，我就不去了。"

清显站在门口看着母亲的马车出发。马蹄踢散了路上的沙子，发出雨点般的声音。带着松枝家金色家徽的马车，通过门口的五叶松林，朝远方驰骋而去。清显深深地感觉到自己背后的仆人在主人走后那种如释重负，就像无声的雪崩一般。他回头看了一下主人不在格外空荡的宅第。侍者们低下头，默默地等待他走进屋里。清显觉得自己现在又有了可以独立思考的素材，并且可以用这项本领来充实自己莫大的空虚。他看都没看一下侍者们的脸，就沿着走廊大步朝自己屋里走去，巴不得立刻将自己关在房间里。

此刻，他心潮澎湃，胸口怦怦乱跳。仿佛凝视着"敕许"这两个尊贵的金灿灿的大字。敕许终于下来了。蓼科频繁的电话和寄来的厚厚的信件大概就是希望在敕许下来之前再努力一把，表现出自己焦急的情绪，以得到清显的宽恕，还清这笔良心债。

  这一天，清显在家中想入非非，任由思绪泛滥。他无视外面的一切，往昔寂静且明朗的心境支离破碎，阵阵热风将心灵的碎片吹得七零八落且沙沙作响。平常，他的一点儿热情肯定会夹杂着些许忧郁，现在他的忧郁完全消失在高昂的情绪中了。如果要说有与此类似的感情，想必首先就是欣喜。但是人的感情中，再没有什么比这种莫名其妙的狂喜更让人害怕的了。

  如果要问清显为何如此欣喜，那就是"不可能"这个思想。绝对不可能。他和聪子的关系就像琴弦被锐利的刀切断，随着敕许这把明晃晃的刀切断琴弦而发声，聪子和他的情丝也被斩断了。从少年时期起，他就在优柔寡断中悄悄地梦想、悄悄地期待着这样的事态发展，当年牵裙裾时抬头看到妃殿下那雪白的脖颈无与伦比的美，正是他这种梦想的根源，肯定已经预示他这种期待的结果。绝对不可能。这才是清显因为一直忠诚于这种曲折的感情，给自己造成的结局。

  但是，这欣喜到底是什么呢？他无法从欣喜的这种阴暗、危险、可怕的形象中转移视线。

  对自己来说，唯一真实的就是自己只为既没有方向又没有结果的"感情"而活着……如果这种生活方式最终将他引到这种欣喜的黑暗旋涡的深渊前面，那么最后就只能跳进这个深渊中了。

  他又将小时候和聪子一起学习练字时写的《百人一首》拿出来欣赏，凑近卷纸，想闻闻看是否还有十四年前聪子焚燃的线香的香味。于是，这种深情、苍白且豪放不羁的旧感情，在一阵遥远的略带霉味的芳香中复燃了。他清楚地记得当年玩"双陆"游戏时胜利了，皇后赐给他糕点，他用小牙齿咬着红色菊花形糕点的一角，濡湿融化的地方红得更鲜艳了，接着又去舔白色菊花形糕点那像是用冰雕刻出来的棱角，舌尖下融化的甜甜的糕点，像泥泞一样塌陷……那一间间昏暗的房间，摆着从京都拿来的皇宫风格的屏风；

那寂静的夜晚,黑发下的聪子的小小呵欠……往日的一切都历历在目,荡漾着一种寂寞的优雅。

因此,清显觉得自己正逐渐朝瞧也不敢瞧一眼的某种观念靠拢。

二十五

……清显心中响起一串高音喇叭似的响声。

"我爱着聪子。"

清显第一次有了这种感情,而且不管从哪个角度看,都是千真万确的。

他想:所谓优雅就是触犯禁忌,而且触犯的是最高的禁忌。这种观念教会他长期被压抑的肉感。回想一下,他的飘忽不定的肉感,肯定私底下在不断追求这样强烈观念的支柱。为了找到真正适合自己的角色,他费尽心思!

"现在我才是真正爱着她。"

为了证明这种感情是正确和真实的,凭那些已经变成绝对不可能的事情就够了。

他无法平静下来,从椅子上站起来又坐下去。他之前总是感觉自己充满不安和烦躁,现在却觉得自己充满了青春活力。他以为自己会被悲伤和敏感打败,原来这所有的一切都是错觉。

他打开窗户,眺望着波光粼粼的湖面,深吸了一口气,榉树的嫩叶发出的香味扑面而来。红叶山天边飘着形状各异的云朵,像夏天的云彩一样充满光的量感。

清显两颊发热,双眼炯炯有神。他已经变成一个新人。不管怎么样,他已经十九岁了。

二十六

……他在炽热的幻想中打发光阴，一心等待母亲回来。他觉得母亲不会在绫仓家待太长时间。他最终还是等不及母亲回家，脱下校服，穿上飞白花纹夹袄和裙裤，让侍者备好马车。

他乘马车到了青山六丁目，特意在这里下了马车，换乘刚通车的从六丁目到六本木的市营电车，然后在终点站下车。

六本木是六棵树的意思，现在只剩下三棵树，在通往鸟居坂的拐弯处。和市营电车开通前一样，树下依然挂着写有"人力车停车场"的大牌子，竖有木桩，车夫们头戴圆顶草帽、身穿带字号的蓝色半截外衣和紧身裤在那里等待客人。

他叫了其中一个车夫，先给他一点赏钱，让他赶紧拉着自己去附近的绫仓家。

松枝家英国产的马车进不去绫仓家的长条屋。若马车在门前等候，左右两扇门都敞开，说明母亲还在绫仓家。若门前没有马车，门关紧了，则说明母亲已经离开了。

清显坐着人力车经过门前时，看到大门紧闭，门前留下了四道来回的车辙。

清显让人力车返回鸟居坂附近，自己在车厢里待着，让车夫去将蓼科叫来。在等待的过程中，车厢是他最好的藏身之地。

蓼科迟迟没出来。清显从车篷的缝隙中看到夏天的骄阳逐渐西下，好像丰盈的果汁，将深林的嫩叶和树梢都照亮了。他还看到鸟居坂周围红高墙的另一边，有一棵高大的橡树，枝繁叶茂，长满新叶，好像白色的鸟巢，还有无数带点红晕的白花。这种情景让他想起赏雪的那个早上，莫名感动。其实，这时候要见聪子并非上策。他已具有明确的感情，并且觉得没有必要执着于由感情支配行动。

蓼科终于来了，她跟在人力车夫后面，穿过便门往这边走来，她一下子就看到掀开车篷的清显了，突然停下脚步，不知所措。

清显拉住蓼科的手，强行将她拉上车。

"我有话要对你说，找个隐蔽的地方吧。"

"您虽然有话……但是事出突然……侯爵夫人刚回去……再说了，我还要准备今天晚上家里的庆贺宴，我也很忙的。"

"行了，快点儿跟车夫说去哪里吧！"

清显紧紧地拽着蓼科，蓼科无奈地对车夫说：

"请去霞町，霞町三号附近有一段绕到三连队正门的斜坡路，顺着斜坡路下去。"

人力车起动了。蓼科一边神经兮兮地拢了一下两鬓的短发，一边盯着前方。清显这是第一次离这个涂着厚厚的白粉的老太太这么近，突然感觉很恶心，不过他也是第一次感觉她长得好像一个小矮人。

在人力车的摇晃下，廖科自言自语地嘀咕了好几遍：

"已经晚了……一切都来不及了……"

"这之前，哪怕有一两句话的回音……但是……"

清显沉默不语，无动于衷。过了好久，快到目的地时，蓼科解释说：

"我有个远房亲戚在这里开了一家简易公寓，专门租给军人，虽然地方简陋，但里屋空着，可以放心交谈。"

明天是周日，六本木那里会成为军人的天下，热闹非凡，到处都是穿着卡其色军装的士兵和前来会面的军属。今天是周六，还看不出什么变化。清显感觉人力车跑过的地方似乎是那天早上赏雪时经过的地方，当时他和聪子也曾下过这条坡道。这时，蓼科让车夫将车子停了下来。

眼前是一栋二层楼房，虽然没有一扇正经的大门和门厅，但有一个围上板墙的大院子。楼房很简陋。蓼科从围墙外面朝二楼看去，好像没有人，玻璃窗都关着，能看到六扇并排的方形透明格子玻璃落地窗，但是看不清屋里的情景，劣质玻璃模糊地反射出昏暗的天空。对面那家房顶上有一个干活的工人，他的身影也被反射到玻璃上就像是水中扭曲的倒影。玻璃里昏暗的天空仿佛傍晚的湖面，忧伤、扭曲、潮湿。

"那些士兵一回来就非常喧闹了。本来，这里只出租给军官。"

蓼科说着，拉开了旁边贴着鬼子母神符的细格子门，朝屋里打了一声招呼。

有个五十岁左右、头发花白的高个子老人走了出来，他用有点儿沙哑的声音说：

"哦，是蓼科呀，请进吧。"

"能借用一下里屋吗？"

"可以，可以。"

三个人穿过后面的走廊，走到了只有四张榻榻米宽的里屋。大家坐下来之后，蓼科用有点儿轻浮的口气，不知道是对着清显还是对着老人肆无忌惮地说道：

"我们说完话就走。再说了，和这么英俊的少爷在一起，还不知道别人会说什么闲话。"

房间中收拾得非常整洁，半张榻榻米宽的壁龛中，悬挂着窄幅书画，里面还有隔扇，与从外面看到的廉价公寓截然不同。

"您要说什么呢？"

老人刚走，蓼科马上就问道。清显默不作声。蓼科心中的愤怒表现得淋漓尽致，又问了一句：

"到底什么事？偏偏挑今天这个日子。"

"我就是因为今天这个日子才来的。你帮我安排一下，我要见一下聪子。"

"您说什么啊？少爷，已经来不及啦……真的，事到如今，还说什么呢。从明天开始，一切都得听从皇室的安排。早知如此，何必当初。她给您打了好多次电话，还给您写信，您都没有回应。事情都到了今天这个地步，还说什么呢？您这样未免太过分了。"

"还不是因为你吗？"

清显看着蓼科涂着厚厚的白粉、露着青筋的太阳穴，严肃地说。

　　清显指责蓼科睁着眼睛说瞎话，其实早就让聪子读了自己的信竟然说没看，还告黑状，逼走了自己的心腹饭沼。蓼科哭着低下头道歉。不知她的眼泪是否有装腔作势的成分。

　　蓼科拿出怀里的白纸擦了一下眼泪，眼圈周围的白粉脱落后显得更老了，她那被擦红的高颧骨上的皱纹，就像是擦过鲜艳口红之后的皱巴巴的薄纸。蓼科抬起哭肿的眼睛，望着上空说：

　　"都是我的错。我知道现在后悔也来不及了，再怎么道歉都是徒劳。但是，与其向少爷道歉，倒不如向小姐道歉。我没有将小姐的实际情况告诉少爷，都怪我。我本来是一片好心，想从中间撮合，没想到办砸了。您想想，小姐读完那封信之后多生气啊。但是，她还在少爷面前装作若无其事，她所做的一切多让人佩服啊。我出了个主意，她听从了。在新年的亲戚贺年会上，她直接问了老爷事情的真相后，如释重负。从此，她对您日思夜想，连女孩子的矜持都不顾了，邀请您在那个下雪的早上一起去赏雪。那一段时间，是她觉得最幸福的时候，甚至在梦中还呼唤您的名字。但是谁承想，在侯爵老爷的撮合下，皇家竟然登门提亲。小姐知道此事之后，一心想求少爷拿个主意。但是少爷您坐视不管，杳无音信。小姐有苦难言。眼看着敕许要下来了，她还说她多希望能跟少爷说一下自己最后的希望，便以我的名义给您写了一封信。但是，最后的希望也破灭了。小姐打算从今天开始就彻底死心，但是您在这个时候说这样的话，真是令人惋惜。您是知道的，小姐从小就听父母的话，事到如今，她也无能为力了……一切都太迟了。如果少爷您还生气，就冲我来吧，打我骂我都行……反正我已经束手无策了，来不及了。"

　　清显听蓼科说完这番话之后，心如刀绞，一切都清楚了。其实他早已明白一切，只不过听蓼科复述了一遍罢了。

　　他感觉自己身上有了一种从没有过的智慧，并且已经有了一种足够面对即将到来的一切的力量。他年轻的眼眸发出闪闪亮光。他想："她既然已经读过我之前要求她销毁的那封信，那我就要好好来利用那封被撕毁的信。"

清显默默地盯着这个满脸白粉的小老太太蓼科，她又用白纸轻轻地擦了一下红红的眼角。室内已经比较暗淡了，蓼科瘦小的身体看上去那么脆弱，仿佛抓一下她的肩膀，骨头就会咯咯作响，纷纷碎裂。

"现在还来得及。"

"不，来不及了。"

"来得及。如果我让皇家看到聪子给我写的最后那封信，你觉得结果会怎么样？那封信是敕许下来之后才写的啊。"

听到这句话之后，蓼科的脸突然白了。

她沉默了很久。正屋二楼的住户回来了，他拧开电灯，灯光照到窗户上，远远看去能够隐约地看到他卡其色的军裤。墙外传来卖豆腐的喇叭声。梅雨季节的夏天，皮肤摸上去跟法兰绒似的。天色越来越暗了。

蓼科还在自言自语。她好像在说："所以我制止了，但是……尽管我劝她不要这么做……"好像是说她在劝聪子不要写那封信。

清显一直沉默。他觉得自己有机会获得胜利，他像一头无形的野兽慢慢地抬起头来。

蓼科说："好吧！就让你们再见一次。不过你要把那封信还给我。"

"好。不过，只见面还不行，到时候你要回避一下，我要和聪子单独见面。见完面我会将信还给你。"

最后，清显说道。

二十七

三天之后。

雨下了一天。清显放学回家时,在校服外面披了一件雨衣,朝着霞町公寓走去。因为他接到蓼科的通知:伯爵夫妇现在不在家,聪子只有这时候才能出来。

他在去里屋的路上一直没有脱雨衣,因为怕别人看到他穿着的校服。老人家一边请清显喝茶,一边说:

"在这里,一切都可以放心。不用顾忌我们这些避世的人。请慢慢聊吧。"

老人家走了之后,清显发现房间里今天拉上了窗帘,这样便看不到正房二楼的房间了。为了避免雨水飘进来,房间的窗户也关紧了。屋里非常闷热。清显无所事事,打开放在小桌上的盒子,看到盒子背面的朱漆早已沾满水珠。

……隔扇的另一边,传来了窸窸窣窣的声音,还有模糊的低语声,清显知道聪子来了。

隔扇被打开,蓼科三指着地跪着施了个礼。她翻了一下白眼,默默地将聪子送进屋,随后关上了隔扇,在白天潮乎乎的昏暗中,从隔扇边离开了。

聪子端坐在清显面前,低着头,用手绢遮住脸,一只手搁在榻榻米上,半扭着身体。她低头时,发髻下那白皙的脖颈,像山巅上的小湖一样从衣领中浮现出来。

雨水敲打着房顶,发出的声音好像直接笼罩住他们的身心。清显和聪子默默地相对而坐。他简直不敢相信这一刻终于来临了。

清显追问着聪子,逼得她一直沉默不语。她已经没有心情以长者的口吻来教训清显了,只顾一个人默默地抽泣。清显感觉聪子这个时候的样子是最让他满意的。

她穿着一身颜色适宜的紫色和服,不仅像奢华的猎物,还洋溢着一种充满诱惑、特别的美,让人无法抵抗。聪子真的很美!而且聪子一直用这种姿态威胁着他。看,只要她想,她就能够成为如此神圣、美丽的诱惑。她总是用这样的态度对待他,同时又轻视他,一直假扮成姐姐的形象。

清显之所以一直排斥眠花宿柳的快乐,肯定是因为他早已像透过蚕茧就能够看到微青的幼蛹逐渐成长一样,洞悉到被聪子视为最神圣不可侵犯的坚守。这一点必须和清显单纯的内心相结合,只有在这时他才能打破内心里被封闭的隐约出现的悲伤,涌现出不曾有人见过的完美无缺的曙光。

他觉得他从小被绫仓伯爵家培养出来的优雅的情操,现在将会变成一条柔软的丝绳绞杀他的纯洁。不仅绞杀了他的纯洁,也绞杀了聪子的神圣。他之前不知道这条丝绳的真正用途,直到现在才明白。

很显然,他确实爱她。所以,他挪动着膝盖靠向聪子,将手搭到她的肩膀上。她的肩膀表达着坚决的拒绝。清显的手臂感受着聪子拒绝的力量,反而更陶醉了。这种隆重的、具有仪式感的,与我们所在的世界同样巨大而壮丽的拒绝,是对沉重地压在自己充满魅力的香肩上的敕许进行反抗的拒绝,只有这种反抗和拒绝让他的手感到温暖,让他心急如焚。聪子额前那蓬起的头发露出整齐的梳痕,光亮的黑发弥漫着芬芳,一直渗透到她的发根。他仅看了一眼她的秀发,似乎就迷失在月夜笼罩下的森林中了。

聪子的泪珠从脸颊滚落下来,脸上的手绢都湿透了。清显将脸贴近聪子的脸颊,聪子左右摆动着脸,无声地拒绝着。但是这种摆动太无力,他知道这是她并非出自真心的无奈。

清显揭开她的手绢,想亲吻她。在那个飘雪的早上,曾热情地向他索吻的柔唇,现在只是一味地拒绝、拒绝,最终,背过脸去,像一只睡着的小鸟,将嘴唇紧紧地压在自己的和服领子上,一动不动。

雨下得越来越大了。清显紧紧地抱着她，凝视着她，在想她为什么如此决绝。和服领子和夏蓟绣花衬领整齐地交叠着，露出一小片倒立的山似的肌肤，好像一扇神殿门，紧紧地关着。系到胸部的宽幅硬腰带中间嵌着一颗金扣子，闪闪发光。清显感觉到从她和服袖根的开口处和袖口处，随着微风飘出一阵诱人的体香。

他松开搭在聪子背上的手，紧紧托起她的下巴。她的下巴在他的手指间宛如一颗象牙棋子。她泪流满面，美丽的鼻翼在翕动。于是，清显可以轻易地亲吻她的嘴唇。

聪子的内心就像突然打开了炉门，火苗骤起，火势越发猛烈，她用双手推着清显的脸颊。想将清显的脸颊推开，但嘴唇却摆脱不了清显的嘴唇。她左右摆动着头依然想拒绝。可清显却陶醉在这绝妙的湿润当中。就这样，那个坚固的世界如同一块泡在红茶中的方糖，被彻底融化了，由此产生无比的甜蜜与温情。

清显不知如何将她的腰带解开，她背后那坚固的鼓结使他无从下手，他胡乱地解着。聪子将手绕到背后，一面推开清显的手，一面巧妙地帮了他。两个人的手指在腰带周围缠在一起，转眼间带扣就被解开了，腰带发出轻微的响声，迅速散开，仿佛自己弹开的一样。这种复杂的胡乱的动作只是一个开始，所有的衣服都凌乱了，清显火急火燎地解开聪子胸前的衣服，许多带子系在一起，松的松，紧的紧。刚才被保护得严严实实的白色倒山形胸脯带着芬芳，展现在他面前。

聪子什么都没说。默默的拒绝和沉默的诱导变得模糊了。她无限地诱导，又无限地拒绝。只是，清显觉得和这种神圣的，无法抵抗的力量抗衡的不仅他自己一个人的力量。

那是什么力量呢？清显清楚地看到聪子闭着眼睛，脸上泛起一丝红润，浑身凌乱，神情放荡不羁。清显只觉得有一股微妙的、充满了羞涩的压力，压在他的掌心上。她支撑不住躺了下去。

清显掀开聪子的和服下摆，友禅绸缎长裙，印染着卐字纹和飞翔于云彩之上的凤凰，凤尾零乱地飘散着，露出些许被包裹在厚重衣裳之下的大腿。然而，清显依然觉得非常遥远，还需拨开重重云雾。他感觉到,在遥远的地方,有一个神秘的果核在静静地等待着他的到来。

当清显慢慢靠近聪子犹如晕染着白光的大腿时,聪子伸出手来支撑着他。然而却适得其反,他甚至尚未接触那白光,便无疾而终。

两个人躺在榻榻米上,看着天花板,倾听大雨滂沱的声音。他们俩的心在狂跳,无法平静。清显一点都不疲惫,反而很兴奋,他不愿意相信到此就结束了。很显然他们两人都有些不舍,好像落日时房间中的阴影,越来越浓重。他好像听到格栅外隐约传来老人咳嗽的声音,刚想坐起来,聪子却轻轻地按住了他的肩膀。

聪子在沉默中克服了这种犹豫。这时候,清显才感觉到在聪子的诱导下的喜悦。事过之后,他原谅了她的一切。

清显从奄奄一息中恢复了青春活力,他对聪子的感情更深了。他这时候才感受到在她的诱导下,竟然就这么化险为夷,一路风光明媚。太热了,清显早就将衣服脱掉了。他切实地感受到,肉体的确如冲破水和藻类的阻挡而前进的采藻船那样坚实。聪子没有流露出任何痛苦的表情,只露出如微光照映般隐约的微笑。清显深信不疑,他的所有疑虑都打消了。

……事情之后,清显将衣衫不整的聪子搂到怀里,脸颊紧贴着她的脸颊。他感觉她哭了。

他相信这是幸福的热泪。同时,脸上的热泪意味着他们刚才的过错无法挽回了。但是,这种过错的思绪却让清显鼓起了勇气。

聪子拿起清显的衬衫,开口说了第一句话:

"快穿上,别着凉了。"

清显刚要一把抓过衬衫,聪子却将衬衫捂到了自己脸上,深吸了一口气,然后才给了清显。白色的衬衫被她的泪水浸湿了。

清显穿上校服,收拾好了之后,聪子击了击掌,把清显吓了一跳。蓼科故意等了很久才打开隔扇,伸出头来说:

"叫我吗?"

聪子点了点头,示意了一下她身边散乱的腰带。蓼科关上隔扇，没有看清显，默默地从榻榻米上跪着过来，帮聪子穿好衣服，系上腰带。然后，将房间角落的梳妆镜拿过来，给聪子梳理头发。清显很无聊，感觉自己已经死去了一样。房间中开了灯，两个女人像是举行仪式一样，过了很久才梳妆好。他在这段时间中帮不上什么忙。

梳妆好之后，聪子低着头，好看极了。

"少爷，我们该走了。"蓼科代替聪子说，"我们兑现了我们的诺言，请少爷以后忘了我们小姐吧。希望少爷也能够言出必行，将信还给我们。"

清显盘腿坐下，没有说话，也没有回答。

"您保证过的，请将那封信还给我们。"蓼科又说了一遍。

清显还是没有说话，只看着坐在那里的聪子。聪子很好看，头发一丝不乱，好像什么事情都没有发生过。她突然抬起头来，两个人四目相对。瞬间，聪子眼里掠过一道清澈且热烈的光，清显明白了聪子的决心，终于鼓足勇气说道：

"信不能还给你。以后还要这样见面。"

"佬！"蓼科生气了，"少爷您有没有想过后果？怎么跟孩子似的这么任性呢……那样的话后果多可怕啊。到时候，身败名裂的可不止我一个人。"

"算了吧，蓼科。在清显少爷痛快地把信还给我们之前，只好这样见他了。如果你真想救我，也没有其他办法了。"

聪子劝阻了蓼科，她的话那么清澈，清显都觉得好像是从另外一个世界传来的声音，有点胆颤心惊。

二十八

清显很少去本多家里和他这样畅谈,好不容易去一次,本多请母亲准备了晚餐,还打算晚上暂停备考事宜。这个朴素且沉闷的家庭因清显的到来,变得热闹起来。

白天,太阳在云层中炙烤,闷热潮湿,就算到了晚上,也还是很闷热。这两个小青年将碎白点花纹布单衣的袖子挽起来,畅谈着。

本多在清显到来之前已经有了一种预感。现在两人并肩坐在靠墙的皮长椅上闲聊时,他觉得眼前的清显已经和之前判若两人了。

本多第一次看到他的眼睛这么明亮。这才是年轻人的眼睛。本多竟然不知不觉中想起清显之前那种眼皮低垂、略带忧郁的眼神了。

朋友一股脑儿将这么大的一个秘密告诉了他,让本多觉得很幸福。本多早就盼着他坦诚相待了,只是未曾勉强过他。

回想一下,如果这只是单纯的感情问题,清显也不会告诉朋友,但是当秘密牵扯到了名誉和罪过,清显才会这么爽快地坦白。对听者本多来说,他觉得被朋友如此信赖,再高兴不过了。

或许是个人感觉,本多认为清显成长迅速,他身上已经没有多少优柔寡断的美少年的影子了。现在与他说话的是一个正处在热恋中的青年,他之前的行为举止中展现出来的不情愿和暧昧都已经荡然无存。

清显的脸颊红扑扑的,洁白的牙齿闪烁着光芒,说话时有点儿害羞,尽管这样,他的声音还是很洪亮。他的眉宇间充满威严,完全是一副热恋中的年轻人形象。说起来,最不符合他的东西或许就是他喜欢自我反省那一面了。

大概是因为清显很快就说完了吧,难怪本多说了这么多前言不搭后语的话呢。

"不知道为何,你说了这么多话,让我想起一件奇特的往事。记得有一次我们讨论日俄战争之后,我去你家里,你让我看了关于日俄战争的影集。你跟我说你最喜欢里面的一张叫"凭吊得利寺附近的战死者"的照片,这张照片很奇怪,就像是经过精心编排的群演场面。我记得那时候还对你这个讨厌强硬派的人说过一些匪夷所思的话。

"不过,不知为何,刚才听你说话时,那片被黄土笼罩着的原野又一次出现在我的脑海中,与你的爱情故事重叠了。"

本多今天不太一样,说着一些模棱两可、心血来潮的话,一面赞叹着清显这种逾矩违禁的行为,一面对自己的这种行为感到吃惊,因为他早就下定决心要遵守规则。

这时,两名侍者端来晚餐。这是母亲的好心,为了让这两个好朋友尽情畅谈,特意让侍者送来了晚餐。两个人的餐桌旁都放好了酒,本多一边给清显斟酒,一边说:

"你吃惯了山珍海味,我母亲还担心你吃不惯我们家的粗茶淡饭。"

本多见清显吃得很香,很开心。两个年轻人默默地吃着,房间中洋溢着欢快的气氛。

吃过晚饭后,他们俩沉默了一会儿。本多想:对清显这个同龄人的这番爱情表白,自己为何既不嫉妒也不羡慕,反而觉得自己很幸福。这种幸福感就好像是雨季的湖水,不经意间就漫到了湖边的庭院中,滋润着他的心田。

"你打算以后怎么办?"本多问道。

"还能怎么办?我从不轻易作决定,一旦决定了,就不想轻易放弃。"

对曾经的清显来说这样的答案是做梦都想不到的。本多禁不住惊呆了。

"那么,你打算与聪子结婚吗?"

"不行啊。敕许令已经下来了。"

"你不打算违反敕许令娶她吗？比如你们俩私奔去国外，然后结婚。"

"……你不知道具体情况。"

清显没有说完，就沉默了，他的眉宇间有一些曾经的淡淡的忧伤。或许本多正是想看到这种忧伤而开始特别追究，但是看到以后，本多的幸福感中也夹杂了一份未知的不安。

清显那张英俊的侧脸就像是精心挑选和精心打造的工艺品。本多看着清显这张侧脸，禁不住有点颤抖，他在想清显到底希望未来怎样呢？

清显换了个座位，品尝饭后的水果草莓，他将胳膊支在书桌上。平日里本多将那张书桌收拾得板板正正的，清显用胳膊肘支撑着，轻轻地左右转动着转椅，他露出的一点儿胸口和脸不时变换着各种角度，右手拿着牙签往嘴里送草莓。这种不拘小节的行为表示他今天摆脱了严格的家规。草莓上的砂糖落到了他露出来的白净的胸口上，他慢悠悠地拍到地上。

"喂，小心招蚂蚁！"本多说。

清显含着草莓笑起来。他已经有点儿醉了，平常白皙的脸泛着红晕。他坐着转椅突然转过头，将那两只白里透红的胳膊放下来，躬起身体。好像突然很痛苦。

清显微微弯起的眉毛下面那双炯炯有神的眼睛里充满了想象，但显然不是对未来的向往。

本多一改常态，本来不想跟对方表达出这种残酷的焦虑，但是他觉得自己情不自禁地想要破坏刚才那种幸福感。

"你打算怎么办呢？你想过后果吗？"

清显抬眼看着本多。本多从没有看过他这么闪亮又暗淡的目光。

"什么后果，需要考虑吗？"

"不过，你和聪子总得有个结果，总不能像蜻蜓之恋那样，在空中飘着啊。"

"我知道。"

清显说完就不再说话了。他跟个没事人似的环顾了房间一周，最后将目光停留在书架下面纸篓旁边的小阴影上。随着夜幕降临，这个阴影好像某些情愫，无意中笼罩在这间朴素的学生书房里，然后悄悄地蹲下。清显流线型的两道黑眉毛，清秀而美丽，好像这些阴影集中形成的弓形流水线。因为思念产生的眉毛夹杂着感情和思念。眉宇保护着时不时暗淡不安的眼睛，又紧随着眼睛转动，如一个端庄的侍从紧跟其后。

本多豁出去了，将刚才所想的一切都交代出来。

"我刚才说的话有点儿奇怪吧？听你说完和聪子之间的事情之后，我就想起了日俄战争的照片。

"想想那是为什么呢？如果勉强解释，就是这个样子。

"随着明治时代的结束，那惊心动魄的战争年代也一起消逝了。当年的战争故事，早就成了监武课幸存者口中的功名故事，或者成了农村茶余饭后的谈资。以后不会听到很多有关年轻人奔赴战场，战死沙场的事了。

"不过，实际战争结束之后，随之而来的就是感情战争。这场无法用肉眼看到的战争，愚钝的人无法体会，甚至不相信它的存在。但是，这场战争的确已经拉开了序幕。这场战争的年轻主角肯定已经开始深陷其中。你就是其中一个。

"这场战争和实际战争一样，有些年轻主角还是不停地牺牲在感情的沙场上。或许你就是其中的一位代表，这是我们时代的命运……所以你决定要在这场战争中浴血奋战是吧？"

清显微微一笑，默不作声。忽然，从窗外刮进来一股潮湿的大风，马上要下雨了。他们汗津津的额头如同被一把凉刷子刷了过去。本多心想清显不回答是因为心照不宣呢，还是因为自己的这番话一语中的，让他无法回答？肯定是其中一个原因。

二十九

　　三天之后，正好学校不上课，本多上午就回家了。他和家中的学仆一起去地方法院旁听。当天一大早就淅淅沥沥地下起了雨。

　　本多的父亲是个法官，就算在家里也很严厉。本多才十九岁，在上大学之前就在刻苦学习法律知识。父亲觉得儿子有出息，将来能够光宗耀祖，一心希望本多子承父业。法官曾经是个终身职务，但是今年四月，法院进行改革，两百多名法官奉命停职或者被退职了，本多大法官本想与自己的老朋友们一起同甘共苦，因此也提出了辞呈，但是没有得到批准。

　　不过这件事使父亲对儿子的态度有了改变，平添了一份上司对接班人的厚爱，变得更加宽容了。本多从没有体会过父亲的这种新感情，为了不辜负父亲的厚望，他决定更加刻苦学习。

　　父亲让这个还未成年的儿子来法院旁听，也是新的变化之一。当然，他没让儿子去旁听自己的司法审判，而是让儿子和家里学法律的学仆一起去旁听其他法官的民事或刑事案件的审判。

　　父亲一直说，让平日里只通过书本学习法律知识的儿子实际接触一下日本司法审判事宜，可以从侧面学习法律实务。其实，父亲真正的目的是让这个尚未成熟的十九岁的儿子开阔一下视野，经受一下考验，接触一下世间各种刑事案件的审理过程，以便从中有所收获。

　　这种教育方式比较危险。不过，年轻人通过怠惰的风俗和歌舞音乐，只接受自己感兴趣的事物，很容易被这些东西同化，与这种危险相比，在法院中至少能让人亲身感受到法治社会法网恢恢的效果。按理说，亲眼看着别人那种不确定的、狂热的、黏液般的情感，通过冷酷的法律形式，被处理成各种"菜肴"，展示在厨房当中，应该能从中学会操作的技巧。

本多匆忙朝刑事第八部的小法庭走去，他发现阴暗的法院走廊里有点儿亮光，原来是外面敲打着荒芜的中院草地的雨水。他感觉这座代表着理性的建筑物仿佛将犯人的心灵也浇铸了进去，过于阴郁了。

本多在旁听席坐下之后，这种郁结的情绪依然挥之不去。急性子学仆早早地将本多带到旁听席后，好像就忘了本多的存在，自顾自地查看起带来的审判实例集。本多看了学仆一眼，不太高兴，后来又将目光移到审判官席、检察官席、证人席和律师席的空位上。空椅子也呈现出潮湿的迹象，正如他自己空虚心灵的写照。

他只顾用年轻人的目光注视着，好像这就是他天生的使命。

本多原本性格比较爽朗，他自信将来会有一番成就，但是自从听了清显的告白之后，他的心境竟然发生了奇怪的变化。与其说是变化，还不如说是这两个朋友之间一种难以理解的颠覆现象。他们一直都小心翼翼地尊重彼此的个性，从来没有勉强过对方，但是没想到在三天之前，清显好像治愈了自己的毛病，却将其传染给了别人，让朋友发自内心地反省时自己却离开了。这种病情进展迅速。现在甚至让本多觉得自己比清显更会自我反省。

这种症状首先表现出一种说不出的不安。本多想：

"清显以后到底怎么打算呢？作为他的朋友，难道就这样袖手旁观？"

下午一点半开庭，在等待时，他却走神了，一直沉浸在这种对未知未来的不安中。本多想：

"我应该劝朋友不要那么做，难道不是吗？

"之前自己都没留意过朋友的痛苦，只看到了他的优雅，以为这才是真正的友情。现在他坦白了一切，难道自己不该出于友情帮助一下，尽量将他从眼前的危险当中解救出来吗？即使这样做会让清显痛恨，甚至跟自己绝交也决不后悔。十年、二十年之后，清显肯定会理解自己的苦心，就算这辈子都不肯原谅自己，又有什么关系呢？

"清显果真在朝着悲剧的方向走去。这样做虽然很潇洒，但我能眼睁睁地看着他为了小鸟飞掠窗边留下的瞬间倩影而断送自己的大好前程吗？

"对，以后要尽力阻止这个笨蛋，不管他以后怎么怨恨我，都要让他悬崖勒马，免得他自毁前程。"

……这么一决定，本多突然觉得自己头脑发热，已经无法在这里默默地等待和自己无关的审判开庭。他恨不得赶紧去找清显，跟他说出自己的想法，让清显回心转意。但是，现在又不能立即去做。所以，他开始焦虑不安，心急如焚。

本多冷静下来，看到旁听席上已经坐满了人，这时候才知道学仆为何那么早就来占座了。看上去，旁听席上有法律系的学生，也有普通的中年男女，还有很多戴着臂章的新闻记者穿梭在人群中。这些人明明有很多是因为好奇才来的，却要装作一副郑重其事的样子。有的人留着胡子，装模作样地摇着扇子，有的人用长长的小拇指的指甲从耳朵里掏出硫黄般的耳屎，以此来打发时间。本多现在更能够看清这帮觉得自己"肯定不会担心犯罪"的人的丑恶嘴脸了。至少也要尽量表现出跟他们毫无瓜葛。因为下雨，窗户关紧了，灰白的光线透过窗户单调地射进来，投射到旁听席的人们身上，只有法警警帽黑色的帽檐上的光泽格外显眼。

人声突然嘈杂起来，原来是被告出庭了。被告穿着蓝色囚衣，被法警押到被告席上坐下，由于旁听者争相观看，本多的视线被他们挡住了，他只能从人群的缝隙中隐约看到一张胖乎乎的白脸，脸上有明显的酒窝。好像是个女囚，只能看到她梳着兵库型发髻的后脑勺和她看上去略显拘谨的丰满肩膀。

律师也出庭了，只等审判官和检察官到了。

"少爷，您瞧瞧那个人，谁能相信她是个杀人犯呢？常言道'人不可貌相'，还真是如此呢。"学仆小声对本多说。

审判有序地进行着，先是审判长询问被告姓名、住址、年龄和籍贯。场内一片寂静，甚至能够清楚地听到书记员匆匆记录的笔尖发出的沙沙声。

被告站起来，流利地回答：

"东京市日本桥区浜町二条五号，平民，曾天福。"

她的声音很小，几乎听不见，周围的人害怕听不到后面的重要信息，几乎同时向前伸着身子，用手捧着耳朵仔细听着。不知道被告是不是故意的，当她说到年龄时，有一点儿犹豫，律师催促之后，她才恍然大悟一般，稍微提高了一下音量，说道：

"马上要三十一岁了。"

这时候，她回头看了一下律师。人们就是在这一瞬间看到了散落在她脸颊上的短发和那双凄凉的眼睛。

那个身段小巧的女人，在旁听者看来，她就像是一只半透明的蚕茧，即将被抽出难以想象的复杂的罪恶的丝线。她稍微转动一下身体，都会让人联想到囚衣下面渗出的汗珠、不安的悸动导致乳头颤抖的乳房、反应迟钝冰凉且丰满的臀部。她的肉体吐出无尽的罪恶丝线，最终作茧自缚。在肉体和罪恶之间，竟然还有这么美妙且精致的呼应……这恰巧是世间人们所追求的，一旦卷入这种狂热的梦境，就会产生爱和欲望，这是万恶之源，也是万恶之果，不管是胖女人还是瘦女人，她们的容貌都是罪恶的源泉。人们甚至还会联想她的乳房表面的汗珠是不是也是如此……因此，旁听者都以她的肉体作为自己想象的对象，沉浸其中，乐此不疲。

本多觉得自己的空想也情不自禁地让他卷入旁听者的想象当中，不过他有洁癖，拒绝这种想象，所以认真听着被告如何回答审判官的询问，并开始探索事件的关键之所在。

女囚语无伦次地说了一番，不过听者很快就明白了，这是一起杀人案，因为感情问题造成的惨剧。

"你是什么时候与土方松吉同居的？"

"哦……我记得很清楚，是去年六月五日。"

"记得很清楚"这话引起一片笑声。法警赶紧让大家肃静。

曾天福是一家饭店的服务员，后来和厨师土方松吉交往密切，当时松吉刚丧妻不久，再后来她就照顾起他的饮食起居，去年他俩同居了，但松吉不愿意让她上户口。两人同居之后，松吉就更无所顾忌地去外面眠花宿柳,去年年底他和浜町岸本饭店的服务员勾搭在一起了,并且为她花了很多钱。这个服务员叫阿秀,二十岁,很有心计,很会用甜言蜜语笼络人。松吉从此整日不着家。今年春天,曾天福专门把阿秀叫出来,求阿秀离开自己的男人,但是阿秀根本不理,对她冷言相待。曾天福一气之下杀死了阿秀。

这桩案件本是普通的三角恋纠纷,没有什么独特之处。但是,审理到具体细节时,却发现了很多意想不到的细节。

曾天福有个八岁的私生子,在和松吉同居之前,这个孩子被她寄养在农村的亲戚家,为了让孩子接受东京的义务教育,因此想将孩子接到自己身边,这才促使她想安心和松吉组建家庭,但没想到这个孩子的母亲竟一时冲动杀了人。

审讯进行到女犯开始讲述当天晚上杀人时的场景了。

"不,若阿秀那个时候不在就好了。她若不在,也不至于惨死。我诱导她去岸本时,她如果感冒在床就好了。

"我用一把切生鱼片的刀杀死了她。土方松吉的手艺很好,他身边有好几把自己专用的菜刀,他经常说'那就是他的武士刀',他不允许女人摸他的刀,他总是小心翼翼地将刀磨得锃亮。因为他和阿秀的苟且之事,我醋意大发,他可能感觉到危险了吧,就把刀藏起来了。

"他的这种做法让我非常生气,有时候我就跟他开玩笑吓唬他:'就算没有菜刀,我还有别的刀啊。'松吉很久没回家了,有一天,我在打扫壁橱时,不经意间发现了一包菜刀。我很吃惊,这些菜刀大部分都生锈了,看看这些锈迹就能知道松吉多爱阿秀。我拿着菜刀,禁不住浑身颤抖。这时候,刚好孩子回家,我才冷静下来。我想若我将松吉最喜欢的切生鱼片的菜刀拿去让磨刀匠磨得锃亮,或许松吉会很开心。本来作为妻子就应该这样想。因此,我用包袱皮儿将菜刀包好,正要出门时,孩子问我:'妈妈,你去哪里?'我跟他说:'有点事情要出去一下。好孩子,乖乖在家看家。'孩子又说:'您不回来也不要紧,我要去乡下念书了。'我感觉很奇怪,就问了一下,原来,街坊邻居的小孩取笑他,说他母亲纠缠他父亲,被他父亲抛弃了。想必都是从家长那里听到的。可能孩子也想：与其和一个被人耻笑的母亲一起生活，还不如回农村和养父母一起生活。我非常生气，动手打了孩子，孩子号啕大哭我也没有管，径直就跑出了家门……"

曾天福继续说："这时候，我心里已经不去想阿秀了，一门心思就想将菜刀磨得锃亮。"

磨刀铺的生意很好，非常忙，曾天福只好坐在一边等着，大约一个小时后，菜刀好不容易磨好了。她走出店门，但是不想马上回家，就朝着岸本饭店慢慢悠悠走去。

阿秀没有去岸本饭店上班，而是请假出去玩了，她经常这样随便请假。下午时，阿秀刚回到饭店，就被老板娘狠狠责备了几句。这件事情和松吉有关，阿秀一边哭，一边跟老板娘道歉，最后才不了了之。这时候，正好曾天福来了，曾天福对阿秀说："出来一下行吧？我有话跟你说。没想到，阿秀痛快地答应了。"

阿秀已经换上了服务员的衣服，打扮得很漂亮，她踩着木屐，像高级妓女一样迈着八字步，晃着身体，轻佻地说：

"刚才，我跟老板娘保证了，以后断绝和男人来往。"

曾天福顿时感到很开心。阿秀却大笑起来，突然否定了刚才的话，说了一句：

"但是，我想我撑不过三天。"

曾天福尽量控制自己的情绪，拿出一副姐姐的架势，邀请阿秀到浜町河岸的寿司店喝酒。阿秀冷笑着，没有说话。曾天福已经有点儿醉意了，像演戏一样，低头请求阿秀，阿秀却将头扭到另一边，没有理睬她。一个小时之后，外面有点暗了。阿秀说了声："如果再这样下去，老板娘又要责备我了，我该回去了。"她站了起来。

曾天福记不清楚为何两个人会走到浜町河边的空地上去了。根据推理，可能是曾天福强行将准备回去的阿秀留了下来，就这样朝这个方向走去。但是不管怎样，曾天福一开始并没有想将阿秀引诱到那里并杀死她。

两个人发生了争吵，在余晖的映照下，阿秀露出整齐洁白的牙齿，微笑着说：

　　"说什么也没用。你这样对松吉纠缠不休，难怪他不喜欢你。"

　　曾天福在法庭上说，这句话惹恼了她，她当时想：

　　"……听了这句话之后，顿时热血涌上头。还说什么呢。刚好周围一片漆黑，我觉得自己就像个想要得到什么的婴儿一样，或者想到什么伤心的事，无法抑制自己的悲伤，也无法表达自己的痛苦，只顾号啕大哭，拼命地捶胸顿足，包袱皮儿就这样不经意地散开了，我拿起菜刀，挥舞起来。阿秀在黑暗中撞了上来。我只能这样说了。"

　　本多和其他旁听者听到这番话之后，眼前好像出现了一种幻觉：一个婴儿在黑暗中哭泣得手舞足蹈的样子。

　　曾天福说到这里，双手掩面痛哭。从后面看，只能看到她囚衣下的肩膀在抽搐，看上去更凄凉了。一开始旁听席上的人们充满了好奇，此刻心境也有了改变。

　　雨还没停，窗户上笼罩了一层雾气，使场内的光线更加沉闷，仿佛只有身处中心位的曾天福才能代表活着、呼吸着、悲伤着、呻吟着的人们的所有情感。她具备了情感的权利。刚才人们看着的是这个胖乎乎、汗津津的三十多岁女人的肉体，现在他们却屏住呼吸，看到一种情念在活动，它突破了人的肌肤，就像一只活蹦乱跳的鲜虾在厨师刀下挣扎着。

　　人们打量着她的全身，他们看不见的犯罪行为，现在通过她的躯体呈现在众人面前，这是比善意和道德更明显的罪行。比起舞台上那些暴露的女演员，曾天福更是没有一丝遮掩的让人们尽情观看。从某种意义来说，就好像将这个世界的一切当作观赏者的世界由其任意观赏。想必，她的律师也很无奈。矮小的曾天福没有用一根簪子或一颗宝石来打扮自己，也没有穿着华丽的衣服，她只是一个女囚，这一点就够了。

　　"若日本实行陪审制，想必这女人还有可能被判无罪。能言善辩的女人，真是让人拿她没办法。"学仆又悄悄地对本多说。

本多禁不住想：如果一个人的欲望很强，任何人都控制不了。基于人的理性和良心行为的现代法律肯定不会接受这种理论。

另外，本多还想：开始以为旁听的是一场和自己无关的审判，现在发现并非没有任何关系。不过，曾天福现在释放的这种红色熔岩般的情念，自己最终还是无法与它相接触。

雨还在下着，云彩散尽之后，天空开始明朗起来，淅淅沥沥的雨变成了毛毛细雨。太阳透过窗玻璃上的雨滴，发出闪闪的光，好像一幅幻影。

本多希望自己的理性如同那种光芒永远光亮，但是自己又总是无法抛弃容易被强烈的黑暗所吸引的天性。那种强烈的黑暗不是任何其他东西，而是一种迷惑。清显也是一种迷惑。而且，是从生命深处震撼着的迷惑，实际上不一定是生命，而是所有和命运有关的东西。

本多原本想劝诫一下清显，但是现在觉得还是静观其变的好。

三十

快放暑假时，学院里发生了一件事。

巴塔纳迪多王子的祖母绿宝石戒指丢了。库里沙达王子吵闹着说是被盗了，消息不胫而走，于是就闹大了。巴塔纳迪多王子怪堂弟太轻率，他希望别声张，私底下解决这件事，其实这个王子也认为是被盗了。

对于库里沙达王子的吵闹，学校做出的回应是：学院里肯定不会发生盗窃事件。

自从发生这起纠纷，王子们更想家了，最后提出回国的要求。但两位王子和学校起正面冲突，还是因为下面这件事：

舍监认真听了两位王子的话，发现说辞并不一致。他们之前说，傍晚时分在学校散步后回到宿舍，然后去吃晚饭，后来回到宿舍时发现戒指不见了。后来，库里沙达王子说，那段时间里，堂哥带着戒指出去散步，吃晚饭时，将戒指放在了宿舍，戒指是在吃晚饭的这段时间不见的。但是，巴塔纳迪多王子回忆时，却说不清楚，只说出去散步时的确是戴着戒指的，但是忘了在吃晚饭时是否将戒指放在宿舍了。

这对判断戒指是丢失还是被盗非常重要，因此舍监询问了王子散步的路线，最后判断：那天黄昏很美，两位王子跨过禁止入内的天览台的栅栏，在草坪上躺了一会儿。

舍监调查此事那天下午很闷热，一会儿下雨，一会儿不下。听到这个情况后，舍监马上决定让两位王子和自己去寻找，并且说他们三个人要翻遍天览台。

天览台位于演武场角落，是一小块高地，周围都是草坪。这个地方是用来纪念明治天皇御览学生们演武训练的场所。除了天皇亲手栽种杨桐树的祭坛,这里是学校另一个神圣的地方。

舍监陪着两位王子,公然跨过栅栏,登上了天览台。小雨将草坪打湿了,要翻遍这一两百坪草地的犄角旮旯,并不容易。

他们三个人都觉得不能只在两位王子躺下交谈的地方寻找,因此就从三个角落,拨开每一株草仔细地查找,雨下得有点儿大了,敲打在他们的背上。

库里沙达王子有点儿不太情愿,一边抱怨,一边寻找。因为温厚的巴塔纳迪多王子寻找的是自己的戒指,所以很耐心,在高地一个角落的斜坡上认真寻找了一遍。

这么细致地查看每一块草坪,对两位王子来说还是第一次。虽然说可以凭借那个黄金护门神"雅"闪耀的金光来寻找,但是祖母绿宝石和草坪的颜色完全一致,并不容易看到。

雨水沿着校服的立领一直渗透到脊背上,两位王子开始怀念祖国雨季温暖的雨水。淡绿色的草根,也好像承受着阳光的照射。实际上,天空中乌云密布。被雨水打湿的草丛缝隙中冒出的小白花,挂着雨滴,低垂着,但粉色花瓣依然保留着干燥时的光泽。偶尔,有一些长得较高的花草透过锯齿形的叶子投下影子。他们明明知道不会将戒指丢到这种地方,但还是依然用手将叶子拨开去查看,只看到小甲虫在叶子下避雨。

由于总是盯着青草,所以王子们看着草叶逐渐变大起来,他们又想起了祖国雨季茂密森林中的美景。忽然,乌云逐渐从草丛间散去,半边天空出现蔚蓝色,半边天空却很阴沉,似乎听到震耳欲聋的雷声。

王子们现在正在积极寻找的已经不是那枚祖母绿宝石戒指了。他们是在捕捉月光公主飘忽不定的身影,就好像是被一株株青草的绿色所遮掩的身影。王子们找得不耐烦了,开始烦躁起来,都要哭了。

这时候,一群穿着运动服的运动部的人,将毛衣搭在肩膀上,撑着雨伞,从这经过,他们看到这种情景,停下了脚步。

他们早就听说了戒指丢失的消息。男人戴戒指本来就被认为很柔弱，很少有人会对丢失戒指和王子们热心寻找戒指这样的事情表示同情和善意。同学们知道王子们在冒雨寻找戒指，想起说戒指是被盗的库里沙达王子就非常痛恨，他们都异口同声地对其恶语相向。

不过，他们是还没看到舍监。当他们看到舍监站在那里时，禁不住大吃一惊。舍监的态度让人有点儿害怕，刚吩咐大家帮忙一起寻找，他们就赶紧默默地背过身子四处散去了。

两位王子和舍监朝高地中心走去，他们开始觉得希望渺茫了。这时候，雨已经停了，微弱的阳光洒下来。夕阳将湿漉漉的草坪照得闪闪发亮，草坪上的草叶尖也呈现出复杂的晶莹的光。

巴塔纳迪多发现一棵草下面，闪耀着类似祖母绿宝石发出的斑斓的绿光。王子用湿漉漉的手将那棵草拨开，结果里面只有散落在泥土上的光泽和映在草根上的金黄色，没有戒指。

……清显后来才听说寻找戒指的事情。舍监这样做肯定是出于一片真诚，但是肯定让王子们受到了无缘无故的羞辱。王子们借此机会，收拾行李，搬出了宿舍，住到了帝国饭店中。他们跟清显坦白说："打算近期回国。"

松枝侯爵听儿子说了这件事，很难过。若对此事视而不见，就让王子们这么回国，肯定会给王子们的心灵带来不可磨灭的创伤，让他们一辈子想起日本都会产生不快。侯爵希望试着调解学校和王子们之间的矛盾。但是王子们态度很坚决，这种调解并没有用。于是，侯爵想，最重要的是想方设法让王子们先不回国，先稳定一下他们的情绪。

这时候，马上要到暑假了。

侯爵与清显商量，一放暑假，就邀请王子们到松枝家的海滨别墅去度假，让清显陪同。

三十一

　　经父亲同意，清显还邀请了本多。初夏的一天，包括两位王子在内一行四个年轻人一起乘火车离开了东京。

　　之前，松枝侯爵到镰仓的这座别墅时，町长、警察署署长，还有很多人都会到车站迎接，从镰仓站到长谷的别墅，一路上铺撒着从海边运来的白沙石。不过这次，侯爵事先跟町政府的人打了招呼，要将这些年轻人当学生对待，尽管他们当中有王子，也不要搞什么欢迎仪式。因此，他们四个人在车站坐上人力车，轻松开心地抵达了别墅。

　　他们登上了郁郁葱葱、蜿蜒曲折的山路，走到路的那一边，看到巨大的别墅石门。门柱上雕刻着"终南别业"的字样，这是以王摩诘的诗命名的。

　　这座日本的"终南别业"有一万多坪，足足占了整个谷地。几年前，老一辈修葺的芭茅屋顶的房子被火烧光了，现在这座别墅是侯爵令人在火灾之后的废墟上建起来的，是一座兼具日本和西方风格的宅第，有十二间客房，阳台往南延伸的整个院落改成了西式庭院。

　　从南面的阳台可以看到正前方远处晚上会喷火的大岛，就好像看远方的篝火。穿过庭院走五六分钟，就可以到达由比海滨。侯爵曾经在这个阳台上，用望远镜眺望侯爵夫人洗海水澡时的情景，以此为乐。不过，这种情景和庭院到海滨之间的田园风光不太相称，因此绕着庭院的南端，又种上了松林，以此遮挡田园的风光。等到松林翠绿时，从庭院看过去，可以和海连接起来，但不如用望远镜眺望有趣。

　　夏天，这里风光秀美，无与伦比。这谷地像把扇子，右边是稻村海角，左边是饭岛，庭院东边和西边的山脊连接起来，能够看到天空、地面和两个海角环抱着大海，让人觉得好像所有的一切都在松枝家的别墅中。只有自由飘浮的云彩、偶尔飞过的鸟儿和海面上航行的小船可以进入这一领地。

因此，夏日里，天空中形状各异的云彩将这座扇形的谷地作为观众席，将宽阔的海面当作舞台，人们就好像身处云层中的剧场。设计师不同意在露天阳台上拼木片图案，侯爵还曾指责过他，说："船甲板不也是木片拼的吗？"清显还曾在用坚固的麻栗木拼成方格花纹图案的这个阳台上，整日观赏海上云彩的微妙变化。

那是去年夏天的事情。

一团团像搅出的凝固钟乳液一样的云彩在海面上空聚集。深沉的阳光一直照射到这些云层深处。阳光雕出了含阴影的部分，更加显出一种倔强的气氛。不过云谷间的光线在沉闷且停滞的地方，好像在装睡，这个世界的时间要比别的世界的时间慢很多。厚厚的云层被阳光照射的地方更像一种悲剧的时间，一直在迅速飞逝。这两个世界都没有人的境界。因此，在这个境界中，不管是装睡也好，还是悲剧也好，都是性质相同的嬉戏。

当清显定睛观看时，云朵的形状没有发生变化，当他稍微转移一下目光，云朵的形状竟变了。之前是壮丽的云彩，不知何时变得像是刚睡醒时乱糟糟的头发。清显定睛观望，云朵乱糟糟的，一动不动，他竟然看呆了。

是什么松开了呢？清显突然觉得精神放松了，那个充满阳光的、紧张的、白色的、坚固的形态，沉浸在最糊涂的脆弱情感中，如同得到解放。不一会儿，浮云又聚集起来，在庭院里投下不可思议的阴影，好像千军万马都冲着庭院而来。此时，沙滩和田园首先被笼罩在阴影中，阴影从庭院的南端一直朝这边压过来。仿照修学院离宫修剪得整整齐齐的枫树、杨树、茶树、丝柏、丁香花、满天星、厚皮香树、松树、黄杨树、罗汉松等林木，密密麻麻地耸立在庭院的斜坡上，沐浴在强烈的阳光中，发出像是镶嵌了工艺似的树叶尖的色彩。但是，转眼这些都被阴影覆盖住，就连蝉鸣听起来也如同哭丧。

夕阳的余晖更加美丽。每当黄昏时，从这里往远处看，所有的云朵好像都预感自己很快就能被夕阳的余晖渲染得绚丽多彩，呈现出红色、紫色、橙色和淡绿色。但在被渲染之前，这些云朵都因紧张而显得苍白……

"多美的庭院啊！没想到日本的夏天这么美啊！"昭披耶两眼发光地说。

没有什么比站在阳台上的这两位王子的褐色肌肤和这自然风光更相得益彰了。今天，他们很开心、很快乐。

清显和本多觉得阳光太刺眼了，但是两位王子却感觉阳光温和又舒适。他们两个人在日光下也没觉得厌烦。

"游泳之后休息一下，我再陪你们去参观庭院。"清显说。

"用不着休息。我们四个人都这么年轻，充满活力，不是吗？"库里沙达说。

清显心想，对这两位王子来说，或许"夏天"比月光公主、祖母绿宝石戒指、朋友和学校都更加重要。看上去，夏天可以弥补王子们的任何缺憾，治愈他们的任何悲伤，补偿他们的任何不幸。

清显不禁想起还没有去暹罗过一次盛夏呢，突然觉得自己好像也陶醉在了让所有人都豁然开朗的炎炎夏日中。庭院中，蝉鸣声不断，冰冷的理智如同冷汗一样从额头冒出来。

四个年轻人就这样走下阳台，走到宽阔的草坪中间，聚集在日晷周围。

日晷上刻着"1716 Passing Shades"的字样。这个古老的计时器上面有根青铜针，形状酷似伸长着脖子的鸟，还刻着蔓草花纹，青铜针正好固定在西北和东北之间的罗马数字"十二"的地方，显示已经快三点了。

本多用手指摆弄了一下日晷字盘"S"字附近，他想问一下王子们暹罗的准确位置，但又害怕会不经意间勾起他们的思乡之情，于是就没问。之后，他无意间背向太阳，用自己的影子遮住了日晷，将三点附近的针影彻底遮住了。

昭披耶看着日晷说："对，这样遮住很好。如果能够将其遮住一整天，就可以抹去一天的时间了。我将来要是回国，也要在院子里制作一个日晷，如果有一天感到非常幸福，我就让用人用身体遮住日晷一整天，防止时间流逝。"

"这样的话，用人肯定会中暑而亡。"本多走开了，强烈的日光再次照射在字盘上，重新恢复了三点时铜针的影子。

"不，我们国家的用人就算整天晒太阳也没关系。那里的日光比这里强三倍左右吧。"库里沙达说。

清显心想，晒得发亮的褐色皮肤难道将昏暗凉爽的阴影藏到身体中了。他们好像就这样自己的树荫下休息。

……清显因为无意中跟王子们说在后山散步很有意思，弄得本多连汗都顾不上擦，就得跟着大家一起去登后山。清显之前对任何事物都没有兴趣，今天竟然这么有兴致，第一个就登上了山。本多看到他这股劲头，不禁感到很吃惊。

四个青年仿佛又回到了活泼的小时候。清显领着他们踏着长满了山白竹和羊齿的山间小路前进。走着走着，清显突然停下踏着去年落叶的双脚，用手指着西北方向，大声喊道：

"看，只有从这里才能看到。"

其他年轻人立刻停止了脚步，透过树的缝隙放眼望去，能够看到山谷周围，看到门前町附近错落有致的房屋中有一尊大佛矗立在那里。

从正面可以看到大佛的圆润背部，衣服的褶皱是粗线条的。他们看到佛像的侧脸，以及圆润肩膀上平缓向下的衣袖流线。青铜佛像的圆润肩膀在阳光的照耀下熠熠生辉。明媚的阳光照射下来，在夕阳的余晖中，青铜佛像那一圈圈螺旋卷发轮廓清晰，两边耷拉着长长的耳垂，如同热带树木上低垂的长干果，简直不可思议。

本多和清显在眺望这些景象时，两位王子突然跪地。这种行为让他们很震惊。两位王子顾不上整齐洁白的亚麻布裤子，顺势跪在了一堆湿漉漉的竹叶上面，面向远方那尊在夏日阳光照耀下的露天佛像合掌膜拜。

清显和本多看了对方一眼。他们两个人早就没有这种信仰了，在他们的日常生活中没有一点儿痕迹。王子们的这种礼仪是让人敬佩的。他们肯定没有嘲笑，但好像觉得昔日普普通通的同学如今这观念和信仰令他们刮目相看。

三十二

　　他们四个绕着后山走遍了整个庭院，心情总算平静下来了。他们在客厅里休息了一小会儿，习习海风穿堂而过，很是凉爽。他们打开柠檬汽水的瓶盖，这些汽水都是从横滨运过来的，在运过来之前，在井水中冰镇过。他们的疲劳很快就一扫而光，他们匆忙准备着，打算在日落之前去海边。清显和本多穿着校服，头上戴着麦秸草帽，穿着红色泳裤，披着裸露着脊梁骨和胳肢窝、针脚呈锯齿形的白棉布泳衣，等着磨蹭的王子。没过多久，两位王子出来了，他们穿着英式横格泳裤，从肩膀那里就露出棕色肌肉。

　　虽说本多和清显关系很好，但清显还没有在夏天邀请本多来过这座别墅呢。只在有一年的秋季，本多应邀来捡过栗子。除了小时候他和清显到位于片水濑的学院游泳场游过一次泳，再未一起游过，而且那时候两个人还没像现在这么亲密。

　　他们四个从庭院一直跑下去，穿过庭院尽头的小松林，然后越过一片田野到了沙滩上。

　　清显和本多在游泳之前认真做着体操。两位王子看到哈哈大笑起来。这种笑从某种意义上来说有一点儿报复的味道，报复他们只远远看着佛像没有跪拜。王子们认为，像这种只考虑自己的现代化戒律在这个世界上也是很可笑的。

　　不过，笑声也证明了王子们很开心。清显好长时间没有看到外国朋友这么开心了。他们在水里玩了一会儿之后，清显显然已经忘了作为东道主的义务。他们两两一组，分别躺在沙滩上聊天，王子们说暹罗语，清显则和本多说着日语。

　　夕阳被薄薄的云层笼罩着，阳光没有刚才那么炽热了。对皮肤白皙的清显来说，这样的余晖更加合适。他只穿了一条湿乎乎的红色泳裤，舒服地躺在沙滩上，闭目养神。

本多则盘着腿坐在他的左边，尽情地看着大海。海面上风平浪静，他的心被那荡漾的微波萦绕着。

他的视线几乎和海平面一样高，不过很奇怪，他看到了大海的尽头。尽头那边就是相连的陆地。

本多两只手在来回倒腾着沙子，沙子漏光了，两只手里空空的。这时候，他又使劲重新抓了一把沙子，但他的眼神和思绪都被大海吸引住了。

大海的尽头近在咫尺。这么一片汪洋，这么激情澎湃的大海。不管是时间还是空间，都没有比站在这分界线感觉更神秘的了。想到在大海和陆地这么壮观的分界线，心仿佛也瞬间从一个时代到了另一个时代。难道不是吗？本多和清显生活的现代，也不过是一浪接一浪的一种境界，仅此而已。

……大海的尽头近在咫尺。

远眺波涛的尽头，才知道，这是经历了多么漫长的努力，终于可以悲壮地在那里结束了。因此，环绕世界的整个海洋和宏伟的蓝图都将结束，一切都将成为枉然。

……尽管这样，那也是一种恬静且优雅的挫折。海浪最后的余波边缘，整整齐齐地被融合到了平静的湿漉漉的沙滩中，水面上只留下一层浅浅的泡沫，海浪基本上在海底消失了。

海面上有数不尽的白色浪花，掀起的大浪头差不多有四五级台阶那么高，它们一直在同时扮演各种角色，不断重复演奏高昂、高潮、低潮、融合和消失的角色。

即将粉碎的浪花，露出了黄绿色的平滑浪腹，它是一种被扰乱的怒吼。这种怒吼，逐渐成为一种呼唤，转而又成为低语。一匹奔腾的骏马，变成一匹奔腾的小白马，不久之后，马身消失了，最后在海边只能看到抬起腿的白色马蹄。

从尽情朝左右两个方向延伸的扇形上，相互融合的两波浪头逐渐融入镜面般的沙滩中。这时候，镜中的映像在不断跳跃。溅起的白色浪花像开水，呈现在尖锐的纵长方形上，如同闪光的霜柱。

潮水滚滚涌来，海浪一浪打一浪，作为其中的一波，没有朝向白色平滑的背面退去。数不清的波涛汹涌澎湃地朝这边袭来。但是，若看向远处，就会觉得刚才那些在岸边汹涌澎湃的波浪只不过是奔腾而来的余浪。大海不断往远处延伸，越来越浓重了，町线的余波逐渐缩小，最后成了浓绿色的水平线，受到无尽摧残的碧波成了坚硬的结晶。虽然这种结晶装饰着距离和宽阔，但它才是大海的本质。这种稀薄且匆忙的波涛经过多次反复，最后成了那种碧波，这就是大海……

本多想到此，感觉特别疲惫，他认为清显睡着了，不知不觉地将目光转移到睡着的清显身上。

清显白皙且优美的身材与红色泳裤形成了鲜明的对比，洁白的腹部微微起伏，和泳裤上面相接处的肌肤都沾满了干沙粒和碎贝壳，闪着或浓或淡的光芒。清显无意中举起左胳膊，将其枕在后脑勺下，本多注意到平日里一直被上半截胳膊遮掩着，左肋外侧，离樱花花蕾般的乳头不远的地方，有三颗很小的黑痣。

肉体的特征真是不可思议，相识这么多年，本多还是第一次看到这些黑痣。本多感觉好像不经意间发现了朋友的秘密。他有点儿不好意思直视这些黑痣。本多闭上眼睛，但仍然能够看到在阳光强烈的黄昏的天空中，那三颗痣犹如三只遥远的小鸟的影子。没过多久，它们扇动着翅膀慢慢飞来，掠过头顶。

本多又睁开眼睛，看到清显那端庄的鼻孔在翕动，嘴唇微张，露出洁白的牙齿。本多又看到清显腋下的黑痣。这一次，他感觉那三颗痣如同镶嵌在清显白嫩肌肤里的沙粒。

干涸的沙滩近在咫尺，靠近海滨。到处可见斑驳的白色沙滩。天黑了，那里却刻出浅浅的波纹浮雕，小石头、贝壳、枯叶等像化石一样被镶嵌进去了。甚至最小的沙子也没有了海水的痕迹，变成扇形，朝大海延伸。

实际上，不只是小石头、贝壳和枯叶，还有被海浪打上来的马尾藻、小木片、稻草、橘子皮等，也都被那样镶嵌进去了。因此，清显那结实且白皙的肌肤也镶嵌着非常细微的黑色沙粒，是完全可能的。

　　本多认为清显太可怜了，他在想能不能在不影响他睡觉的情况下，想办法将那些沙粒去掉呢？他仔细看了一下，只看到这些细小的沙粒随着胸部的起伏也不停地跃动着。看上去，这些沙粒怎么都不像是无机物，而是清显肉体的一部分，令人觉得那就是黑痣。

　　不知为何，本多认为这些沙粒有损清显肉体的优雅。

　　也许是直觉有人一直在盯着他，清显突然睁开眼睛，两个人四目相对。看到本多感到困惑的脸，清显抬起头来，问道：

　　"你能帮帮我吗？"

　　"嗯。"

　　"我来镰仓，表面上是为了陪王子们游玩，实际上是为了表示我不在东京。你知道吗？"

　　"我知道你的如意算盘了。"

　　"我想让你和王子们在这里待着，我自己偷偷回东京。我三天不见她就难受。我走后，麻烦你照顾一下王子们。如果东京家里来电话，你就想办法为我搪塞过去。今天晚上我就要坐末班火车去东京了，明天早上再坐头班火车回来。拜托你啦。"

　　"好的！"本多郑重地答道。

　　清显顿觉欣慰，伸手握了一下他的手，接着说：

　　"令尊也会去参加有栖川宫殿下的国丧吧？"

　　"嗯，可能会去。"

　　"真巧啊，殿下去世了。昨天听说殿下去世后，洞院宫家的订婚仪式要推迟了。"

　　本多听清显这么一说，感觉清显的恋爱事关国事，他又深切地感到这种恋爱实在是太危险了。

　　这时候，两位王子神采奕奕地一块儿跑了过来，打断了他们的对话。库里沙达气喘吁吁地用蹩脚的日语说：

　　"你们知道我和昭披耶刚才说了什么吗？我们讨论了轮回转世的问题。"

三十三

听到这番话,这两位日本青年不禁面面相觑。大咧咧的库里沙达本来就没心思观察听者的表情。昭披耶因这半年在异国他乡受到各种情况的困扰,每当谈到这个问题,他那白皙的脸颊虽然还没变红,但他心里犹豫着不知道是否要继续说下去。想必他认为至少听起来会文明一些,便用流利的英语说道:

"不,我刚才和库里沙达说的只是儿时经常从乳母那里听到的《本生经》的故事,听说在前几世,就算是佛陀,作为菩萨,也经历过金天鹅、鹌鹑、猿猴、鹿王等世,后来才转世成为佛陀。我和库里沙达在猜想我们的前世是什么呢。库里沙达非说他的前世是鹿,我的前世是猿猴。我非常生气,我就说我的前世是鹿,库里沙达的前世才是个猿猴!你们觉得呢?"

清显和本多不想偏袒一方而得罪另一方,所以只是微笑着沉默不语。清显为了转移话题,就说:"我们不了解《本生经》,你们能不能给我们讲一下其中的一两个故事呢?"

昭披耶说:"那就讲一下金天鹅的故事吧。这个故事讲述了还是菩萨时的佛陀连续两次转世的故事"。众所周知,菩萨就是未开悟成佛的修行者,佛陀的过去世也是菩萨。修行就是追求无上菩提,普度众生,修诸波罗蜜。听说作为菩萨的佛陀,一边转生为各类生物,一边积德行善。

很久很久之前,有个菩萨,出生在婆罗门家,娶了同一阶级家庭的女儿为老婆,育有三女,后来他去世了,他的老婆和孩子被别人家收养。

菩萨死后,投胎转世成金天鹅,不过他还记得上辈子的事情。菩萨天鹅很快就长大了,浑身长满了金色的羽毛,成为世界上最好看的天鹅。它一下水，影子就如月影般熠熠生辉。如果它飞过丛林，树梢上茂密的树叶就会闪出一条空隙，它偶尔也会停留在枝头上，树枝上就像结了与季节不相符的金色果实。

天鹅知道它是从人转世来的，也知道他上辈子的妻子和女儿都跟了别人，只能靠着帮那家人做活维持生计。

于是天鹅就想：我身上的金羽毛能够打造成金条，可以卖钱。以后，我要拔下身上的羽毛，送给我那还在世间受苦的妻子。

天鹅从窗边看到上辈子的妻子和女儿过着凄苦的日子，感到很难过。他的老婆和孩子看到窗框上有一只金灿灿的天鹅，非常吃惊，问道：

"啊，这只美丽的金天鹅你是从哪里飞来的呢？"

"我是你们的丈夫和父亲啊。我死后转世为金天鹅，今天专门来看你们，我要让你们过上好日子，快乐起来。"

天鹅说着，拔下一根羽毛留给她们，然后就飞走了。

就这样，金天鹅经常飞来，每次留下一根羽毛就飞走了，从此母女几人慢慢地过上了好日子。

有一天，母亲对女儿们说：

"禽兽的心是琢磨不透的，你们的天鹅父亲，或许什么时候就不来了。我们要趁它下次飞来时，拔光它的羽毛。"

"啊，妈妈您太残忍了！"女儿们惊叫起来，不同意。但是有一天，这个贪婪的母亲将飞来的金天鹅引诱到身边，一把抓住它，将它所有的羽毛都拔光了。奇怪的是，拔下来的金色羽毛逐渐变成了白色的羽毛。天鹅再也无法飞翔，上辈子的妻子将它放进一个大罐子里饲养着，喂它食物，一心希望它能够重新长出金色的羽毛。但是，新长的羽毛都是白色的，羽毛长满之后，天鹅就飞走了，银光一闪，消失在云彩之中，再也没有回来过。

……这是我们从乳母那里听来的《本生经》中的一个故事。

本多和清显都认为这个故事与他们小时候听的童话故事很相似，不禁很吃惊，大家又回到了是否相信轮回这个话题上。

清显和本多没有讨论过这个话题，他们有点迷茫。清显抬起头看了一下本多,示意征求他的意见。如果展开这种抽象的讨论,任性的清显必然会束手无策。这样一来反而像是用针在本多心中轻轻刺了一下,激起了他的兴趣。

本多性急地说道:"若世间真有轮回,肯定也像刚才说的天鹅故事一样,要是记得上辈子的事情当然很好,如果记不住,那就相当于失去了精神、失去了思想,到了下辈子不会有任何痕迹。与上辈子没有任何关系的新的精神,新的思想从此开始……这么说来,一系列的轮回转世个体也和分散在同一时代的空间的各个个体一样,具有相同的意义……说起来,轮回转世不就失去任何意义了吗?如果将轮回转世当作一种思想,有将几件毫无瓜葛的思想囊括在内的思想吗?现在我们记不住上辈子的事,即便以后也没必要费尽心思去求证这种没有定论的轮回转世。

要想证明轮回转世,就得平等看待前世和今生,对两者进行比较。但是,人的思想肯定是偏重前世、今生或者来世中的某一个,无法从'自己的思想'领域摆脱出来。佛教中的'中道'好像就是这个。现在还不知道'中道'到底是不是人所能够掌握的有机思想。

"退一步说,若将人的所有思想当作各种迷茫,那么就得有第三种立场分别识别这种从前世转到今生的生命,以及前世和今生的妄念,只有这第三种立场才能够证明轮回转世,轮回转世的本人永远无法找到答案。所以,所谓第三种立场就是悟道的立场。只有超脱轮回转世的人才能掌握轮回转世的思想。但就算掌握了轮回转世的思想,这个时候不也不存在轮回转世了吗?

"我们活着的目的是拥有死后的灵魂。为安葬、墓地和墓前那束枯花,为死者的记忆,为预测至亲的去世和自己的去世……

"这样说来,或许死者也是为了拥有活着时的丰富多彩吧。从死者的角度看我们的市镇,人们为学校、工厂、烟囱和不断的死和生……

"轮回转世就是让我们从生的角度来看死。相反,只不过是从死的角度看生的一种表现,难道不只是一种不同角度的观察吗?"

昭披耶冷静地反问道："那么，人死后，其思想和精神还能传给后人，这又怎么解释呢？"

本多很聪明、机智，他轻松断定：

"这和轮回转世不同。"

昭披耶稳重地说："为什么不同呢？一种思想会隔代被不同的个体所继承，你总得承认这一点吧。既然如此，就算同一个个体让隔代继承各种不同思想，也不足为奇。"

"那能说猫和人是同样的个体吗？尽管刚才的故事说到人、天鹅、鹌鹑和鹿。"

"从轮回转世的角度来讲，尽管肉体没有连续，但是这些都称作同样的个体。只有妄念是连续的，也可以将其当作同样的个体来考虑。否则，则称其为'一种生命的流动'，或许更合适吧。"

"我丢了值得怀念的祖母绿宝石戒指。戒指没有生命，所以无法转世。不过，所谓丢失是什么呢？我觉得好像是开始发现它存在的根据。总有一天，戒指会像绿色的星星，出现在夜空的某个位置。"

说到此，王子更加难过了，突然转移了话题。

库里沙达王子天真地附和道："只是，昭披耶，说不定那只戒指是某种生灵悄悄变成的呢。然后，它就长腿了，不知道跑到什么地方去了。"

昭披耶突然沉迷在对爱情的回忆当中："或许那只戒指现在已经转世成为像月光公主那么美丽的人了。总会有人写信告诉我她一切安好。但是，月光公主为何不亲自给我写信呢？谁会来安慰我呢？"

本多没在意他在说什么，他只顾考虑昭披耶刚才说的那些不可思议的传说。显然，若不将人看成一个个体，而是将其看作是一种生命的流动，这种观点可能成立。不将人看作是静止的，而将其看作是流动的，这种观点也可能成立。那时候，如王子所说，一种思想可能在各个"生命的流动"中传承下来。和一种"生命的流动"可能在各种思想中传承下来一样。因为生命和思想相同。从广义的角度来看，这种生命和思想相同的哲学，人们就可以将囊括无数生命流动的巨大生命潮流的连环当作"轮回",可能这也是一种思想吧。

本多陷入沉思当中。这时候,清显开始堆起逐渐昏暗的沙粒,他和库里沙达一起专心堆了一座沙寺院。不过,很难用沙堆成暹罗的尖塔和鸱尾形。库里沙达巧妙地在沙里面掺了水,堆起极其纤细的尖塔,好像是女子从袖口伸出的又黑又柔软的小指,小心地从湿漉漉的沙堆屋脊伸出翘起的鸱尾。但是,它只在空间伸出了一小会儿,一阵痉挛翻过来似的黑沙小指,干了之后马上就折断了、崩塌了。

本多和昭披耶停止了讨论,他们将目光转移到清显和库里沙达身上,他们俩像两个小孩子一样在开心地玩沙子。用沙堆起来的寺院需要点灯了。好不容易精雕细琢出来的寺院的正面和长窗,早就被昏暗包围了,只剩下漆黑的轮廓,破碎的白浪犹如濒死的人的白眼,马上要消失在人间时闪出亮光,留下一片白色的背景,寺院成了一幅朦胧的剪影画。

不知不觉中,他们四个的头顶上已经出现了一片星空。清晰的银河横跨苍穹。本多对星星知之甚少。尽管这样,他还是很快就能识别出来隔着银河的牛郎织女星和展开巨大翅膀为牛郎和织女做媒的天鹅座北十字星。

他们四个突然觉得波涛声比白天更大了,白天时,大海和沙滩看上去相隔很远,但是现在它们彼此都已经融合在一片漆黑中,天空中出现了更多繁星……在这样的情景中,让人觉得好像置身于一种无法用肉眼看到的、巨大的古琴一样的乐器当中。

这的确是一把古琴!他们是混入琴槽中的四粒沙子,那里一片漆黑,琴槽外面却光辉灿烂。从龙角到云角,十三根琴弦紧绷。若有人可以伸出洁白的手指拨弄琴弦,定然会发出群星悠悠运行般的音乐,琴槽中的四粒沙子也会摇动起来。

海边的夜晚,微风轻拂。潮水的味道和被冲到沙滩上的海藻的味道,被凉风吹到他们裸露的肌肤上,让他们打了个寒战。夹杂着潮气的海风抚摸着他们的肌肤,反而让他们觉得好像有一股火辣辣的东西喷涌上来。

清显安然说道:"该回去了。"

他催促客人们回去吃晚餐。但是,本多知道,他一直惦记着末班火车的时间。

三十四

来镰仓还没三天,清显就偷偷回东京了。刚抵达"终南别业",他就将那里的事情原原本本地告诉了本多。洞院宫家的订婚仪式正式宣布延期了。当然,这并不代表聪子会在结婚问题上遇到麻烦。聪子还经常受邀去洞院宫家,洞院宫殿下对她也很热情。

清显不满足于现状。他想不管怎样,下次都一定要将聪子请到"终南别业"来住一晚。他想让本多想办法帮他完成这个冒险计划。不过,想想也很困难。

在一个非常闷热的夜晚,难以入睡。清显在朦胧的睡意中做了一个未曾做过的梦。他梦到自己在浅滩上躺着,水很温暖,被海水冲到岸上来的各种海藻和陆地上的垃圾堆积在一起,无法分辨,总是扎破行人的脚。

……不知何故,清显竟然穿上了从没有穿过的白棉布衣服和白棉布裙裤,扛着一支猎枪,站在野外的道路上。那是一片微微起伏的并不算宽阔的原野,从前面可以远远看到各家的房顶,还有自行车在野外的道路上通过。但是,那里弥漫着一种沉痛的光。好像是夕阳的余晖,光线很弱了,也不知这光是来自天空还是地上。在原野上起伏的草也发着绿光,远去的自行车发着朦胧的银光。突然,他低下头看了一下自己的脚边,只看到脚上木屐又白又粗的木屐带和脚面上的静脉也在发光,清晰可见,很是奇妙。

就在这时,光线忽然暗下来,一群飞鸟掠过上空,发出明亮的啼叫声,朝清显的头顶飞来。清显这时朝着天空扣动了扳机。他无情地射击着,非常愤怒和悲伤,不是冲着鸟群射击,而是冲着天空中那只巨大的蓝色眼睛射击。

被击中的鸟扑簌簌地掉落下来,天地间弥漫着惨叫声和鲜血。

数不清的鸟儿一边惨叫,一边流着血,它们的鲜血汇集成一根大柱子,就像是一道瀑布,径直落到一个地方,不停倾泻下来。伴随着惨叫声和殷红的鲜血,如同龙卷风一样旋转着。

后来,这股龙卷风都要凝聚成一棵参天大树了。这是一棵巨大的树,上面挂满了数不尽的鸟儿的尸体,树干也非常红,没有枝叶。这棵大树在定型之后,鸟声也消失了。周围又开始和之前一样闪烁着沉痛的光,一辆银白色的新自行车,从野外的路上慢悠悠地驶来,但是上面没有人。

他自豪地感到:自己好像消灭了遮天蔽日的东西。

这时候,他看到一群和自己打扮一样的人,从远处的原野的路上走来。他们严肃地往前走,在距离他大概三米远的地方停了下来。仔细一看,他们手里都拿着发光的杨桐树小枝叶的玉串。

为了给清显净身,他们在清显面前摆弄着手里的玉串,声音很清脆。

忽然,清显从这群人中看到了学仆饭沼,他很吃惊。饭沼还对清显说:

"你肯定是个暴恶之神!"

清显听他这么一说,看了一下自己,不知何时脖子上已经套上了一串暗紫色和暗红色相间的月牙形玉项链。他的胸部感觉到玉石的冰凉,也好像一块平滑、厚实的岩石。

白衣人回头看了一下堆满鸟尸的大树,这棵大树长出了茂密且鲜艳的绿叶,下面的枝丫也长满了明亮的绿叶。

⋯⋯这时候,清显醒过来了。

这个梦不同寻常。他打开了好久没写的《梦日记》,开始将这个梦详细地记录下来。他醒了之后,内心还很激动。他感觉自己好像是从某个战场上回来的似的。

⋯⋯如果想在深夜中将聪子带到镰仓,然后黎明时再将她送回东京,马车和火车肯定不行,人力车更不行。不管怎样,都得用汽车。

就算是用汽车,也不能用清显家附近的私家车,更不能用聪子家附近的汽车,必须用陌生的、不了解情况的司机开车。

"终南别业"面积很大,但也要小心,不能让王子他们见到聪子。不知道王子们是否知道聪子要订婚了,若他们认出聪子,后果不堪设想。

若要克服这些困难,无论如何都需要本多的帮助,让他装成陌生人。本多为了帮助朋友,答应将聪子带来并将她送回去。

他想起了一个同班同学的名字,那个人是富商五井的大儿子,只有他有私家车。本多专门去了一趟东京,拜访了位于曲町的五井家,让这个同学将他的"福特牌"汽车和司机借给他一晚。

这个同学就是个小混混,学习几乎都不及格,班上著名的耿直学霸来借车,让他很吃惊。他一直炫耀自己的富裕和尊大,他说:"如果不说清楚原因,我是不会借的。"

本多在这个笨蛋面前,表现得异乎寻常,他小心地编造了一番谎言,他觉得很高兴。由于是说谎,本多说话时有点不自然,但是对方认为这种不自然或许是因为无奈和自卑。本多觉得对方深信不疑的样子很有趣。如果坦诚相待,对方不会相信,但是说谎却反而让对方轻易相信,本多觉得这种情况有点让人痛心的喜悦。这应该是清显认为的本多的另一面。

"我要对你刮目相看了,没想到你还有这个本事啊。只是,你一直很神秘,就算说出她的名字也好啊。"

"她叫房子。"本多不假思索,说出了平日里并不常见的表妹的名字。

"这么说来,房子借宿一晚上,我需要将汽车借给你一晚上了。只是,下次考试时,你得帮我!"五井有点儿认真地低下头说着。现在,他才表示出一点儿友好。他认为从各种角度来说,自己和本多的智商差不多。那种单调的人生观终于得到了认可。

"终究都是一样的人啊!"

他的语气中充满了安心。本多开始就看准了这方面。也算是沾了清显的光,本多得到一个懂浪漫的好名声,这是每一个十九岁青年都希望得到的。总之,对清显、本多和五井来说,大家都没有吃亏。

五井的这辆1912年产的最新款"福特牌"小轿车，因为安装了自动启动装置，不再需要司机下车去启动。这款轿车是带二挡变速器的普通T型轿车，黑漆的外表，车门上还有一点儿红边，被车篷罩着的后座还有马车车厢的影子。和司机说话时，需要将嘴凑到通话管处，司机耳边有一只喇叭可以传送声音。除了有备用轮胎，车顶上面还有行李架，适合长途旅行。

司机姓森，之前是五井家的马车夫。他跟着五井老爷的贴身司机学习了开车，在警察局考取驾照时，他让师父在警察局门口等候，若在考试途中遇到任何问题，他就到大门口去问，然后回去继续写答案。

本多深夜从五井家借到这辆小轿车，为了掩人耳目，他打算让司机将车开到军人公寓前停下，等聪子和蓼科坐人力车赶来。清显不希望蓼科跟着，其实蓼科根本就不会跟来，她还有更重要的事情要做，她要假扮聪子在卧室里睡觉。蓼科有点儿担心，她唠叨着嘱咐了一番，终于让聪子跟着本多走了。

"我在司机面前会一直叫你房子。"本多悄悄地在聪子耳畔说。

"福特牌"小轿车出发了，寂静的公馆街的夜空被震耳的声音划破。

聪子很镇定，这让本多有点儿吃惊。她穿着素白色的西服，显得更加无所顾忌。

……本多对半夜三更跟朋友的恋人开车去兜风这事，感到有点儿不可思议。夏日的深夜，他作为朋友，摇摇晃晃的车厢里弥漫着女人的香水味，他和她挨着坐在一起。

这是"别人的恋人"。聪子是个女人，这瞬间的感觉很无礼。清显那么信任自己，本多觉得不可思议的是让清显变得冷漠的毒素现在明显恢复了。信任和侮辱就好像薄皮手套和手，挨得很近。

为了避免这种侮辱，他只能让自己保持冷静。本多这么做并不是因为他是个盲目而保守的青年，而是因为他相信靠理智能够做到。他肯定不会像饭沼那样自惭形秽、自卑。若有这样的感觉，最后就……只能当清显的奴仆,没有别的出路。

汽车一路驰骋,凉风打乱了聪子的头发,但是她没有自乱阵脚。他们之间肯定不会提到清显,倒是房子这个名字显得很亲切。

……

回来时,走了另一条路。

"啊,我忘了跟清显说了。"

汽车刚开动,聪子突然说了一句。但是,已经无法挽回了。夏天,很早就会天亮,若不赶紧回东京,可能无法在天亮之前回到家里。

本多说:"我替你说吧。"

"嗯……"聪子有点儿犹豫。最后还是决定,"那么请跟他说:前些天蓼科见到了松枝家的山田,知道清显在撒谎。她知道清显假装手里有那封信,实际上他早就当着山田的面将那封信撕了……让他不用担心蓼科。蓼科已经绝望了,认命了……就请告诉清显这些吧。"

本多将聪子的话重复了一遍,他从来不会过问这样神秘的传话内容,只是答应转告。

聪子可能被本多的礼貌感动了,不再和以前那样,变得善谈了一点。

"本多,你对朋友太好了。我觉得清显有你这样的朋友,真是世界上最幸福的事情。我们女人连一个真正的朋友都没有。"

聪子的眼里还有放纵的痕迹,但是她的头发很整齐,一点儿都不乱。

本多没有说话。过了一会儿之后,聪子低着头轻声说:

"你是不是觉得我很放荡?"

"别这么说。"本多斩钉截铁地打断了她的话。因为聪子的这番话正是本多偶尔想的,虽然本多并没有看不起她。

本多顺利地完成了接送聪子的任务。在镰仓将聪子交给清显,再从清显手里将聪子送回家中,他都镇定自如,他感到很自豪。慌乱肯定是不行的。他在想自己的这种做法不也是在冒险吗?

本多看着清显牵着聪子的手从月光下的院子里，沿着树荫跑到海边，他感觉自己这样帮助他们好像是在纵容他们，而且这种行为留下的优美的画面逐渐逝去。

"不知何故，虽然我和清显都犯了一个可怕的错，但是我们并没有内疚的感觉，反而觉得这样显得很真诚。刚才我们看到海边的松林，我感觉这辈子都不会再看到这样的松林了；听到松涛的声音，也感觉这辈子再也听不到这样的松涛的声音了。这一瞬间我们突然想通了，我们毫不后悔。"

聪子仿佛急着告诉本多自己的心情，希望本多能够理解她。每当与清显约会时，聪子都觉得这是最后一次了。尤其是今天晚上，他们在宁静的大自然中，好像达到了多么令人炫目的高潮。好像与别人谈论死亡、宝石的光辉，或者夕阳的美一样，无法用言语表达。

清显和聪子在海滨闲逛，避开了皎洁的月光。深夜的海滨寥寥数人，月光皎洁，只有高挂着破浪木的渔船在沙滩上落下的阴影处最合适。月光洒在船上，船板如白骨一般。将手伸向那里，好像能够穿透月光。

凉爽的海风吹来，他们俩很快就躲到渔船的阴影处，紧紧拥抱在一起。聪子后悔自己穿了一身不常穿的白色衣服，在月光下十分显眼，她都忘了自己洁白的肌肤了，恨不得早点将其脱掉，躲到黑暗之中。

一般来讲，是没有人偷看他们的，但是聪子总觉得海上荡漾的月影犹如千万只眼睛。聪子抬头看着空中的云彩，还有云端眨眼的星星。他们相互爱抚、亲吻，更觉得愉悦，好像自己饲养的小动物在嬉戏。聪子闭上眼睛，想起了悬挂在云端的繁星。

那里离深海还有一段距离。聪子一直想躲在阴暗处，想到那里只是渔船的影子，就觉得有点儿害怕。那里不是坚固的建筑物，也不是岩石的影子，而是很可能将要出海的渔船的影子。渔船不可能在陆地上久留，它的影子是虚幻的。她有点儿害怕，这艘很古老的大型渔船即将默默地从沙滩上起航。为了追逐船的影子，为了永远藏在那个影子中，必须要将自己变成大海。聪子在满足中变成了大海。

包围他们的一切，如夜空的月光、闪耀的大海、沙滩上吹过的风、远方松涛的沙沙声……一切都会消失。瞬间，一个巨大的"不"声响起。可能不是松涛的沙沙声。聪子觉得他们肯定被不能原谅自己的东西包围着、捍卫着、守护着，好像滴在盆子里水面上的一滴发油受到水的保护。但是，水是黑色的、宽阔的、寂静的，一滴发油飘荡在这个寂静的夜里。

这是怎样的拥抱式的"不"啊！他们俩都分不清楚对他们来说，这个"不"究竟是夜晚还是马上到来的黎明？只感觉到逐渐逼向自己，只不过还没有侵犯到自己。

……两个人坐起来，在漆黑中勉强伸长了脖子，看到一轮即将消失的明月。聪子觉得天空的圆月好像见证了自己的罪恶。

四周没有人影。两个人站起来，拿出藏在船底下的衣服。在漆黑的夜晚，他们借着月光，看着彼此。虽然时间短暂，但很认真地看着。

穿好衣服之后，清显在船舷上坐着，晃着腿说：

"若我们是公开的情侣关系，想必就不会这么大胆了吧。"

"你好无情啊！原来你是这样想的吗？"

聪子有点儿生气。她的怨言中夹杂着说不出来的苦涩。她的眼中充满了绝望。聪子还在船边的阴暗处蹲着。清显的脚从船舷上垂下来，被月光照耀得雪白，聪子吻了吻清显的脚趾尖。

……

"或许我不该跟你说这些。只是，除了你，没有人愿意倾听我的心声。我知道我的行为很可怕。不过，请别阻止我。因为我明白总有一天一切都会结束……在此之前，哪怕拖上一天，我也希望能继续保持下去。别无他法。"

本多禁不住哀怨地说道："你早就决定了啊。"

"嗯。早决定好了。"

"我想清显也这么想。"

"因此，我们不该再连累你了。"

本多有股莫名的冲动，他想理解她。这是一种微妙的报复。既然她打算将本多当成"知己"，那么本多也应该有不同情也不赞同的理解权利。

理解这个处于热恋、身在曹营心在汉的女子，是一种什么工作呢……本多喜欢推理的老毛病又犯了。

车身摇晃，聪子的膝盖多次靠近本多这边，但聪子机敏地保护着自己的身体，尽量不让自己的膝盖碰到本多的膝盖。这种机敏的动作好像松鼠踩小车一样让人眼花缭乱。本多越发地焦虑不安。他觉得，至少聪子在清显面前，肯定不会做出这样的动作。

"刚才你说早有决定了。"本多没有看聪子的脸，接着说，"你这句话和你说的'总有一天会结束'的心情怎么联系在一起呢？事情结束之后，再下决心不就晚了吗？或者下了决心后，事情不就结束了吗？我知道我问的问题很残忍。"

聪子坦白说："你问得很好。"

本多忍不住看了一下她的侧脸。这张美丽且端庄的脸上很平静。聪子突然闭上眼睛，车厢中昏暗的灯光在她那原本就很长的睫毛下投下深深的阴影。好像茂密的森林在黎明之前缠绕的黑云擦过窗边。

司机只顾开车，没有看他们。车厢后座和驾驶室之间有一层紧闭的厚玻璃拉窗，若不是专门将嘴凑到通话管旁边，司机是听不到他们说的什么的。

"刚才你说我总有一天会结束这一切，对吧？你是清显的好朋友，这样说是很有道理的。若我不能活着结束这一切，我宁愿去死……"

或许聪子希望本多立刻否定她的说法，但是本多没说话，他在等聪子继续说。

"……机会总会到来的。为期不远了。我敢保证，到时候肯定不会一刀两断。既然我已经享受过最幸福的时刻了，我也别无他求了。任何美梦都会结束的，没有永恒的东西。如果觉得这是自己的权利，岂不是太愚蠢了？我和那种'新女性'不同……只是，若真有永恒，那也只是现在这一刻……我相信总有一天你会懂。"

本多好像明白之前清显害怕聪子的原因了。

"刚才你说不能连累我是什么意思？"

"因为你是个正经人。本来就不该让你卷入这件事当中。都是清显的错。"

"我不希望你把我想得那么老实。我的家庭的确是最正派的。但是今天晚上，我已经成了共犯。"

聪子生气了，她打断他的话："别这么说！这只是我和清显两个人的错。"

听起来，这句话好像是在保护本多，但也说明了别人不能干涉。本多知道，聪子将这个罪过当成一座只有她和清显居住的小水晶离宫，小巧得可以放在手掌上面，谁都进不去。他们要凭借变身才能进去。而且人们从外面可以清楚地看到他们在里面的情景。

聪子突然身子朝前倾斜，本多刚想伸手扶她的身体，但是手却碰到了聪子的头发。

"对不起。我那么小心，鞋子里还是灌进了沙子。若不注意，回到家里脱掉鞋子，管鞋的不是蓼科而是女侍，若被她看到沙子，肯定会怀疑，若是她说出去我就惨了。"

本多不知道女人在整理鞋子时，自己该做什么，因此只好转向车窗，不再看她。

车子已经抵达东京市区了，天空中出现了鲜艳的蓝紫色。市区的屋顶上飘着黎明之前的朝霞。一方面，本多希望早点到达目的地，另一方面，又对人生当中这样不可思议的夜晚即将过去而感到惋惜。或许是因为耳朵比较敏感吧，他好像听到了微弱的声音，背后传来的或许是聪子抖落鞋中沙子的声音。本多好像听到了世界上最清晰且美妙的沙时钟的声音。

三十五

暹罗王子们对在"终南别业"的这段生活感到很满意。

一天傍晚,习习微风吹来,他们四个搬出四条腿的藤椅,坐在庭院的草坪上,开心地度过了吃晚餐之前的时刻。两位王子用母语聊天。清显则在沉思。本多将书放到膝盖上,低头阅读。

库里沙达用日语说:"来根'弯曲'吧。"

他一边说着一边给大家递过去一根英国威尼斯敏斯特牌的金嘴香烟。王子们很快就记住了学院的这句暗号,将香烟称为"弯曲"。学校原本禁止抽烟,不过高等科学生若不是在公开场合抽烟,学校一般也装作不知道。因此,学校半地下室的锅炉房就成了吸烟室,同学们都称那里为"弯曲场"。

他们不顾别人的目光,大胆地抽烟,这烟香中也有一股"弯曲场"的味道。现在抽的英国牌子的香烟和之前在昏暗的锅炉房中对着煤烟,警惕的眼神,为了多抽几口而猛吸的场景结合起来,更增加了香烟的味道。

清显背着大家,看着黄昏的天空中袅袅升起的烟雾,再看着远方海面上空支离破碎的越来越朦胧的云朵,天空成了淡黄蔷薇色,好像是聪子来了。聪子的身影和她的方向渗透到了万物之中,大自然的任何微妙变化都和聪子息息相关。突然,风停了,夏季傍晚的温暖空气吹拂着清显的肌肤,他觉得是聪子光着身子迷茫地站在那里,她的肌肤好像直接触碰到了自己的肌肤。天更黑了,绿色的合欢树的树荫下,也有聪子的身影。

本多一直喜欢在手边放一本书,不然就不安心。曾经有个学仆悄悄为他借来一本禁书,是北辉次郎的《国体论及纯正社会主义》。作者时年三十二岁,人们觉得他是日本的传奇人物。书中有很多有趣的激烈言辞，本多稳重的思想产生了警惕。他不讨厌过激的政治思想，只是因为他不懂生气。他读了这本书之后，觉得他人的愤怒好像是严重的传染病，能传染给别人。也因为这样，他才兴致勃勃地欣赏别人的愤怒，从良心上来讲很没趣。

和王子们讨论了轮回转世的事情，或多或少地丰富了自己的知识。他记得送聪子回东京的那天早上，他顺路回家，从父亲的书架上拿了一本斋藤唯信写的《佛教学概论》。这本书开头的业感缘起论很有意思，他不禁想起去年刚入冬时很喜欢读的《摩奴法典》，不过因为担心继续读会影响备考，所以就没有继续读了。

本多将好几本书并排放在藤椅的扶手上，方便随时阅读，他最后将视线从膝盖上摊开的书上转移，眯起有点儿近视的眼睛，看向庭院西边的山崖。

山顶还很明亮，但是悬崖上已经很暗了，眼前黑漆漆的。在悬崖顶上的茂密树林中，能看到西边天空上无数交错的细细白光。透过密林能够看到西边的天空好像一张云母纸，那是大自然画卷尽头长长的留白，衬托着夏日里五彩缤纷、热闹非凡的大自然画卷。

……他们开心地抽着香烟，心里又有点儿愧疚。天色阴暗，成群的蚊子在草丛的一角飞舞。游泳之后比较累，皮肤被太阳晒黑了……

本多沉默不语，他在想：今天真是青春时代最幸福的一天。

两位王子肯定也这么认为。

王子们看到清显处在热恋中，却假装没有看到。这时候，清显和本多也同样假装不知道王子们在海滨调戏渔村姑娘，清显还给姑娘们的父亲送了一笔可观的补偿金。王子们每天早上都会在山上膜拜镰仓大佛，他们受到了佛的庇护，怡然自得，愉快地度过了这美丽的夏天。

男仆来到了阳台上。他手中端着放信件的闪闪发光的银盘（男仆觉得有点儿遗憾，这里不是总公馆，很少有机会用这只银盘，他花了一天的工夫将银盘擦干净，并且让银盘一直发亮），男仆朝草坪这边走来，库里沙达先发现了他。

他快步向前，接过了信。当他知道这封信是王太后殿下亲笔写给昭披耶时，就幽默且恭敬地将信捧在头上，奉献给了坐在椅子上的昭披耶。

清显和本多看在眼里，但按捺住了自己的好奇心，等着王子们跟他们说自己的喜悦和思乡之情。打开白色厚信纸的声音很清晰，信笺很鲜艳，好像夕阳中的白色羽毛令箭。清显和本多突然被一声尖叫声吓得站起来，只见昭披耶昏倒在了地上。

库里沙达惊呆了，看着被两个日本朋友照顾的堂兄，茫然不知所措。他捡起了掉在草坪上的信，读完之后就趴到草坪上号啕大哭。库里沙达用暹罗语不停地呼唤，清显他们也不知道他在说什么。本多将目光移到王太后的亲笔信上。上面都是暹罗语，根本看不懂。他只看到信笺上面金光闪闪的皇家徽章，图案以三头白象为中心，四周有佛塔、怪兽、蔷薇、剑、王笏等，图案很复杂。

几个人马上将昭披耶抬到床上，这时，他茫然地睁开眼睛。库里沙达跟在后面大哭不止。

清显和本多不知道到底发生了什么，但是感觉是传来了噩耗。昭披耶枕着枕头，逐渐暗下来的光线衬托着他黝黑的脸，两只珍珠一样的暗淡眼眸呆呆地盯着天花板。一会儿之后，库里沙达终于冷静下来，他用英语说：

"月光公主去世了。昭披耶的恋人、我的妹妹月光公主她……既然如此，若王太后只跟我一个人说，昭披耶不至于受这么大的刺激，我以后再想办法跟他说就行了。现在王太后可能是害怕我受不了刺激，才直接跟昭披耶说。想必殿下是想错了，或许殿下是想让昭披耶勇敢地面对这个噩耗吧。"

这番冷静的话，不像是之前那个库里沙达王子说出来的。对王子们这种热带骤雨般的剧烈悲叹，清显和本多颇受感动。让人想到电闪雷鸣的暴风雨之后，被洗劫的丛林将更加迅速、更加繁茂地生长。

当天的晚餐送到了王子们的房间，不过两位王子没有动筷子。随着时间的流逝，库里沙达王子觉得作为客人应有的义务和礼貌，请来了清显和本多,将长长的书信翻译成英语,讲给他们听。

实际上,月光公主今年春天就生病了,她病得很严重,无法亲自写信,但是她不让别人将她的病情告诉哥哥和堂哥。

月光公主那双美丽且白皙的手逐渐麻痹,最后动弹不了了,就像是从窗框中射进来的冰冷的月光。

英国的主治医生虽然为她进行了精心的治疗,但还是没有控制住她的麻痹症状,后来蔓延至全身,最后都不能说话了。尽管这样,月光公主还是用麻木无法动弹的舌头,反复请求别人千万不要将自己的病情告诉哥哥和堂哥。她可能想让昭披耶永远记住的是他们分别时的美好情形吧。这样的场景,让人禁不住泪流满面。

王太后经常到病榻前探望月光公主,每当看到月光公主的脸,她就控制不住自己的眼泪。她听到月光公主去世的消息之后,立即跟大家说:

"我直接通知巴塔纳迪多。"

她在信的开头说:"我跟你说个不幸的消息,请一定坚持把信读完。你喜欢的占托拉帕公主不幸去世了。她即使躺在病床上,也依然很想念你,后面我会详细跟你说。作为一个母亲,我首先要说的是,一切要想开点,听从佛祖的安排,希望你能够保持王子的自豪,勇敢地面对这个噩耗。母亲能够体会到你在异国他乡听闻噩耗时的心情,但遗憾的是母亲不能在身边安慰你。你作为兄长,将妹妹去世的事情告诉库里沙达,要多关心他。我突然给你写这封亲笔信,也相信你能挺住,不会因此而悲伤得一蹶不振。月光公主直到最后一刻还在想念你,你应该会感到很欣慰。你来不及看她最后一面,虽然有点儿遗憾,但是你应该体谅公主的心情,她希望你的心里一直记得的是她健康时的样子……"

……昭披耶一直聆听到信读完,才勉强从床上支撑起身体,对清显说:

"我就这样丧失了理智,忽视了母亲的教诲,很惭愧。只是,请原谅我。

"我之前一直想解开的谜,不是月光公主去世的谜。而是从月光公主生病到去世的这段时间，不，应该说是月光公主去世后的这二十天里，我内心一直不安，但是我对现实毫不知情，竟安然生活在这个虚伪的世界中，我想解开这样一个谜！

"我的眼睛能够看清楚海和沙滩，为何无法看清这个世界底层的、不断出现的微妙变化呢？世界总是在悄悄发生变化，好像瓶子里的葡萄酒在变质。但是，我只能透过瓶底，看到灿烂的紫红色，为何不能每天至少检查一次它的微妙变化呢？早晨的微风、摇曳的树梢、小鸟的飞翔和啼叫，我都没有仔细观察和倾听过，我只是将其作为大自然的整个生态的喜悦来看待，没有注意观察世界上美妙的沉淀物一样的东西每天都在世界的底层发生质变。若某个早上，我能够用舌头品尝世界的滋味，发现它的微妙变化……啊，若能这样，我肯定当时就能感受到月光公主已经去世了。"

昭披耶说到这里，又咳嗽了一阵子，他声泪俱下，语无伦次，突然停住了。

清显和本多将昭披耶托付给库里沙达，然后回到了自己的卧室，他们俩也无法入眠。

在只有本多和清显两个人时，本多立刻说道："两位王子现在肯定想早点回国吧。看来，不管别人怎么劝说，他们肯定不会继续留下学习了。"

清显沉痛地回答道："我也这么认为。"

他也受到了王子们悲伤情绪的影响，沉浸在无法言表的不祥情绪中。

清显自言自语地说："一旦两位王子走了，我们两个人在这里待着也不行啊。也许我的父母会一起来避暑，不管怎样，我们幸福的夏天就要结束了。"

热恋中的男人无法容忍恋爱之外的东西。他竟然不再同情别人的悲伤。本多对这一点非常清楚。不过他明白，清显这颗冷漠且坚固的玻璃心，本来就是纯粹的热情的理想容器。

……两位王子一个星期之后就乘坐英国客货轮回国了。清显和本多一直送他们到横滨。可能因为是暑假期间吧，其他同学没有来送行。只有与暹罗颇有交情的洞院宫派了他的内务官来送行。清显和这位内务官只聊了两三句话，态度很冷漠。

　　大型客货轮离开码头，送别的纸彩带一下就被扯断，随风飘走了。这时候，船尾的甲板上出现了两位王子的身影。他们站在迎风飘扬的英国国旗旁边，不停地挥动着洁白的手绢。

　　船朝着大海深处驶去，送行的人也都散去了，本多只好催促清显赶紧回去。清显在这之前一直站在反射着强烈的夏日夕阳的码头上。他送走的不是暹罗王子。他觉得自己青春时代中最美好的时期，也已经在茫茫大海中渐渐消失了。

三十六

……秋天到了，学校开学之后清显和聪子基本没机会约会了。就算是傍晚时，他们避开闲杂人等一起散步，蓼科也一路相随。

他们甚至还要顾忌点灯夫。点灯夫穿着煤气公司那种立领制服，拿着一根长长的点火棍，将鸟居坂角落上罩着白炽灯罩的煤气灯逐一点亮。傍晚时，点完灯之后，周围就没多少人了。他们俩这时候才能在羊肠小道上漫步。周围响起了虫鸣声，各家灯火已经没那么亮了。在一个没有院门的人家里，主人刚从外面回来，皮鞋声刚消失，沉重的锁房门的声音就传了出来。

"再过一两个月就结束了。洞院宫家里不可能无限期推迟订婚日期。"聪子平静地说，她好像不是在说自己的事情，"我每天睡觉之前都在想：明天就结束吧，想必事情已经无可挽回了。想着、想着才能入睡。说来也奇怪，居然睡得很踏实。即便事情无法挽回了，还……"

"就算是举行过仪式也……"

"清显，看你都在说什么啊。罪孽太重，会泯灭良心的。还不如趁着现在没订婚，数一数以后还能见几次！"

"你打算以后将我们的一切都忘掉吗？"

"嗯，虽然还不知道用什么办法。我们正在走的不是路，而是码头，总会走到尽头，前面就是大海！"

思索片刻之后，他们俩就开始讨论有关结果的问题了。

他们俩一聊起有关结束关系的事情，就跟小孩子似的，一点责任感都没有，没有好办法、没有准备、没有计划、没有任何对策，好像只有纯洁的保证。尽管这样，一旦他们说出了"结束"这个词，"结束"这个概念马上就印在两人的心里，挥之不去了。

清显不知道他们开始谈恋爱时是从没有考虑"结果"呢，还是因为考虑到"结果"才开始的？他越想越不明白。若有一声巨雷将两人当场轰成焦炭也好，但是现在并没有任何惩罚，该怎么办才好呢？清显有点儿不安。他想："到时候，还能像现在这样如此爱聪子吗？"

清显第一次感到这种不安。清显去抓聪子的手，聪子乖乖地伸出手来。她的手指在颤抖，让人心烦，清显赶紧握住她的手掌，都快将其捏碎了。聪子没有任何痛苦的表情。清显更用力了。远处二楼的灯火照到了聪子的眼睛，她的眼角有些泪痕，清显这时候有一种阴暗的满足感。

他逐渐明白，自己之前学到的优雅不够单纯。最好的办法肯定是两人相对而死，但是要经过一番周折才行。清显感到这种约会消逝的每个瞬间，自己在她身上犯的禁忌次数越多，就会越绝望。他感到罪过越大，好像离开罪过就会远离……最终，一切都以大骗局而告终。想到这里，他不禁打了个寒战。

"就算我们这样走在一起，我也看不到你觉得幸福啊。我可是都在仔细回味每个瞬间的幸福……你是否也觉得满足了呢？"聪子爽朗而平静地抱怨着。

清显严肃地说："因为太爱你了，所以早就超越幸福了。"

清显明白，现在即便是说了这种话，也不用担心语气里有几分幼稚了。

他们快走到六本木商店街了。冷饮店的挡雨板早就关上了。房檐下挂着印有"冰"字的旗帜在风中飘扬着，街道上虫鸣声四起，让人有点儿忐忑。继续往前走，较大的灯影在黑暗的道路上投下来。"田边乐器铺"是专供陆军部队的，好像有紧急任务，还在加班呢。

他俩避开灯影走过去，看到玻璃窗内晃眼的黄铜光。里面挂着崭新的喇叭，在出乎意料的明亮灯光中，就像盛夏的演习场上闪烁着的耀眼的光。有人在试吹那只新喇叭，传出郁闷得就好像要炸裂，然后又突然溃散的刺耳声。清显觉得这种声音不吉利。

蓼科不知道什么时候来到他们身后，悄悄地对清显说：

"回去吧。再往前走就让人看到了。"

三十七

洞院宫家从不干涉聪子的生活。而且,治典王殿下军务繁忙,他旁边的人就没有安排让他见聪子,殿下也没有特别想见聪子的欲望。但是,这并不能说明洞院宫家对聪子很冷淡,可以说他们家一贯这样。听周围的人说既然男女之间已经定下终身了,婚前要是频繁接触不好。

再说了,要想让女儿成为妃子,若感觉高攀了对方,为了提高即将成为妃子的女儿的教养素质,还需要好好训练。绫仓伯爵家具有优良的教育传统,他们准备充分,因此女儿可以随时入宫成为妃子,不至于手忙脚乱。这种风雅让聪子具有当妃子的潜能,就算是在十二岁被举荐为妃子,在和歌、插花、书法等方面,也完全不用担心。

只是,伯爵夫妇注意到对聪子的教育有三个方面有所欠缺,应该尽快给女儿补课。那就是妃殿下喜欢的长歌和搓麻将,还有治典王殿下喜欢的西方音乐唱片。松枝侯爵从伯爵那里听说之后,立刻请了一位一流的长歌教师每天上门讲课,让人将德律风根牌留声机和手里的西方音乐唱片送到伯爵家,但麻将老师不好请,很是费了一番工夫。侯爵自己喜欢英式台球,没想到洞院宫家喜欢玩这么俗的东西,有点无奈。

最后,侯爵派精通麻将的柳桥酒馆的老板娘和一个老艺伎经常去绫仓家,蓼科也参与进来,她们围坐一团,开始教聪子打麻将。这个老艺伎的出行费用都由侯爵支付。

这四个女麻将专家聚集在一起,让平日里非常安静的绫仓家变得异常热闹和开心。但是,蓼科非常讨厌这种场合。她表面看上去是害怕有失体面,但实际上是害怕这些人看穿聪子的秘密。

就算不是那样,对伯爵家来说,这麻将会相当于引了松枝侯爵家的密探进来。蓼科这种不欢迎外人到来的霸气态度,很快让老板娘和老艺伎的自尊心受伤,不到三天,侯爵就听到了她们的抱怨。侯爵借机温和地对伯爵说:

"府上的老妈子很看重绫仓家的排场,这样不错,但是,目前也只是为了投洞院宫家所好,因此希望她能多担待点。柳桥这两个女人至少觉得这项服务很光荣,才会抽空来。"

伯爵向蓼科说了这种抗议,蓼科更难了。

老板娘和老艺伎并不是第一次见到聪子。老板娘在赏花节游园会那天就忙前忙后地监督和指挥,那时候,老艺伎扮演了俳谐师。老板娘还在第一次麻将会上针对小姐订婚事宜祝福了伯爵夫妇,并且带来了很多礼物。

"小姐天生丽质,天生就具有当王妃的气质。洞院宫家还不知道多满意这桩婚事呢。能够为此效劳,真是我们这辈子的福分啊。当然了,我们也会将其当作一件逸事传给我们的子孙后代。"

尽管老板娘奉承了一番,但四个人围坐在另一个房间的麻将桌旁时,不能总这样。所以她面无表情,那双恭维地望着聪子的眼睛也黯淡下来,露出干巴巴的轻慢的眼神。蓼科觉得她们将同样的目光放在自己过时的腰带银扣上,很讨厌。

尤其是老艺伎,她一边搓麻将一边若无其事地说:

"不知道松枝家少爷怎么样了。我没见过比他更帅的少爷了。"

老艺伎刚说完,老板娘就非常巧妙、鬼使神差地转换了话题。蓼科感觉到了这一点,非常恼火。尽管老板娘也许只是觉得老艺伎不该如此唐突……

蓼科劝聪子尽量少在这两个女人面前说话。这两个女人比谁都清楚女人的身体,眼光特别敏锐,聪子必须在她们面前小心翼翼的,但是若聪子看上去表情忧郁沉闷,或许别人又会说三道四,会说她不满意这桩婚事。她担心会顾此失彼,因小失大。

多亏聪明的蓼科成功地结束了麻将会。她对伯爵说:

"松枝侯爵不应该完全轻信那些女人的逸言。那两个女人硬说小姐不喜欢搓麻将是因为我……为什么小姐会不高兴呢，她们害怕担责任……她们肯定说我坏话了，说我盛气凌人。再说了，这也是侯爵的一片心意啊，但是让柳桥的这个女人出入府上怕是影响不好吧。再说了，小姐已经基本上学会搓麻将了，她出嫁后陪别人玩牌，就算是输了，不是也很可爱吗？麻将就先学到这里吧。若侯爵不愿意，那我只好告退了。"

面对蓼科这种威胁性的告状，伯爵也只好接受。

……关于信件的事情，蓼科听山田管家说清显撒谎时，就觉得自己好像站在十字路口，犹豫不决，以后是当清显的敌人呢，还是忍受一切，按照清显和聪子希望的做？最后，蓼科还是选择了后者。

可以说，她这样做纯粹是因为爱聪子。而且，事到如今，若非要棒打鸳鸯，硬生生地将他们拆散，蓼科也担心聪子会自杀。更重要的是，她觉得现在应该保密，让他们顺其自然，真到了关键时候，等着他们俩自己断了念头，是最好的办法了。她只要保持沉默就行了。

蓼科觉得感情中有一种哲学，就是看不到的东西等于不存在。也就是说，蓼科没有背叛她的主人伯爵，也没有背叛洞院宫家或者其他人，她就好像是在做化学实验，一方面亲手帮忙促成了这段姻缘并且保证它的存在，另一方面又要神不知鬼不觉地保守秘密，如果能否定其存在就好了。当然，蓼科是在冒险，她相信人生在世就是为了弥补别人的破绽。只要用大量的恩惠，最后总能够让对方听自己的。

蓼科尽量借机让他们频繁约会，同时又等待他们逐渐失去热情。她没意识到自己变得热衷此事了。她原先觉得清显太贪得无厌了，报复他的唯一做法就是等清显不久之后来求她："我想和聪子分手了，请帮我解决吧。"从而要清显知道自己已经没有热情了。不过，如果这样的话，聪子岂不是太可怜了？

这个沉着的老妇人的哲学是：世上没有安全的东西。这种哲学从一开始就要自律，明哲保身。但是，让她不顾自己的安危，将这种哲学当作冒险的借口。凭的是什么呢？蓼科无意中成了说不清的俘虏。这对俊男靓女在自己的撮合下才能够约会，后来自己看着他们没有未来的爱情之火在燃烧，越来越旺，蓼科不禁觉得非常痛快。就算因此带来更多危险，她也顾不上了。

她觉得漂亮的、年轻的肉体融合在一起，好像是一种神圣的、富于正义的痛快，但又没有道理。

两个人约会时目光闪烁，靠在一起时胸脯在跳动，这些都变成了一座暖炉，温暖着蓼科那颗早就冰冷的心。就算为了自己，她也不能浇灭这火种。聪子在约会之前，忧伤憔悴，在见面时隐约看到对方身影的一瞬间，却满面春风，容光焕发，比六月的麦穗还要灿烂……这个瞬间充满奇迹，好像瘸子能够站起来，瞎子能重见光明一样。

实际上，蓼科要保护聪子不受邪恶的影响。绫仓家世代相传的古老的优雅，不正暗示着这样的教训吗？燃烧的东西不一定不好，歌颂的东西也不一定是恶。

正因为如此，蓼科好像在默默地等待什么。或许，她在寻找机会，将放飞的小鸟重新抓回来，关进鸟笼里。这种等待，像是有一种不吉利的东西。每天早上，蓼科都会精心打扮一番，按照京都风格，涂上厚厚的一层白粉遮挡眼皮底下的皱纹，用京红的闪光色彩掩盖唇边的皱纹，尽管经过了一番浓妆艳抹，她依然不敢看镜中的自己。她将乌黑的目光转移到空中，好像要探问什么。秋天，遥远的天空的光，将澄清的点子落在她的眼中，而且在窥视着她的脸。她好像在盼着未来……为了重新检查自己的妆容，她将平时不常用的老花镜拿出来，将细小的金丝镜腿挂在耳朵上。衰老且洁白的耳朵马上被金丝镜腿的尖端刺得火辣辣的疼……

……十月，伯爵接到这样的消息：将于十二月举行订婚仪式。礼品单上列有：

一、西服料五匹
二、清酒两桶

三、鲜家鲷鱼一盒

这份清单的后两项没有问题，只是西服料有点难办。后来，松枝侯爵给五井物产公司伦敦分公司经理发了一封长电报，让他赶快将专门定做的英国最好的料子寄过来。

一天早上，蓼科叫聪子起床时，聪子已经醒了，她脸色苍白，赶紧起身，拂开蓼科的手，跑到走廊上，在快到厕所的地方，吐起来。但没吐出什么东西，只弄湿了点睡衣的袖子。

蓼科陪着聪子回到了卧室，仔细确认紧闭的隔扇外面没有人。

绫仓家的后院养了十几只鸡。公鸡打鸣时，几乎震破了有点儿发白的纸糊的拉门，生动地描绘出了一幅绫仓家平常的晨景图。太阳升起来了，公鸡还在不停地打鸣。聪子在雄鸡的鸣叫声中，又将苍白的脸枕到枕头上，闭上眼睛。

蓼科悄悄地在她耳边说：

"好点了吗？小姐，这件事千万不要跟别人说。我会悄悄地将脏衣服洗了，也不要让女仆给你梳理头发，今后你的吃喝都由我来伺候，给你做一些可口的饭菜，一定不能让女侍察觉到。不管怎样，小姐要多保重，以后最重要的就是听我的。"

聪子轻轻地点了点头，她那张美丽的脸上流下了泪水。

蓼科很开心，首先，别人没看到聪子的症状，蓼科是第一个发现的；其次，这正是蓼科最着急等待的结果，她很开心地接受了，虽然有点儿早。这么说来，聪子就成了蓼科的人了。

……回想一下，对蓼科来说，这个世界比只有情感的世界更称心。聪子月经初潮时，也是蓼科第一个知道，并且给予指导。从某种意义来讲，蓼科可以说是个做事利索的专家。对一切琐事都不关心的伯爵夫人，在聪子来月经两年之后，才从蓼科那里知道此事。

蓼科时时刻刻都在关心并照顾着聪子的身体。自从聪子那天早上呕吐之后，她的妆容情况，眉宇间隐藏着的不快预感，饮食嗜好的变化，生活中表现出来的无精打采……各种现象都被蓼科看在眼里，终于毫不犹豫地做出决定。

"总是待在房里对身体不好,我陪你出去散散步吧。"

蓼科每次这么劝说时,基本上都是暗示可以见到清显了。但是,光天化日之下,晌午时怎么能够出去呢?聪子有点儿吃惊,抬起头来,露出了询问的目光。

蓼科看起来表情很不自然,她露出不容拒绝的样子,因为她知道有关国事的名誉就掌握在自己手中。

她们俩想走后门出去,便顺着后院走,只见伯爵夫人双手抱胸,正看着侍女喂鸡。秋天的阳光洒落在成群走动的鸡的毛上,发出闪闪的光。晾晒场上晒干的白色衣物迎风摇曳,很壮观。

蓼科赶走了聪子脚边的小鸡。聪子边走边向母亲稍微施了一个注目礼。鸡走动时从蓬松的羽毛下迈出来的脚,很固执,聪子第一次感觉到这种动物的敌意,好像和自己基于亲缘关系的敌意。她不喜欢这种感觉。有几根白色的鸡毛飘落,马上就要掉到地上了。蓼科向伯爵夫人打招呼说:

"我陪小姐出去散散步。"

伯爵夫人说:"散步吗?那就辛苦你啦。"

眼看就要到女儿大喜的日子了,伯爵夫人也有点心神不定,而且越来越把女儿当作贵客看待了。这是公卿家的教养,女儿已经是皇室的人了,对她不能有一句责备之词。

她们两人一直走到龙土町的小神灶上,花岗岩的栏杆上有天祖神社的字样。她们走到刚完成秋天祭祀的狭窄的神社里,在挂着紫色帷幔的前殿,低头拜了一下,然后,聪子跟着蓼科走进了小小的神乐堂。

聪子胆怯地问蓼科:"清显在这里吗?"不知道为何,她今天被蓼科吓到了。

"不,他没有来。今天我有事要跟小姐说一下,因此把小姐带到这里来了。在这里说,不用担心别人看到。"

神乐堂一边有两三张长条石凳,是观看神乐的观众席。蓼科将自己的和服外套叠好,然后放在长着青苔的石凳上,请聪子坐在上面。

"这样坐，就不凉了。"蓼科一本正经地开口说，"小姐，时至今日想必已经没必要再说什么了，皇家是最重要的，你是知道的。

"绫仓家世代受皇室恩宠，到现在已经第二十七代了。我对小姐说这番话，肯定是班门弄斧。只是皇上敕许的婚姻是没办法更改的，违背它就相当于违背皇上，这是大逆不道的事情……"

然后，蓼科又说了一大堆，比如说自己肯定不是想责备聪子，她也有罪，只是没有表现出来自己也有罪，她后悔不已。只是，这也是有限度的，现在聪子已经怀孕了，事到如今必须做个了断。之前自己本来是想默默地看着，但现在没法继续拖下去了。现在聪子必须下定决心，跟清显诀别，然后听自己的安排，等等。她按照顺序，尽量平静地将这些事情都说了出来。

说到这里，蓼科以为聪子明白了，她肯定照做。所以，她不再继续说，用叠好的手绢轻轻地擦了一下额角的汗珠。

蓼科本来坚持说理，没想到竟也产生了几分同情，有点悲伤，声音都有点儿哽咽了。实际上，跟这个比自己亲生女儿还可爱的姑娘相处，她觉得自己并没有以真正悲伤的感情和她相处，在可爱和悲伤之间还有一道闸门。蓼科越觉得聪子可爱，就越希望聪子和自己一起分享隐藏在可怕决断中的喜悦。这其实是通过另外的犯罪来拯救原先可怕的罪过。最后，两种罪过相互抵消就会消失了。在一种黑暗中再带上另一种人为的黑暗，会导致可怕的牡丹色的曙光。但这些都是秘密进行的！

聪子很久没有说话。蓼科不安地再次问道：

"你能按我说的去做吗？你是怎么想的？"

聪子面无表情，没有半点惊讶。她不知道蓼科这种夸张是要说明什么。

"那么，你要我怎么办？你得跟我说明白啊。"

蓼科环顾了一下周围，确认神社前面屋檐下的铃铛发出的轻微响声，不是人为的，是风刮的。蟋蟀在神乐堂的地板下面时断时续地鸣叫着。

蓼科说："赶紧把孩子处理了。"

聪子倒吸了一口气，说：

"你说什么啊，这是犯罪。"

"看你说的。就交给我吧。就算消息传出去，警察也不会给小姐和我治罪的。因为订婚已经确定了，十二月举行完订婚仪式之后，就会更加安全了。警察是明白这一点的。

"小姐，请好好考虑一下，若小姐总是这么拖下去，肚子会越来越大，别说皇家了，社会上也会知道的。到时候，这桩亲事肯定会告吹，老爷没脸见人了，只能隐居。况且，清显肯定会陷入困境。松枝侯爵家的前途也要断送了，干脆装作什么都不知道。到那时候，小姐，一切都完了，你能接受这样的结果吗？不管怎样，现在只有一条路可走了。"

"世上没有不透风的墙，就算警察不说，也不能保证洞院宫家不知道，你说我还有何脸面嫁过去呢？还有何脸面伺候殿下呢？"

"也不用担心这些谣言。洞院宫家会怎么想，还不是看小姐怎么周旋了。我希望小姐能够一辈子都是一个美丽且贤惠的妃子。至于谣言，会不攻自灭的。"

"你能保证我肯定不会被判刑、坐牢吗？"

"我跟你说详细点吧，以便让你了解清楚。首先，警察是顾忌洞院宫家的，就算他们知道了真相，也肯定不敢把事情抖搂出去。若你还不放心，我们有办法让松枝侯爵站在我们这边，凭着侯爵的三寸不烂之舌，肯定会解决所有事情。再说了，这也是给少爷擦屁股啊。"

聪子喊起来了："啊，这样可不行！只有这点我不能答应。我肯定不会跟侯爵或者清显求助，这样我不就太卑鄙了吗？"

"嘿，这只是个假设啊。其次，就算是诉诸法律，我也肯定会保护小姐的。小姐就说不知道我要花招，中了我的圈套；就说是我给你下了迷魂药，才落到这个境地。到时候不管官司如何打，我一个人来承担所有罪过。"

"你说，不管怎样，我都不会坐牢吗？"

"这点，小姐尽管放心。"

虽然蓼科这么说，但聪子始终不放心。她出乎意料地说了一句话：

"我希望坐牢。"

蓼科放松警惕，笑了起来。

"简直是在说孩子话。为什么呢？"

"不知道女囚穿什么样的囚服，我想穿囚服，看清显还爱不爱我。"

蓼科见聪子在说这种无理的话时，眼中不仅毫无泪水，还充满无比的喜悦，禁不住浑身颤抖。

尽管这两个女人身份不同，但她们心里肯定都迫切地需要一种勇气。不管是欺骗还是真实的，再没有比此时更需要这种勇气的时候了。

蓼科感觉自己和聪子就好像逆水而行的小船和流水，船的速度和水的流速相同，小船暂时停留在了一个地方，现在每一个瞬间，她和聪子都迫不及待地紧密地联系在一起。同时，两个人都能理解同样的快乐。就好像听到群鸟为了躲避暴风雨而振翅，在她们头顶上掠过的欢乐的振翅声……这种感觉似悲伤、似惊愕、似不安。仿佛都像，又都不像，只好将这种粗犷的感情称为欢乐。

蓼科看着聪子的脸说："总之，你愿意听我的安排吗？"在秋阳的照射下，聪子脸上红彤彤的。

"你不要将所有的情况都告诉清显。当然，我说的是我身体的情况。不管以后我的命运如何，请放心吧，肯定不会让第三个人知道，我只同你商量，以便选择最适合我的路。"

聪子的话语已经有妃子的威严了。

三十八

十月初，清显和父母一起吃晚饭时，听说洞院宫家十二月份举行订婚仪式。

父母对这场订婚仪式很感兴趣，竞相炫耀自己对这方面典故的了解。

"迎接内务官的那一天，按理说应当使用正房，但不知道绫仓家打算使用哪一间。"

"内务官要立正敬礼，若有座漂亮的洋房就更好了。他家只能在内客厅铺上布，一直铺到大门口来迎接。洞院宫家的内务官带着两名属下坐着马车来了，绫仓家还需要准备在大高檀纸上写受礼书，然后用两根捻纸捻儿打成的纸绳系上。内务官穿着大礼服，受礼人伯爵也需要穿上伯爵服。绫仓家是专家，精通各种事情，我们不用说这些繁文缛节了。我们只要出钱就好了。"

这天晚上，清显心事重重的，眼看他的爱情就要灰飞烟灭了，他好像听到沉重的铁链从地板上拖着朝他那里逼来。敕许下达时的那股冲动劲早就消失了。那时候，他还信心百倍地，还相信"绝对不可能"，现在也有点儿质疑了。之前的决心曾让他很开心，但是现在就好像看着季节结束时的悲哀。

莫非自己死心了？他自言自语地说。没有。虽然敕许曾经像一股力量，让他们两个黏在一起，但是这肯定是延长订婚仪式的官方公报，让人觉得它显然成为一种力量，试图从外部拆散他们。如果自己勇往直前就好了，但是不知道是否有勇气。

次日，清显给军人公寓的主人打电话，说自己希望马上见到聪子，让他转告蓼科。因为嘱咐傍晚之前回电话，所以清显即便是在学校，上课时也总走神。放学之后，蓼科打来电话，答复：结果你都知道了，最近十天你们不能见面了。一旦有机会，会马上通知你，请等着吧。

清显苦苦等待了十多天。他很清楚这是咎由自取，之前对聪子太冷漠了。

已经是深秋了，红叶还没有红透，樱树的红黑色的叶子早就凋谢了。清显没有心情请朋友来玩，周日一个人待着非常难受。他时不时地看着湖面上浮云的倒影，时不时又茫然不知所措地看着那九段瀑布。他不知道为何水会这么源源不尽地流淌下来？他想流水不止真是不可思议。他觉得就像自己感情的火花。

他很落寞、很空虚，某些地方是灼热的，某些地方是冰冷的，只要稍微一动，就能感到倦怠和焦虑，好像生病了似的。他一个人在宽敞的府第走着，走到了正房后面丝柏林的小路上。路上偶尔会碰到园丁在挖掘藤叶枯萎的山药。

透过丝柏林的树梢缝隙，可以看到蔚蓝的天空。树梢上偶尔会落下来昨天晚上残留的雨滴，落在清显的额头上。清显甚至觉得这雨滴好像要穿透自己的额头，带来清晰而激烈的信息，拯救自己的不安。自己是否被人抛弃和遗忘呢？他只是等待，虽然没有发生任何事情，但他心里还是乱糟糟的，好像有数不尽的空虚的脚步声，交叉地通过十字路口，他的心里始终有一股不安和疑惑。甚至，他都忘了自己的美貌。

蓼科十天之后兑现了承诺。不过，见面时间非常短，他心都碎了。

聪子到三越百货公司定做嫁妆，伯爵夫人原本想一起去，不过她感冒了，就没有去，让蓼科一个人陪着去了。这样聪子就可以见到清显了。不过又想到若在和服柜台见面，肯定会被掌柜的看到，那麻烦就大了。所以，就跟清显说好下午三点在放着石狮子的入口等着。清显看到聪子从百货公司出来，也假装没有看到，跟着聪子和蓼科，等两个人走进旁边不显眼的年糕小豆汤铺，也跟着进去，可以在里面谈一小会儿。人力车还在百货公司门口停着，假装她们还在百货公司。

清显早就从学校里出来了，在校服外面又穿了一件雨衣，将领章盖住，然后将校服帽放到书包里，站在百货公司入口处。聪子走出来，难过地看了清显一眼，然后走到马路上。清显按约定，到了那个冷清的年糕小豆汤铺的角落里，坐在聪子对面。

或许是心理作用，清显感觉聪子和蓼科之间有了隔阂。清显还看到聪子脸色不好，但脸上化着妆，假装很健康。她说话有气无力的，头发也油乎乎的。清显忽然觉得曾经那么好看的人，现在居然这么憔悴了。他觉得这十天日思夜念的面孔发生了细微变化。

"今天晚上不能见面吗？"清显迫切地问道。虽然他觉得肯定会被拒绝。

"请别瞎说了。"

"为什么是瞎说呢？"

清显很激动，心里很空虚。

聪子刚低下头，已经泪流不止了。蓼科紧张地环顾着四周，赶紧给聪子递过一条白手绢，推了一下她的肩膀。清显觉得蓼科很奇怪，就狠狠地瞪了蓼科一眼。

"干吗用这种眼神瞪我？"蓼科的语气充满挑衅，"我是冒着生命危险在替少爷和小姐办事，难道您不知道吗？不，不只是少爷，连小姐也没感觉到。我真是好心被当作驴肝肺。"

服务员端来三碗年糕小豆汤，但没人去动。紫色的热馅露在小漆碗盖外面，就像春泥露出不久又逐渐干了。

他们匆匆地见了一面，还没确定十天后能否再见，就分别了。

当晚，清显特别痛苦，他不知何时才能见到聪子，感觉自己好像被整个世界抛弃了，在这种绝望当中，只有自己对聪子的爱才是真的。

今天看到聪子哭了，很显然她的心是自己的。不过，心有灵犀也没用啊，力量太小了，这是很明显的。

现在清显才具有真正的感情。这种感情比他之前想象的爱情更豪放、更粗犷、更原始，想必是离优雅太远了吧。不管怎样，都无法将这种感情写到和歌中去。他第一次将这种难看的原料转换成自己的东西。

整个晚上辗转难眠，第二天清显脸色苍白地去上学了。本多很快投来目光询问清显。本多这种细心且温柔的询问，让清显几乎落泪。

"我告诉你，她再也不愿意和我一起睡了。"

本多的脸上露出幼稚的迷茫表情。

"怎么了？"

"因为已经决定十二月份举行订婚仪式了。"

"所以就不能出门了吗？"

"只能这样想了。"

本多不知道该说些什么来安慰朋友。他觉得挺悲哀的，因为自己也只能空谈，无法用亲身体会来安慰他。本多觉得有必要替朋友爬上树梢，鸟瞰地面，以便进行某些心理分析，哪怕是勉强为之。

"你跟我说你在镰仓和她约会时，曾经突然怀疑自己已经厌烦了，是不是？"

"不过，那只是暂时的。"

"聪子是不是为了得到更深的、更热烈的爱才这样做的呢？"

本多觉得清显爱幻想，这已经成了他的一种安慰。想必本多是错了。清显早已顾不上自己的美貌和对聪子的感情了。

重要的是，他们俩不用再顾忌别人，不用再担惊受怕，只关心可以随时约会的时间和地点即可。他怀疑他们的爱情是不是不符合实际了？否则，就只能在这个世界崩溃时发生。

现在最重要的不是心情而是状态。清显的眼睛布满血丝，看上去很疲劳，他梦到这个世界为了成全他们，竟然打乱了秩序。

"要是发生一场大地震该多好啊。如果那样，我就可以去拯救她了。要是发生一场战争就好了，这样……对了，如果这样，还不如让整个国家发生一次天翻地覆的大动荡呢。"

"你说的那些事，总得有人来挑动啊！"本多同情地看着这个优雅的年轻人。在这种场合，他明白挖苦和讽刺也会鼓励到他。"你来挑动不好吗？"

清显一脸茫然。热恋中的年轻人哪有心思想那么多。

本多见自己的话再一次点燃了朋友眼中的破坏之光,他被这种光迷住了。像狼群从清澈的神圣领域的黑暗中跑动一样。那个领域无法使用力量,清显自己也想不到,那狂暴的灵魂瞬间疾驰的影子,刚在眼眸中开始驰骋就要停止了……

清显自言自语地说:"什么力量才能打破这种僵局呢?是权力还是金钱?"

本多感觉清显说这样的话,有点儿滑稽,于是冷漠地反问道:"若是权力,你该怎么办?"

"那就想方设法去获得权力吧。只是,这需要时间。"

"不管是权力还是金钱,一开始就没多少用。但是请记着,你从一开始就是将权力和金钱都无可奈何的'不可能'当作对手的。你就是因为不可能才执着的吧?若可能,早就粉身碎骨了。"

"但是,之前是很有可能的。"

"那是你看见了可能的欢迎。你看见了彩虹。除此之外,你还要追求什么啊?"

"除此之外……"清显突然无言以对。

他们不再说话,本多从清显的话语中感觉到眼前一片茫然,他禁不住打了个寒战。他想:我们的谈话,只不过是深夜工地上杂乱的石料,当你看到工地上空广袤无垠的星空寂静无声时,就会觉得石料也只好这样沉默了吧。

第一节逻辑学课程下课之后,两个人就围着洗血池的森林小径散步,谈了这番话。第二节课上课的时间快到了,他们就从刚才的路上返回了。他们看到秋天的林间小道上有各种弃置物。诸如潮湿且交错重叠的棕色落叶、橡子、开裂且腐烂的青栗子和烟蒂……本多看到一个歪七扭八的、湿乎乎的、病恹恹的白毛疙瘩,就停下来仔细看。当知道这是一只小鼹鼠的尸体时,清显也蹲下来了,早晨的阳光透过树梢洒落在他们头顶,他们默默地看着这具尸体。

小鼹鼠的尸体是仰卧着的,胸部周围的白毛很鲜艳。它全身像布满湿乎乎的黑天鹅绒,白色的小爪纹理清晰,上面沾满泥土。很显然，这些泥土是爪子在挣扎时沾上的。它的尖嘴像鸟嘴，张开着，可以看到嘴里有两颗小门牙，后面是柔软的蔷薇色口腔。

他们都想起了之前松枝家瀑布口的那具黑狗的尸体。那只死狗，没想到能够享受到松枝家为它举行的体面的超度。

鼹鼠尸体的尾巴上几乎没有毛，清显抓起它的尾巴，将它轻轻地横放在自己的掌心。尸体早就干瘪了，让人不觉得多恶心。只是这种卑贱的小动物终其一生落得如此下场让人觉得有点不吉利。那双张开的小掌也让人讨厌。

他又抓着鼹鼠的尾巴站起来，顺着小路来到湖边，若无其事地将其扔到湖里。

"你干什么？"

本多看着清显这么轻率，皱了一下眉头，虽然看上去只不过是一个学生的鲁莽行为，但是本多从中看到了清显心里特别颓废。

三十九

过了七八天，蓼科还没来联系。第十天，清显给军人公寓的主人打去电话，对方说："蓼科病倒了。"又过了几天，对方依然说："蓼科的病还没有好。"清显开始怀疑，这可能只是借口。

清显疯狂地冥思苦想。晚上，他一个人走到麻布，在绫仓家周围徘徊。经过鸟居坂附近的煤气灯下时，他看着自己在灯光下伸出来的苍白的手，伤心极了。他想起人们常说，濒死的人总喜欢看自己的手。

绫仓家的长屋门关着。门灯昏暗，门牌上的黑字经过风吹日晒也很模糊。这座宅第灯火昏暗。他知道从墙外肯定看不到聪子房间的灯光。

长屋没人居住，窗棂的窗扉让清显想起往事。他和聪子曾经悄悄地跑到一个发霉的漆黑的房间，他们恐惧地抓住窗棂想看到窗外的亮光，窗棂上好像还有尘土。那时正好是五月，对门的庭院里，绿意盎然，华丽炫目。密密的窗棂并没有将树林的翠绿割成一个个小块，因为他们还小，他们还够不到能从窗棂上眺望的高度。外面有一个卖花和菜苗的商贩刚过去，他拉着长腔叫卖着茄子、牵牛花等商品，两个人也模仿着拉长尾音叫喊，然后相视而笑。

清显在这座宅第里面学到了很多知识。他周围萦绕着墨香的寂寞。他觉得这寂寞的记忆和优雅紧密结合在了一起。伯爵让他看了蓝紫色的和金字经文、京都皇宫一样的秋草屏风……这些往事曾经给他烦恼的肉体带来一丝希望，但是绫仓家一直弥漫在霉味和古梅园的墨香之中。现在，清显竟然被拒之门外，离开多年之后，围墙中那种优雅再现，但是没法触碰它。

从围墙外隐约可以看到二楼昏暗的灯光熄灭了。想必是伯爵夫妻睡觉了吧。伯爵一直都喜欢早睡。聪子可能还没有睡。不过，已经看不到她房间的灯光了。清显沿着围墙绕到后门，禁不住伸手想去按晒裂了的黄色门铃，最后作罢。

他没有勇气，感觉自尊心受挫，于是就回家了。

……一连好几天，风平浪静，这样可怕的日子终于要结束了。又过了好几天。他去上学只不过是为了打发时光，回到家就不顾学习的事情了。

为了准备明年春天的大学入学考试，包括本多在内的很多同学都更努力学习了，有些可以免试保送大学的同学则忙着参加体育运动。清显和这两种同学都格格不入，他更加孤独了。就算有同学跟他说话，他也经常爱答不理的，他和大家渐行渐远了。

有一天，清显放学回家时，山田管家早早地就候在大门口了。

山田跟清显说："今天侯爵很早就回来了，他说想跟少爷打台球，正在台球室等您呢。"

这太不寻常了，清显心里有点儿发毛。

侯爵很少邀请清显打台球，这次竟然如此心血来潮。一般情况下，只限于在吃完晚饭之后，醉醺醺的情况下，侯爵才会邀请他去打台球。现在还是大白天，父亲突然有这种雅兴，肯定要么是心情特好，要么是心情特别糟糕。

一般情况下，清显不会在白天去台球室。他推开沉重的大门走了进去，只见所有窗户都关着，夕阳透过波浪形的窗玻璃照射进来，将四面墙上镶嵌的大桦栎木板照得闪闪发亮。此时此刻，他觉得自己好像到了一个陌生的房间。

伯爵低着头，正瞄准一只白球。他左手的手指握着球杆，看上去好像象牙弦柱突出来了。

清显穿着校服，站在半开半掩的房门边上。

"关上门！"

侯爵依然低着头朝着绿色的台面，脸上也映射着台面的绿色，因此清显看不清父亲的表情。

"你读一下蓼科的遗书吧。"

侯爵说着，勉强直起身子，用球杆尖指了指放在窗边小桌上的一封信。

"蓼科死了吗？"

清显觉得自己拿着信的手都在颤抖，但还是问了一句。

侯爵说："没有死，被救活了。正因为没死……才更让人觉得过分！"

侯爵尽量控制着自己的情绪，避免走到儿子身边。

清显犹豫了。

"快点读！"

侯爵严厉地说。清显还在那里站着，开始读写在长卷纸上的那封遗书……

遗书

想必侯爵大人读到此信时，蓼科已经不在人世了。蓼科深知罪孽深重，难辞其咎，只能搭上这条贱命，在此之前，本着忏悔的心理，提出一点请求，因此匆忙写下此遗书。

由于蓼科照顾不周，绫仓聪子小姐最近怀孕了，不知道该怎么办才好。虽然早就劝她妥善处理，但她根本不听，考虑到越往后拖，肯定更会弄得人尽皆知，所以只好大体跟绫仓伯爵说了一下，没想到伯爵只顾说："真糟糕、真糟糕！"但是六神无主，事情越拖越难办，这关系到国之体面，这件事是因为蓼科渎职造成的，只能以死向侯爵大人谢罪。

侯爵肯定会大发雷霆，只是有关小姐怀孕之事，还希望侯爵能够明察秋毫，替我保密。我若死了，无须伤悲，只盼以小姐之事为重。蓼科在九泉之下拜托您了。敛衽再拜。

……读完此信，清显发现遗书中并没有提及自己的名字，这才放心了，转眼就不再战战兢兢地了，暗自祈祷：希望自己这双仰望父亲的眼睛别被看穿。但是，他感觉自己嘴唇发干，脑门发热，心跳得厉害。

侯爵说："读完了吗？'有关小姐怀孕之事，还希望侯爵能够明察秋毫，替我保密。'这段也读了吗？就算绫仓家和我们家的关系再亲密也不至于如此吧，再说了，蓼科竟然胆敢说出这种话……你有什么要说的吗？尽管说吧。就在祖父的遗像前说……若父亲猜错了，就跟你道歉，作为你父亲，我本来不想这么猜测，但这件事实在太丢人了，应该唾弃的猜测。"

侯爵这个玩世不恭的乐天派，从来没有这么可怕又如此伟大过，他背对着祖父的遗像和日俄战争海战图站着，一只手抓起球杆，焦急地敲打着另一只手的手掌。

日俄战争的画描绘的是日本海海战敌前大回转的巨幅油画。大海暗绿色的波涛占大半篇幅。平日里，在晚上，特别是灯光昏暗时，看这些波浪只不过是和黑暗的墙面连在一起的凹凸不平的一片漆黑。但是，白天看这些波浪却是沉重且忧郁的茄子色，在眼前波涛汹涌，将暗绿色中的亮色推向远方，数不尽的浪头飞溅起白色浪花，而且在激情澎湃的北方海，可以看到渐渐大回转的舰队乘风破浪，这个景象非常壮观。画面上纵向连接海面的大舰队的烟雾全都流向右边，天空是北方五月的天空，呈现出淡淡的嫩绿色，笼罩在冰冷的蔚蓝中。

与此相比，穿着大礼服的祖父的遗像画则显现出他的不屈不挠、和蔼可亲。也没看出他要斥责清显，而是温和地教育并启发清显觉悟。清显感觉可以坦然地面对祖父的遗像。

在祖父鼓起的凝重的眼皮、脸颊的瘊子和厚厚的下嘴唇前面，他似乎不再优柔寡断了，虽然这只是暂时的。

"没什么好说的。正如您所说的……那是我的孩子。"清显理直气壮地说，眼皮都没抬一下。

其实，松枝侯爵被逼无奈，他的内心恰好与他的外表相反，他很困惑。他原本不擅长应付这种场面，本来他应该立刻严厉斥责，但是他只能自言自语地小声说：

"蓼科这个老太婆再三告状。上次是因为学仆不仁义，也就罢了，没想到这次竟然告到侯爵家的公子头上了……而且以死相逼。太气人了！"

侯爵面对微妙的问题一向都是一笑了之，现在对待同样的问题，本该大发雷霆的，但突然不知如何是好了。这位面色红润、仪表堂堂的男子，竟然和他的父亲完全不同，他不关心也不明白儿子要保持一颗虚荣心。侯爵就是这样的，他本来和以前一样愤怒，但是他觉得愤怒显得毫无道理，就没脾气了。另外，他又觉得发火好像有点儿用处，可以让他逃避自我反省。

父亲的犹豫让清显勇气倍增。清显第一次坦诚交代，就像是从裂缝中喷出的清泉一样。

"不管怎样，聪子好歹是我的！"

"什么是你的？你再说一次，什么是你的？"

儿子被批评一顿，侯爵觉得满意了。这样说来，他就可以放心地摆平这件事了。

"事到如今，还有啥好说的？洞院宫家向聪子提亲时，父亲不是再三问过'你有什么异议吗'？我不是还说过'现在挽回还来得及，如果你对她还有点意思，那就直说吧'。"

侯爵胡乱使用着"父亲"和"我"，他愤怒了，骂人时，他就用"我"，想要表示慈祥就用"父亲"，慌不择词。他拿着球杆的手也在不停地颤抖，清显清楚地看到他沿着球台逼过来了。清显这时候才感到害怕。

"那时候你怎么说的？啊？怎么说的？你不是说'我对她没什么意思'吗！男子汉，要说话算话。你算是男子汉吗？我真后悔怎么把你培养成这么一个窝囊废。没想到你竟还胆大包天。你不仅掺和了皇上御赐的洞院宫家这门亲事，还让她怀孕了。败坏家风，家门不幸。世上竟还有这么不忠不孝之辈！如果是在以前，我这个做父亲的就该向皇上剖腹谢罪。你这没良心的，简直是猫狗不如。喂，清显，你是怎么想的？说吧！你还想破罐子破摔吗？喂，清显……"

父亲气呼呼地说了一大通。父亲抡过球杆，清显为了躲避，刚想转身，但是已经来不及了，穿着校服的背上挨了沉重的一杆。他将左手绕到后背保护脊梁，手上又挨了一杆，很快左手就麻木了。侯爵又冲着他的头抡过去，清显一躲，正要冲出门去，没想到这一杆刚好打到他的鼻梁上。清显应声倒在了椅子上，抱着椅子倒在地上，鲜血从鼻孔中喷了出来。父亲没有再抡球杆了。

清显每挨一棍子，就会惨叫一声，不停地喊。这时候，房门开了，祖母和母亲来了。侯爵夫人跟在婆婆背后，战战兢兢的。

侯爵手里还拿着球杆，气呼呼地站在那里。

清显的祖母问：“怎么了？”

她说出这话，侯爵才看到母亲。但是，他好像还无法相信母亲就在眼前。更没心思去想妻子可能感觉事情比较严重了，才去请母亲过来的。因为母亲很少离开屋子，这还是头一次。

"清显竟然做出这种下三烂的事情，您读读桌上蓼科那封遗书就知道了。"

"蓼科自杀了吗？"

"我收到来信之后，就立刻给绫仓家打电话了……"

"哦，后来呢？"侯爵母亲一边说着，一边坐在小桌旁边的椅子上，然后慢吞吞地从腰带中将老花镜拿出来。她像打开钱包一样，小心地打开黑天鹅绒眼镜盒。

祖母没有看倒在地上的孙子一眼，侯爵夫人这时明白了她的用心。这说明她打算让侯爵一起承担责任。侯爵夫人知道了之后，就放心地跑到清显身边。清显已经拿出手绢，按住了流血的鼻子，还好，鼻子上没有明显的伤口。

"哦，后来呢？"

侯爵母亲一边打开卷纸，又问了一句。侯爵有点气馁了。

"我打电话过去问了一下，才知道蓼科获救了，现在正在静养。伯爵奇怪地问我：'你怎么知道的？'看上去，他不知道蓼科给我寄来了这封遗书。我也千叮咛万嘱咐，让他千万别将蓼科服安眠药的事情传出去。不过，不管怎么说，这事都与我们清显有关，因此不能只责怪对方。打这个电话有点儿唐突。我已经对伯爵说过，尽快找个机会见面，有各种事情要谈。不管怎样，我们得先搞清楚我们该怎么办，否则就没办法解决了。"

"这当然是……当然是了。"老太太一边看信，一边若无其事地说。

她肉嘟嘟的圆润的额头和像粗线条一气呵成的脸庞上还有当年的晒斑。她的短白发染成了黑色，很不协调……说来也奇怪，这么健硕的农妇模样，竟然和这维多利亚式的台球室很相称，好像是镶嵌在里面的一样。

"不过，这封遗书并没有提及清显的名字，不是吗？"

"请您读读，所谓的保密等，一看就知道这是针对谁……再说了，清显自己也亲口承认了那是他的孩子。母亲，您可以抱重孙子了。但是，这是见不得人的重孙子啊。"

"或许这是清显为了保护某个人，故意假装的吧。"

"您就别替清显说话了。您自己问问就知道了。"

老太太这才将脸转向孙子，就好像对一个五六岁的孩子一样和蔼地说：

"清显，你把脸转过来。好好看着奶奶的眼睛回答，这样你就不会说谎了。刚才你父亲说的是真的吗？"

清显忍着背部的疼痛，擦了一下还没止住的鼻血，攥紧了沾满血迹的手绢，将身体转过来。清显五官端正，轮廓清晰。他随便擦了一下鼻子上残留的血迹。鼻尖连同湿润的眼睛看上去很幼稚，就好像一只鼻尖湿漉漉的小狗。

清显用带着鼻音的腔调回答说："真的。"

然后，他急忙用母亲递过来的新手绢按住了鼻孔。

这时候，清显的祖母说出的一番像自由驰骋的骏马发出的清脆马蹄声的话，巧妙地打碎了仿佛整齐排列的秩序。她说：

"让洞院宫家的未婚妻怀孕，本事很大啊。胆小鬼是做不来的。真是了不起啊！清显不愧是你祖父的孙子。竟然做出这种事情来，就算坐牢也是你咎由自取。想必不会判死刑吧。"

祖母看上去很高兴。她的嘴唇松弛了，长久以来的压抑得到了释放，传到侯爵这代之后，在这座宅第里积淀的东西就好像被她的这番话澄清了，所以她很满足。这只是儿子一个人，也就是现在的侯爵一个人的错。祖母这番话夹带着报复的韵味，就是针对这一种力量说的，这座宅第周围的人，都想从远处束缚她的晚年生活，最终将她挤垮。他的声音很显然夹杂着那个时代的反响，就是早被遗忘的动乱时代，所有人都不害怕坐牢，也不害怕被判死刑，因为生活中到处都充斥着死亡和牢房的气息。至少祖母她们是属于主妇们的时代，她们在尸体遍布的河流中洗涤餐具，这就是生活。这个表面上弱不禁风的孙子，竟然能够巧妙地使那个时代的幻想在眼前复苏。祖母脸上的陶醉表情持续了很久。对母亲这番超乎寻常的话，侯爵夫妻竟然无言以对，他们从远处盯着她的脸。作为侯爵家的老母亲，她虽不愿意抛头露面，但却是一位充满野性的严厉的老太太。

"看您说的。"侯爵好不容易才从恍惚中清醒过来，他有气无力地反驳道，"松枝家就要遭受灭顶之灾啦。愧对父亲他老人家啊！"

老母亲马上说："说的也是。你现在应该考虑的，不是斥责孩子，而是怎么保住松枝家。国家虽然很重要，但是松枝家也很重要。因为我们祖上二十七代一直吃供奉，我们和绫仓家不同……那么，你觉得如何是好呢？"

"只好装作没事人一样。从订婚到结婚典礼都按照原计划进行，没有别的办法。"

"你这样决定很好。只是，需要尽早处理掉聪子肚子里的孩子。若在东京附近进行，万一被报社发现就糟了。你还有什么好办法吗？"

侯爵想了一会儿说道："去大阪吧，可以请大阪的森医生秘密处理，只能破财消灾了。但是，必须找个借口将聪子顺利送到大阪去……"

"大阪那边有绫仓家的很多亲戚，就说已经决定订婚了，让她去表示一下，这不是最好的机会吗？"

"只是，会见那么多亲戚，万一有人发现就糟糕了……对了，我有个好办法。让她到奈良住持尼那里去道个别不是很好吗？那里本来就是亲王家住持的寺庙，他们的地位足够接受道别致意的了。不管怎么说，都顺其自然。还有，聪子从小就很受住持尼的喜欢……因此，先让她去大阪做手术，静养一两天之后再去奈良。聪子的母亲也可以一起去……"

老太太严厉地说："这些还不够。绫仓太太毕竟是对方的人。我们也得派个人过去，方便了解手术结果。得派个女的去……"老太太对着清显的母亲说："啊，都志子，你去吧。"

"嗯。"

"你负责监督，不用去奈良了。看着把孩子处理掉之后，你就一个人提前返回东京来汇报情况。"

"嗯。"

"母亲说得对。就按妈说的办吧。等我跟伯爵商量好之后再决定出发日期，必须要确保万无一失……"

清显感觉好像没自己什么事了，自己的所作所为和爱情都要被当死物遗弃了。祖母和父母当着自己的面，毫不顾忌地谈论处理死物的事情，也不担心他们说的每句话被死者听到。不，在处理死物之前，好像早就埋葬了一些东西。所以，清显觉得自己快死了，他也是个被斥责过的受伤的迷路小孩。

一切都不顾当事人的感受，也无视绫仓家人的想法，就拍板了。甚至刚才还言辞奔放的祖母现在也心情愉悦地投入处理非常事态的工作中。原本祖母的性格和清显细腻的性格就不同。她具有一种从不体面的行为中发现野性的高贵能力，还有为了保全自己的名誉将真正的高贵敏捷地隐藏在自己手里的能力。与其说这些能力是在鹿儿岛的夏日骄阳之下练就的，还不如说是从祖父那里并且通过祖父学来的。

侯爵用球杆打了清显以后，现在才看着清显，说：

"从今以后，你要谨言慎行，安分守己，好好学习，专心备考。听明白了吗？我什么都不说了。现在是决定你能否成为真正男子汉的关键时刻……当然了，以后也不要跟聪子见面了。"

祖母说："照老话说，你现在是闭门思过。如果学习学够了，就去奶奶那里玩吧。"

清显知道，父亲现在因为要顾全大局，所以不会和儿子断绝父子关系。

四十

绫仓伯爵胆小怕事,非常害怕犯错、生病和死亡这类事情。

清晨,蓼科没有醒来,引起了一场轩然大波。有人在她枕边发现了一封遗书,立即将其送到伯爵夫人手中,然后又转交给伯爵。他用手指夹起来打开,好像上面沾满了细菌。遗书中只写了自己照顾不周,向伯爵夫妇和聪子道歉,并且感谢他们多年来的照顾。大家并没觉得这封遗书有什么特别。

夫人赶紧找来医生,伯爵并不想去探望,只是后来听夫人说了详细的情况。

"医生说,她吃了一百二十粒安眠药,人还没有醒来。手脚抽搐、全身痉挛,折腾得很厉害,不知道她哪来这么大的力气。大家费了好大劲才将她摁住,给她打针、洗胃(洗胃太可怜了,我没看),医生说她现在脱离危险了。"

"到底是专家,就是不一样。我什么都没说,医生闻了一下蓼科的气息,就马上断定:'啊,像是蒜的味道,她吃安眠药了。'"

"要多久才能治好呢?"

"医生说得静养十天。"

"千万别让这件事走漏了风声,家中的女仆们也要保守秘密,还要拜托医生保密。聪子现在怎么样了?"

"聪子在房间里待着,不愿意去探望蓼科。看上去,她不太舒服。自从蓼科跟我们坦白之后,聪子就没有跟蓼科说过话,现在突然去看望也不好,还是由着聪子吧,别去烦她就行了。"

……五天之前,蓼科走投无路,才跟伯爵夫妇坦白了聪子怀孕的秘密。那时候,蓼科以为自己会被臭骂一顿,伯爵也会忙着想办法。但没想到并没啥反应,蓼科非常着急,给松枝侯爵写了信之后，就吃安眠药了。

首先，聪子听不进蓼科的任何劝说，眼看着越来越危险，但聪子却让蓼科别告诉任何人，自己又无可奈何。蓼科无奈之下，背叛了聪子，向伯爵夫妇交代了。他们俩被吓得目瞪口呆，就像听到猫叼走了后院的小鸡一样惊讶。

在得知这件严重事情的第二天、第三天，虽然伯爵见过蓼科，但只字未提。

伯爵也无可奈何、不知所措。自己一个人处理吧，事情太大了，与别人商量吧，又有失体面，干脆抛之脑后。夫妻决定在采取某些处理措施之前，不跟聪子说。敏感的聪子再三询问蓼科，她知道了事情的来龙去脉后，就不搭理蓼科了，一个人闭门不出。家里突然有一股奇怪的沉默氛围。蓼科谢绝了所有外来的联系，说自己生病了。

伯爵也没有仔细跟妻子谈论这个问题。这个事情太恐怖了，迫切需要解决，但是除了无限拖延之外，又让人束手无策，他也不是相信会有奇迹发生。

但是，他的拖延很巧妙。当主意未定时，他不相信所有的决定。不过，他也不是通常的怀疑家。绫仓伯爵即便是整日冥思苦想，也无法全力以赴解决这个问题。他明白焦虑如同家传的鹿皮球，不管踢多高，都会迅速落地。就算像难波宗建那样，抓着鹿皮白球的紫色提手往上一踢，球飞过二十多米的紫宸殿屋顶，引来众人一片喝彩，但是皮球还是会很快落到小宫殿的庭院中。

由于所有解决问题的方法都有缺点，因此最好还是让别人去承担缺点吧。就像让别人用鞋接掉下来的球一样。虽然是自己踢出去的球，但球一旦被踢到空中，就会产生一些不确定性，或许自己漂流到意料之外的地方去了。

伯爵的脑子中从来没有什么破灭的幻影。若获得敕许的洞院宫家的未婚妻怀了别人的孩子也不算大事，那这个世界上就没什么大事了。任何踢球的人都无法将球永远留在自己的手里。总会有人出来承担。伯爵肯定不会让自己着急，结果总有别人来着急。

蓼科自杀未果，虚惊一场之后，第二天，伯爵接到了松枝侯爵的电话。

侯爵竟然知道这件事，简直太不可思议了。不过，伯爵觉得，即便家里有内奸，现在也不足为奇了。最可疑的内奸就是蓼科，她昨天一整天昏迷不醒，所有合理的猜测都有点儿匪夷所思。

这时候，伯爵听夫人说蓼科已经转危为安，可以说话了，也可以吃饭了。于是伯爵鼓足勇气，准备独自去病房探望她。

"你不用来了。我一个人去探望她，她可能会说实话。"

"蓼科的房间很乱，您突然去探望，她会为难的。先去打个招呼，好让她收拾一下。"

"也好。"

后来，绫仓伯爵等了两个小时。听说蓼科开始化妆了。

堂屋中有一间屋是供蓼科专用的，这间屋有四张榻榻米大，不朝阳，铺上铺盖就没有空地了。伯爵从来没有来过这个房间。他难得来一次，只看到榻榻米上专门为伯爵摆放了一张椅子，铺盖都收拾好了，蓼科将胳膊肘支在摞成一摞的坐垫上，披着棉睡衣，迎接他。她向他低头施礼，额头正好落在这摞坐垫上面。虽然她还很虚弱，但是为了保护自己的精致妆容，保护从脸颊到额上发际抹上的厚厚一层白粉，施礼时，她尽量让额头和坐垫之间保持距离。这些伯爵都看在眼里。

伯爵说："万幸，得救了，实在太好了，不用太担心。"

伯爵坐在椅子上，这个位置正好俯视着病人，他感觉这一切都很自然。不过不知道说什么。

"您亲自来，实在是不好意思，我不知道如何跟您道歉……"

蓼科还是低着头，掏出一张纸擦了一下眼角。伯爵知道，她这个动作也只是为了保护脸上的白粉。

"医生说了，静养十天就能康复。不必客气，好好休息吧。"

"谢谢……我居然捡回一条命，实在惭愧。"

蓼科披着一件点缀着小菊的红黑色棉睡袍，跪坐在那里，好像是曾经远离人间，到黄泉走了一圈又返回来的幽灵。伯爵觉得这个

219

小房间中的碗柜和小屉桌都很脏,让他很不自在。想到这里,再看一下低着头的蓼科,她的脖子的发际处也涂了很多白粉,头发梳得很板正,但这样反而让人更有种莫名的讨厌。

伯爵不经意间问道:"我今天竟然接到松枝侯爵的电话,他早就知道这件事了,我很吃惊。我想问问你是不是还记得点什么……"

刚问完,伯爵就觉得有些问题的答案已经呼之欲出了,他有点儿吃惊。这种直觉是蓼科抬起脸时产生的。

蓼科化了京都式的妆,比平常更浓厚。嘴唇发出京红的暗红光泽,在遮瑕的白粉上又涂了一层白粉,昨天因吃安眠药而憔悴的肌肤涂的这层白粉好像并不均匀。可以说,整个脸就好像长了一层霉。伯爵悄悄地转移了视线,继续说:

"你事先把遗书寄给了侯爵?"

蓼科还抬着头,大胆地说:"嗯。因为我打算自杀,所以就寄了那封信拜托一切后事。"

伯爵说:"所有事情都写明了吗?"

"没有。"

"还有没写的事吗?"

蓼科爽快地说:"嗯。还有很多没写。"

四十一

虽然伯爵这么问了,但他并不担心侯爵知道后会惹麻烦,他听蓼科说还有很多事情没写,突然就有些忐忑。

"你还有哪些事情没写?"

"我还能说什么呢?刚才您问我'所有事情都写上了吗?'我才那么说的。既然老爷这么问,想必心里有什么事吧。"

"你就不要拐弯抹角了。我一个人来看你,就是想让你坦白说。你就直接说吧。"

"确实还有很多事情没写上。其中有一件事,是在八年前,在北崎的家里,从老爷那里听说的,我本来想一辈子都把它烂在心里。"

"北崎?"

听到这个名字之后,伯爵不禁颤抖起来,仿佛这是个很不吉利的名字,瞬间明白了蓼科指的是什么。就是明白了,变得更加不安,他想再确定一下。

"我在北崎的家里说过什么啦?"

"下着梅雨的那天晚上,相信您没忘吧。那时候,小姐日渐长大,日渐成熟,但也不过才十三岁。那天难得松枝侯爵来玩,侯爵回去之后,老爷好像不开心,为了散心您去了北崎。当天晚上,您对我说了些什么?"

伯爵知道蓼科要说什么了。她想以伯爵当时说的话为把柄,将自己的错全都推卸到伯爵身上去。伯爵突然心生疑虑,他甚至开始怀疑,她真的是想死吗?

现在,蓼科从坐垫上抬起眼来,镶嵌在涂了厚厚的一层白粉的脸上的这双眼睛,就像是在白墙上凿开了两个黑色的箭眼。黑眼珠充满了回忆,箭从幽暗的深处伸向外面,箭上洒满了户外明亮的阳光，箭头瞄准了伯爵。

"现在还提这些事做什么？那时候开玩笑呢。"

"是吗？"

突然，伯爵觉得那双像箭头的眼睛缩小了，从那里挤出了锐利的黑道。蓼科又重复了一遍：

"可是那天晚上，在北崎的家……"

……北崎。伯爵想忘记，但是这个名字始终萦绕在记忆深处，竟然被蓼科那尖酸刻薄的嘴再三说出来。

从那时起，整整八年，他再也没有去过北崎的家。但是现在，往昔的点点滴滴历历在目。这个家位于坂下，既没有大门也没有门厅，但里面的院子很宽敞，周围都是板墙，在潮湿、幽暗的如同蛞蝓出入的厅门前，有四五双黑色长靴，隐隐约约地能够看到长靴里面有汗渍和油污，都将皮革染成黄褐色的斑点了。有一条脏兮兮的宽条纹的短鞋带从这里翻到长靴外面，上面写着主人的名字。一阵高昂的高歌吟唱声一直传到门厅。在日俄战争最激烈时建设军人公寓是最安全的职业，北崎的家外观很朴素，还有一个臭烘烘的马厩。伯爵被领到后院的厢房中，好像在走传染病医院的走廊，甚至害怕衣袖碰到廊柱。他本就不喜欢带有汗臭味的东西。

八年前那个晚上，下着梅雨，伯爵送走了来访的客人松枝侯爵之后，内心迟迟不能平静，百无聊赖之际，蓼科根据伯爵的表情察觉到他的内心，她说：

"北崎说得到了一件有意思的东西，想让您欣赏，要不今天晚上去看一眼，解解闷？"

因为聪子睡了之后，蓼科就可以随便到"亲戚家串门"了，所以可以在晚上与伯爵相会。北崎热烈地欢迎伯爵，端来酒，还拿来一卷古画，毕恭毕敬地放在桌面上。

"因为有人要出征，今晚要为其送行，所以有点吵。虽然有点热，但还是将挡雨板关上吧……"北崎这么说是怕正房二楼的军歌声和鼓掌声烦人。

伯爵同意了。关上挡雨板之后，周围只剩一片雨声。隔扇上的彩画让房间中有一股压抑的要窒息的感觉。房间本来就像是在珍本中藏着一样。

北崎郑重其事地伸出皱巴巴的手,从桌对面解开紫色的画轴带子,将这画轴中画赞的部分展示给伯爵。上面引用了一段无门关的公案:

> 赵州到一个庵主处探问,
> 哎呀,哎呀!
> 庵主,抡起拳头。
> 赵州说:水太浅,没地方泊船,然后就扬长而去了。

当时天很闷热。蓼科站在伯爵身后,用团扇在扇风,但风也很热。整个房间就像个蒸笼,热气腾腾的。伯爵的酒劲上来了,觉得后脑勺里都是雨声。外面则陶醉在获得战争的胜利里。伯爵在欣赏画。北崎的手忽然在空中挥舞着打蚊子。因突然发出声响让伯爵受惊而向伯爵道歉。伯爵看到北崎那苍白、干瘪的手心里沾着被打死的蚊子的小黑点和血迹,感觉很脏。蚊子怎么不咬伯爵呢?难不成他受到了什么东西的庇护?

画轴的画一开始是披着黄褐色衣服的和尚和年轻的寡妇在屏风前对坐。画家用的是俳画法,将和尚的面部表情勾勒得很滑稽、魁梧且性感。

后来,和尚突然趴到了年轻寡妇的身上,想占有她。她奋力反抗,衣衫的下摆都被弄乱了。最后,两个人裸着身体拥抱着,年轻寡妇的表情也平静了。

和尚很开心,伸出了深棕色的舌头。画家用传统手法,用白颜料将年轻寡妇的十根脚趾涂成了白色,朝里面使劲弯曲着。纠缠在一起的白皙的腿在颤动,好像被脚趾挡住了,尽量摆脱弯曲的手指的紧张和无限流逝的恍惚。伯爵感觉这个女人很放荡。

屏风外面的小和尚,有的站在木鱼上面,有的站在经案上面,也有的骑在别人的脖子上,专心偷看着屏风里面的情景。屏风倒了，狼狈的场面尽显眼前。

伯爵看完这幅画之后，很忧郁。酒劲冲击着脑门，使他无法平静，又让人端来了酒，默默地喝了起来。

后来，只能说是梅雨天的闷热造成了伯爵的厌恶感。

在这梅雨之夜之前十四年，伯爵夫人在怀着聪子时，伯爵和蓼科发生了不正当关系。那时候蓼科都四十多岁了，只能说伯爵是一时兴起，但是后来他很快就收敛了。过了十四年，伯爵未想到和年过半百的蓼科又发生了不正当关系。自从那天晚上之后，伯爵就再也没有去过北崎的家了。

松枝侯爵的来访、自尊心受挫、梅雨之夜、北崎的厢房、酒和凄惨的春画……一切都历历在目，让伯爵感到厌烦。也使伯爵觉得这样是在诋毁自己，强迫自己这么做。

蓼科并没有表现出任何反抗，因此伯爵就更厌恶了。他想："这个女人哪怕十四年、二十年、一百年地等下去，尽管她时刻准备着，只要一声召唤，肯定马上服服帖帖地……"但伯爵感觉对自己来说，当时只是逢场作戏，自己在苦苦的厌恶感觉中，跟跟跄跄地跌到深渊。在那里，伯爵看到了春画中的幽灵早就在等他了。

此时的蓼科，言谈镇定、态度谦卑，不输给任何人的闺房教养，全都展现在伯爵眼前，伯爵觉得这让他有种压力，好像回到十四年前。

她和北崎是不是预谋好的呢？此后，就再也没有见过北崎。伯爵默默地和蓼科发生完关系，周围一片黑暗和雨声。合唱的军歌声音超过雨声了，能够清晰地听到词句了。

在战火纷飞的战场上，
卫国的使命等着你。
勇敢的朋友啊，前进吧！
君国的壮士啊，前进吧！

伯爵突然像个孩子，满腔怒火瞬间想吐露心声，他将本不该对仆人说的话和盘托出。伯爵觉得自己的愤怒中,充满了祖传的愤怒。

松枝侯爵当天来访,聪子出来问候,侯爵摸了她的刘海。他可能喝得有点醉了。当着孩子的面,竟然说:

"啊!聪子长得真漂亮,将来长大了,就更美了。别担心,叔叔一定给你找个好丈夫。都交给叔叔吧,叔叔肯定给你找个天下第一的丈夫。不用你父亲操心,叔叔肯定会给你丰厚的嫁妆,排个百米长。让你的嫁妆成为绫仓家最豪华的……"

伯爵夫人皱起了眉头,伯爵却温柔地笑了。

他祖传的一种反抗模式就是对羞辱一笑了之,至少说明他很优雅。但是现在,早就丢弃了祖训,也没有给俗人们布施的诱饵了。真正的贵族、真正的优雅肯定不会故意去伤害它,面对无意中对善意的虚伪的羞辱,只好一笑了之。在新的权力和金钱面前,报以微笑夹杂着一种卑微的神秘感。

伯爵将此事告诉了蓼科,沉默了一会儿。他想将优雅变成报复,用什么方式去报复呢?肯定不能用公卿等人在袖子里藏熏香的香味来报复吧。用袖子盖住熏香,等香慢慢地燃烧,几乎看不到烟火,慢慢变成灰烬,一切都是悄悄进行的。香是经过熬炼而成的,一旦熏起来,就会将毒素慢慢地转移到袖子中,并且永远留在那里。

伯爵真的对蓼科说过:"以后就拜托你了。"

也就是说,等聪子成年之后,会像松枝侯爵所说,由他来操办聪子的婚姻大事吗?如果这样,就得在办成这场婚事之前,找个聪子喜欢的、又能保守秘密的男人和她睡觉。不用在乎这个男人是谁,只要聪子喜欢就好,这是唯一的要求。肯定不能让聪子以处女身份嫁给松枝介绍的女婿。这样就得悄悄地用智慧打败松枝。不过,一定不能将这件事告诉别人,也不用跟我商量,你全权处理就行了,只有你一个人参与就好了。不过,你虽然精通闺房情事,但是你能够让聪子学会两种相反的技术吗?就是让睡非处女的男人觉得她是处女,让睡处女的男人觉得她不是处女。

蓼科肯定地答道：

"还用说吗？不管是多么精通男女之事的人，我都有办法来应付，不会让人知道的。我也会认真教聪子。只是，目的是什么呢？"

"为了让那个破处的胆大包天的男人丧失信心。如果他知道睡了个处女，或许他觉得自己责任重大，就糟糕了。这也要靠你了！"

"明白了。"

蓼科没有轻声说"遵命"，而是用了平静的回答来保证。

……

……蓼科刚刚说的就是八年前那天晚上发生的事情。

伯爵很清楚蓼科想说什么。不过，蓼科很精明，她肯定想到了八年前保证的事情，现在的变化出乎意料。对方是洞院宫家，虽然松枝侯爵尽力撮合，但这桩婚姻关系到绫仓家的复兴。一切都不同于八年之前伯爵在盛怒之下的预料了。蓼科还是按照老办法做，只能觉得她是故意的。况且，松枝侯爵早就知道了这个秘密。

蓼科将一切推向悲惨的结局，是因为伯爵胆小不敢报复，从而自己正儿八经地报复侯爵呢？还是她并不是针对侯爵家，而是报复伯爵本人呢？伯爵对此事感到很内疚。不管蓼科做什么，若她亲口将八年前他在枕边说的悄悄话告诉侯爵不就糟糕了？

伯爵无言以对。事到如今，侯爵的家人都已经知道秘密了，自己肯定也会遭到严厉的讥讽，只好认了。这样的话，或许侯爵会尽量让自己寻找弥补的机会。现在全都得仰仗别人了。

但是，伯爵清楚一点，就是不管蓼科说什么，她都毫无悔过之意。不想道歉，又要服毒自杀的老太婆打扮得像一只在白粉盒里打滚的蟋蟀，她披着红黑色的棉睡衣跪坐在那里。她的身影越小，就越能感觉到她的郁闷，好像弥漫在全世界中。

伯爵发现，这个房间和北崎的那个房间一样大，一阵雨声忽然传来。蓼科又抬起那张涂满白粉的脸，欲言又止。灯光照着她皱巴巴的双唇，也将她的京都胭脂的紫红色照亮了，让人误以为她湿润的口腔里充血了。

伯爵好像知道蓼科想说什么了。蓼科的所作所为如同她所说的，都和八年前的那个晚上有关。是否因为她想让伯爵想起那一夜才这样做的呢？……从此，伯爵就不关心蓼科了。

伯爵忽然像个小孩，问了一个残酷的问题：

"哎，你被救过来了就比什么都强……你一开始真想一死了之吗？"

伯爵本来觉得蓼科可能会生气或者哭泣，但是她只笑了一下。

"这个问题嘛……如果老爷想让我去死，我或许会真死。就算是现在，只要您一声令下，我会再死一次。当然了，就算您现在下令了，八年后您可能又会忘了……"

四十二

　　松枝侯爵见了绫仓伯爵后，感觉伯爵跟个没事人似的，很吃惊。伯爵答应了侯爵提出的所有要求。此时，伯爵的心情好了，一切都按照侯爵的意思去办。侯爵夫人也一起去，伯爵就没那么胆小了，可以委托大阪的森医生秘密地做手术了，很欣慰。伯爵说：以后我们都听从侯爵家的安排，请多关照。

　　绫仓家只有一个很实在的要求，这个要求就是让聪子在离开东京之前见一下清显，侯爵只好答应了。当然，他们不想让这俩人单独见面，而是希望父母能在一边，也算了却心事。如果可以，聪子决定以后再也不见清显了……聪子是这样请求的，当父母的也希望成全她。绫仓伯爵迟疑了片刻，才说出这一请求。

　　为了能够坦然见面，侯爵夫人有必要一起去。儿子送母亲出门旅行，是情理之中的；到时候清显和聪子自然也就可以相互问候了。

　　就这么决定了。侯爵听了夫人的话，悄悄地将工作繁忙的森医生请到了东京，到十一月十四日聪子离开之前的一周，医生都在侯爵家做客，密切地关注聪子，只要伯爵家一联系，就可以马上赶到。

　　为什么这么做呢？因为聪子有流产的先兆。万一流产了，医生就得亲手处理，肯定不能外传。如果还要去大阪长途旅行，会很危险，医生准备乘坐另外的车悄悄地一起去。

　　侯爵要让这位妇产科名医全心全意地服务，随时听候指挥，肯定要花很多钱。如果这项计划能够顺利进行，聪子的旅行就可以掩人耳目。为何？一个孕妇敢冒着危险坐火车旅行吗，这是别人很难想到的。

医生穿着英式西装，打扮得体，完全是一副绅士装扮。但是，他长得有点儿胖，让人感觉像个掌柜的。他在问诊时，习惯在枕上放一张高级的日本白纸，诊断完一个患者，就将这张纸揉成一团，然后扔掉，然后再垫一张新的，也是因为这个习惯，他大受好评。医生态度认真、谨慎，总是笑眯眯的。找他看病的大多数是上流女人。他医术精湛，不爱说话，跟牡蛎一样。

新桥·下关特别快车，上午九点半从新桥站发车，经过十一个小时零五十分钟抵达大阪。

新桥车站是由美国建筑师普里詹斯设计的，建于明治五年，木质结构，车站外面镶着暗淡的带斑纹的伊豆石料。十一月份，在灿烂的朝阳照耀下，映射出屋檐壁带的影子。侯爵夫人想到这次出行没有带贴身侍女，要独自一人回来，就有点儿紧张了。山田毕恭毕敬地坐在助手席上，她还没有和山田及清显说话就到达车站了。三个人从车站门口登上了高高的台阶。

火车还没进站呢。朝阳斜斜地照在左右轨道中间宽敞的月台上。这个月台的头部很尖，在大片的阳光照射下到处弥漫着微尘。临走时，侯爵夫人心神不宁地叹了好几口气。

夫人说："还没看到他们来，是不是出事了？"

山田一直低着头，眼前闪着白光，他小心翼翼地说了一句没头脑的话：

"啊……"

他知道夫人是明知故问。

清显知道母亲觉得不安，不过没有安慰她，站得离她比较远。他觉得自己神志也不清，因此就呆呆地站在那里，保持着身体平衡。他觉得自己好像要直接倒地了，无精打采的，自己的形象好像被熔铸在空气中了。月台上很冷。他穿着胸前带饰带的校服，挺起胸膛，苦苦等待的感觉让他觉得内脏都快结冰了。

列车露出了瞭望车的车栏，好像穿过一道光带，庄重地从后面驶向月台。这时候，夫人远远地看到候车的人群中那个蓄着八字胡的森医生，就放心了。她和医生约好在抵达大阪之前，若无紧急情

229

况，一定都假装素不相识。

山田将夫人的皮箱运到了瞭望车里，夫人和他交代了一番。清显这时候透过车窗盯着月台，他看到绫仓伯爵夫人和聪子从人群中走来。聪子穿着和服，用彩色的披肩围着和服的领子。月台顶棚的一端洒下一缕阳光照耀在月台上。聪子面无表情地出现在月台上，脸色煞白，如同凝固的乳汁。

清显很激动，很难过又感觉很幸福。他看到聪子在母亲的陪伴下慢慢地走来，瞬间感觉自己好像在迎接朝自己奔来的新娘。这种仪式在缓慢地进行，他心里很忧郁、很喜悦，又觉得有点儿疲劳。

伯爵夫人迟到了，她登上瞭望车，没有顾忌为其搬运皮箱的男仆，只顾着跟侯爵夫人道歉。清显的母亲也很郑重地还了礼，不过她有点儿不开心，表情里有些傲慢。

聪子拉着彩色的披肩捂住嘴巴，一直在母亲后面躲着。她和清显寒暄一阵之后，侯爵夫人劝她入座，立刻就坐到绯红色的椅子上去了。

这时候，清显才明白她姗姗来迟的原因，她肯定是在想：十一月的朝阳如同清澈的苦汤药一样，与其在这明媚的阳光中无法交谈，还不如匆匆地告别。清显担心在两位夫人谈话时自己看低着头的聪子会被别人看到。当然了，他肯定也希望被别人看到。他担心炽热的阳光会将聪子娇嫩的肌肤晒煳。清显明白这时候用的力量和交流的感情都要小心谨慎，自己的行为太鲁莽了。他心中有一种未曾有过的感情，那就是想跟聪子道歉。

他对穿着和服的聪子的身体非常熟悉。他知道她哪部分肌肤最羞红，哪部分最柔软且松弛，哪部分像是被抓住的天鹅在扇动翅膀。他也知道她哪部分最容易兴奋，哪部分最容易悲伤。他熟悉的部位都在隐约发着微光，透过衣服他能看到聪子的身体。但是现在，或许是因为太草率了，聪子用和服袖子护着的腹部周围让他感到陌生。十九岁的清显缺乏对孩子的想象力。想必那是又暗又热的血和肉紧紧包裹起来的东西。

尽管如此，清显认为他和聪子的身体的唯一联系，就是那个"胎儿"了。但是不久之后，他就会被残忍地打掉，两个人的骨血就会分道扬镳,而且只能这么无奈地眼睁睁地看着。"胎儿"就是清显本身。事实上,他没有什么力量。就好像大家都在开心地观赏游览,但他却因为挨罚而被禁足,孩子留下来感到的无限胆怯、委屈、寂寞,让他浑身战栗。

聪子抬起眼睛呆呆地看着月台那边的窗口。清显深深地感受到:她现在心事重重的,已经没有自己的影子了。

窗外传来响亮的鸣笛声。聪子站了起来,清显觉得她的动作很费力。伯爵夫人赶紧去搀住她的胳膊。

"火车要开了,该下车了。"聪子有点儿激动,听起来有几分喜悦。清显和母亲无奈地匆匆嘱咐了几句。"路上保重""要好好保重啊",这一般是母子之间告别的话。清显很吃惊,自己怎么能够这么对答如流呢,简直像是在演戏。

清显终于要离开母亲了,他匆匆地跟伯爵夫人道别,然后就顺便跟聪子轻声说了一句:

"那么,请多保重!"

清显好像故意用轻松的口吻说的,他的动作也表现出很轻松的样子,若他想将手搭在聪子的肩膀上也行,但他的手突然感到麻木无法动弹了。因为此时他和聪子正四目相望着。

聪子那双美丽的大眼睛真的哭了。清显之前害怕的眼泪,泪珠扑簌簌地落下来。她盯着他,像溺水者在求救。清显突然有点儿胆怯了。聪子的长睫毛好像含苞待放的花蕾,花瓣都朝外侧开放着。

"你也珍重……珍重啊。"聪子郑重地一口气说完。

清显好像是被人赶下车的,他从火车上走了下来。这时候,只见腰间佩带短剑、身穿带五个扣子的黑色制服的站长扬手示意,列车员再次鸣笛。

清显顾忌着身边的山田,在心里不停呼唤着聪子的名字。火车像插线板上的线被解开了一样,慢慢地启动了。聪子和两位夫人都没有出现在瞭望车的车尾,转眼车栏也远去了。月台上只有火车启动时留下的那股浓烟,从前面刮过来,月台周围都弥漫着浓烈的煤烟味。薄暮有点儿不合时宜地笼罩着大地。

四十三

　　侯爵曾再三嘱咐侯爵夫人到了之后要专门发一封电报回去。他们到了大阪之后的第三天，侯爵夫人就独自出门了，她到附近的邮局去发电报。

　　这还是她第一次去邮局呢，她不知道怎么发电报，于是想起了刚刚去世的一位公爵夫人，这位夫人觉得钱是脏东西，此生坚决不会用手拿钱。侯爵夫人终于将跟丈夫约好的密码电报发出去了。电文是：

　　答礼已经办好。

　　夫人深切地感受到什么是如释重负。她发完电报后赶紧回到了旅馆，收拾好行李，伯爵夫人送她到大阪车站。她一个人回家。伯爵夫人为了送她，只好先和聪子分开，从医院出来。

　　聪子用假名字住到了森医生的医院中。因为医生让她先静养两三天。伯爵夫人一直陪着她，聪子的病情确实好转了一些。但是，她从住院开始就一直沉默不语，伯爵夫人很着急。

　　医院一直很重视聪子住院的事情，对其悉心照料，因此等院长准许聪子出院时，她已经康复了，甚至还可以进行大量运动了。她也不再呕吐了，身心都该轻松了，但聪子还是不说话，一直沉默着。

　　一切都按照原计划有序地进行着，她们娘俩去月修寺告别，在那里住了一个晚上，然后回到东京。她们俩在十一月十八日下午踏上了樱井线的列车，然后在带解站下车。当天的阳光很明媚。伯爵夫人虽然还担心沉默不语的女儿，但是总算可以松口气了。

　　为了不打扰老尼姑，她们并没有跟她说什么时候到达。伯爵夫人托车站的人叫了一辆人力车，但是车子迟迟没有来。夫人在候车时对什么东西都很好奇,把女儿留在高级候车室中,她独自在空荡荡的车站周围散步,一点也顾不上孤独的聪子。

她看到一块竖着的告示牌,上面是关于附近带解寺的介绍:

日本最古老的安胎求子的祈愿灵场
文德、清和两位皇帝、染殿皇后的赦愿场所
带解安胎地藏菩萨、子安山带解寺

夫人心想还好聪子没有看到这些文字。她在读简介时,车子来了,她让车子将其拉到停车场里面,不让聪子看到这块告示牌。在十一月的阳光的照耀下,伯爵夫人感觉这块告示牌很奇怪,上面的字就好像渗了血滴一样。

白墙瓦顶的带解车站旁边有一口井,对面是一座拥有大型仓库的围上瓦顶板心泥墙的旧宅第。仓库的墙和板心泥墙都是白色的,看上去更加明亮、寂静,有种如梦如幻的感觉。

伯爵夫人在灰色的化了霜的道路上艰难前行。她看到两边的枯木向前延伸着,逐渐挺拔,一直越过铁路到达一座小旱桥,桥头下面呈现出美丽的黄色。这里的风光将她吸引住了,她将衣服的下摆撩起来,登上了坡道。

那片黄色是放在桥头的几盆小菊花,菊花低垂着枝丫。它们被随意地放在桥头的淡绿色的柳枝下。看上去这是一座旱桥,其实只是一座马鞍式的小木桥,桥栏上晒着方格花纹的棉被,棉被在太阳的照耀下软蓬蓬的,好像在蠕动。

木桥旁边有户人家,晾晒着尿布和用细竹签绷上的红布。屋檐下挂着许多串柿饼子,带着润泽的夕阳的颜色。四周没有人。

伯爵夫人看到两辆黑篷车从马路远方朝这边驶来,她赶紧回到车站叫聪子。

天气晴朗,两辆车都把车篷摘掉了。车子穿过有着两三家客栈的市街,又在田间小路上行驶了一会儿,后来就直接朝着前面的群山驶去。月修寺就在那座山的山巅上。

233

路边的柿子树上结满了柿子，树上只有两三片叶子。田地里布满了晾晒稻子的架子，好像一座迷宫。夫人走在前面，她时不时地回头看看聪子乘坐的车子。她看到聪子将叠好的披肩放在膝盖上，环顾着左右欣赏周围的风景，也就松了一口气。

山路崎岖不平，行车比走路还慢，两个车夫都上了年纪，他们的步伐明显变得蹒跚了。夫人暗想：反正也没什么急事，慢一点还可以欣赏一下沿途的美景，很是惬意。

快到达月修寺石门柱的地方时，可以看到门中有一条缓慢的坡道。透过白茫茫的一片狗尾草的草穗，可以看到蔚蓝的天空和远方低矮的群山，再远处就没有什么了。

"从这里到月修寺，好好看看沿途的风景吧。现在我们要是想来还随时都可以来，以后你就不能随便出远门了。"

夫人劝着女儿，她的声音比车夫们的对话还响亮。车夫们终于停下来，擦了擦汗。聪子没说话，只是勉强地微笑了一下，轻轻地点了一下头。

车子又启动了。现在要走斜坡路了，车子比刚才还慢。刚到门里面，就看到到处都是参天的古树，阳光也没有那么毒了，人们不至于再大汗淋漓。

刚才停车时，夫人听到了应季的虫鸣声，现在还响彻耳边呢，可能是耳鸣。没多久，她又被路左边柿子树上鲜艳的累累硕果吸引了。

在阳光的照耀下，柿子光彩夺目，有一根小树枝上结着一对柿子，一方在另一方上投下了黑影。其中有一棵树上结满了红色的果子，残留的枯叶和花不同，它们在风中摇曳着，伸向天空的累累硕果如同一颗颗大头钉，嵌入寂静的蔚蓝天空。

"为什么看不到红叶啊？"

夫人就好像一只伯劳鸟，跟后车的聪子说话。聪子没有回答。

路边鲜有红叶了，西边都是萝卜地，东边是翠绿的竹林，非常显眼。阳光洒在萝卜地里大萝卜的绿叶上，影子也是层层叠叠的，错落有致。西边隔着池沼有一排藤蔓篱笆墙，藤蔓上结满了红色果实，从篱笆墙上可以看到大池沼的沉淀物。刚走到这里，道路就变得阴暗了，路边长着参天的古杉树。走在这条林荫道上，树叶很密，灿烂的阳光只能透过树缝洒落下来，照射在树下草丛中的矮竹子上，其中有一棵突出的矮竹子非常引人注目。

夫人突然觉得有一股寒气逼来，她来不及等聪子回答，就向聪子打了个手势，示意她赶紧披上披肩。她再次回过头去，看到了披肩展开的彩虹。她明白聪子虽然沉默不语，但听她的话了。

当两辆车子通过喷着黑漆的门柱时，道路周围洋溢着皇宫内院的气息。夫人到这里，第一次看到红叶，禁不住很惊讶。

黑门里面的这几棵树的叶子已经红了，虽然不怎么艳丽，但到深山中，那种黑红反而让她觉得自己罪不可恕。突然像有锥子扎在夫人的心坎上一样，让她很不安，因为她在想聪子后面的事情该怎么办。

红叶后面是稀疏的小松树和小杉树，遮不住广阔的天空，阳光透过树木的缝隙，洒落到淡红色的叶子上面，伸展的茂密的树叶犹如朝霞一般。从树枝底下抬头看天空，那些密密麻麻的黑红色的小叶子，好像给天空镶上了一道胭脂红的花边。

走到石头路尽头，就可以看到正门的平唐门，娘俩在门前下了车。

四十四

聪子娘俩还是去年见到过住持尼,到现在都已经一整年了。月修寺的一老先出来接待她们,她说住持尼早就盼着她们来了。娘俩在十张榻榻米宽的房间中等候着,说话时,二老搀扶着住持尼走了进来。

伯爵夫人告诉住持尼聪子快要结婚了,住持尼说:
"恭喜、恭喜!下次来,得安排你住寝殿了!"
寺庙里的寝殿是供皇族专用的。

聪子在这里不能一直不说话,尽管话不多,多少还能应付过去。她看上去还有一股忧愁和羞怯。当然,住持尼说话非常小心谨慎,她肯定不会流露出惊讶的表情。伯爵夫人则一个劲地赞美中院里那几盆漂亮的菊花。

"这是村里的栽菊法,每年都要这样带着它们去讲经,很严格。"

住持尼说着,顺着栽菊法的话题让一老说明了一番,如:这是白里透红的大朵菊花株盆栽法、那是黄色管状菊的单株盆栽法等。

不久,住持尼亲自陪同她们娘俩去了书院。

"今年的红叶红得有点儿晚!"

住持尼一边说,一边让一老打开拉窗,一片草色初黄的草坪和有假山的美丽庭院呈现在眼前。那里有几棵高耸入云的大树,每棵枫树只有树顶上有点儿发红,下面的枝条分别呈现杏黄色、黄色、浅绿色,依次暗淡下去,错落有致。树梢上的红色如同凝结的血块一样,红得发黑。山茶花也已经开了。庭院的角落里那弯曲且光滑的百日红枯枝,反而分外美丽。

她们又返回到了十张榻榻米宽的房间中。住持尼和夫人又天南海北地畅聊了一番。冬天的白天很短，不知不觉就到黄昏了。

晚餐很丰盛，为表示祝贺，还有喜庆的红小豆，一老和二老都热情款待着，但是席间却很无聊。

"今天皇宫举行火祭呢！"

住持尼一说，一老立即讲起当年她在宫中做仆人时的所见所闻，比如将熊熊燃烧的火盆摆在正中间，宫里的女官念诵咒文等，她一边说，一边模仿。

每年十一月八日宫里都会举行一次那种古老的仪式，在天皇面前放一个直冲天花板的火盆，在里面烧火，火势非常凶猛，穿着白色和服的宫中女官在一边念诵：

"烧吧！烧吧！火神啊！精灵啊！火神啊！我想要蜜柑、馒头……"

然后，她将在火里烧得差不多的蜜柑和馒头拿出来，献给天皇。本来模仿这种宫中秘事不太妥当，但是考虑到一老想活跃一下宴席的气氛，住持尼并没有责怪一老。

月修寺晚上休息得特别早，五点左右就要关门了。刚吃过晚饭，大家各自回到自己的房中休息。聪子娘俩被带到客殿，她们俩原本想明天下午就离开，然后乘坐明天晚上的班车回东京的。

只有她们娘俩在时，夫人原本想提醒聪子今天太忧伤了，有失分寸，但又考虑到聪子来大阪之后心情就不好，欲言又止，很早就睡了。

月修寺宫殿的拉窗在黑暗中更显得庄严、圣洁，十一月的天很冷，好像将拉窗纸的每道纤维都渗进了白霜，纸拉手上的十六瓣菊花和云朵图饰，白里透亮，清晰可辨。柱子上的装饰铁片，是六朵菊花绕着桔梗的图案，将暗黑高处的各个要点都钉住了。这里的夜晚，没有风，也听不到松涛的声音，但是能感受到外面深山老林的浓厚气息。

夫人觉得总算顺利完成了这项对她们娘俩来说都很痛苦的任务，以后会慢慢地好起来。她虽然感觉旁边的女儿没睡着，但她自己很快就睡着了。

夫人醒来时发现女儿不在。黎明时，天还没有亮，她伸手一摸，床上放着整齐的睡衣。她很吃惊，转念又想：女儿可能去厕所了，先等等吧。这时，她突然觉得胸口有一阵冰凉且麻木的感觉。所以，她跑到厕所一看，女儿并不在那里。其他人好像还没起床，天空中出现了一点儿蓝色。

这时候，她听到远处的厨房里有动静，于是走到厨房。早起的侍者看到夫人，赶紧下跪施礼。

夫人问："看到聪子了吗？"

侍者们有点儿胆怯，都在摇头，表示她们什么都不知道，不愿意领路。

夫人迷茫地走到寺院的走廊上，刚好碰到了二老，就直接说出事情的原委。二老大吃一惊，立即到处寻找。

远远地看到走廊尽头的大雄宝殿中有灯光，平常没有人这么早就来拜佛。佛前有两支带花车图案的花烛，聪子正在佛前坐着。夫人从来没有看到过聪子这样的背影。聪子已经落发了。她将削下的头发供在经案上，手里拿着念珠，在用心祷告。

"你怎么削发了啊！"夫人一边说，一边将女儿抱住了。

"母亲，我走投无路了。"

这时候，聪子看着母亲，终于说话了。她的眼里闪烁着烛光，白眼珠呈现出黎明的曙光。夫人从没有看到过女儿眼里有这种可怕的光。聪子手上的一颗颗水晶念珠发出的光和聪子眼中的光如出一辙，都闪现出黎明的曙光。

二老急忙向一老报告了事情的来龙去脉。二老汇报完之后就告退了。一老陪着她们娘俩前往住持尼的寝室，一老在隔扇外面大声问：

"您起床了吗？"

"嗯。"

"请原谅。"

一老打开隔扇，看到住持尼正端坐在褥子上。伯爵夫人吞吞吐吐地说：

238

"是关于聪子的事，她刚才在大雄宝殿中削发了……"

住持尼透过隔扇往外看去，目光停留在聪子那张面目全非的脸上，并不吃惊，她说：

"果然在意料之中，我早就预感她会这么做了。"……说完，她突然想起了什么，"呀"了一声，说道："事出有因，请伯爵夫人回避一下，让聪子来讲一讲吧。夫人和一老听了住持尼的话就告退了，只有聪子留在房间中。"

一老陪着伯爵夫人。夫人还没有吃早餐，一老知道她的心事，但是想要让她忘却烦恼，该说些什么呢？一老也无计可施。过了很久，住持尼来传话。夫人到了聪子背后，倾听住持尼的话。没想到，住持尼说聪子顿悟了，月修寺准备收她为弟子。

刚才夫人还在想怎么挽回呢。但看来聪子决心已定，若后面能够让她回心转意，几个月或者半年之后就会长出新头发，就说聪子在旅途中生病了，可以给她一点儿时间让她反悔。听了住持尼的话之后，她的这种念头更加强烈了。通常情况下，遁入佛门的弟子需要遵守的程序是：先修行一年，然后再举行剃度仪式。所以，一切都看聪子头发的长势了。如果聪子早点反悔……夫人心里有一种很奇怪的想法，或许还可以戴上精致的假发在订婚仪式上蒙混过关。

夫人决定先让聪子留下来，然后自己早点回东京，为以后做打算。所以，她对住持尼说：

"感谢您的提议，因为旅途中突发这种情况，想必会牵扯到洞院宫家，我想赶紧回去和丈夫商量一下，然后再回来，就拜托您在这段时间照顾一下聪子了。"

聪子听了母亲的话之后面无表情，夫人感觉她们娘俩之间似乎已经无话可说了。

四十五

　　夫人回到家中，将事情的来龙去脉告诉了绫仓伯爵，他听后没有采取任何措施，白白耽误了一周时间，这让松枝侯爵很生气。

　　松枝家一直以为聪子早就回家了，所以就赶紧到洞院宫家禀报说已经回东京了。侯爵觉得，这事不容有任何差池。夫人返回东京并且告诉了他具体情况之后，侯爵以为已经顺利完成了计划，所以就默默地等候消息了。

　　绫仓伯爵有点儿得过且过。他觉得，相信所谓的"悲惨结局"的人太俗了，肯定不能相信这种事情，与悲惨结局不同的还有所谓的熟视无睹。就算长长的缓坡会朝将来的方向无限滑落，但对球来说，这是常态，不用吃惊。动不动就愤怒或者悲伤，就像是执着地渴望成熟的心所犯的错误一样。但是伯爵肯定不希望成熟。

　　只能拖延，别无他法。让时间解决一切，要比接受所有果断中隐藏的鄙俗要好。不管事态多么严重，只要先置之不理，就可以顺其自然地产生利害，总有人会站到自己这边。这就是伯爵的政治学。

　　在这样的丈夫身边生活，夫人在月修寺的不安也慢慢地消失了。幸好这时候蓼科不在家，没人会盲目行动，也不会有什么差池。在伯爵的关照下，蓼科去汤河源温泉疗养了。

　　一个星期之后，侯爵听说了此事，伯爵隐瞒不下去了。松枝侯爵从电话中听说聪子还没回家，那一刻竟然倒吸一口气，他突然有一种糟糕的预感。

　　夫人陪着侯爵立刻去了绫仓家。一开始，伯爵说话含糊其词。后来，松枝侯爵了解到具体情况之后，非常生气，甚至将拳头打到了桌子上。

这是绫仓家仅有的一间洋房,用十张榻榻米大小的和式房间改装的,很不雅观。这两对夫妻在这里表现出来的和多年交往表现出来的完全不一样。

就算这样,两个夫人都背过脸去看各自的丈夫。两个男人面面相觑。只是,侯爵总是低着头,放在桌布上的那双白皙的手如同古装偶人的手。侯爵气得脸红脖子粗,他虽然心中不完全保证,但因为生气,眉毛间都露出青筋了,那张脸就像凶神恶煞的鬼脸。在两位夫人看来,伯爵处于下风。

是侯爵先发火的。他生气时,甚至觉得自己高高在上,太盛气凌人就不好意思了。谁都比眼前的敌手更强。他的脸色很难看,好像是泛黄的象牙浮雕;他的脸庞棱角清晰且端庄,有一种莫名的悲伤或迷茫的表情。他默不作声。那双总是低垂着眼皮的眼睛显得更深邃,无比寂寞,他的眼睛是深深的双眼皮。侯爵到现在才觉得这好像是一双女人的眼睛。

伯爵将身体靠在椅子上。侯爵迎着光,能够清晰地看到他的慵懒和无奈,夹杂着一种侯爵的血统中没有的优雅,那是古典的柔弱的优雅。显出一副受伤的模样,就像一只脏兮兮的白羽毛的死鸟。这只死鸟活着的时候也许叫声婉转动听,但是现在肉也不香了,毕竟是一只无法吃的死鸟。

"这件事真是可悲可叹啊。愧对天皇和国家。"

侯爵顾不上那么多了,跟开机关枪似的大动肝火。他觉得这种愤怒很危险,马上就要控制不住了。伯爵根本就没有心思讲道理,也不会采取什么措施了,所以朝他发火根本没有什么用。何止是这样啊,侯爵逐渐发现自己越生气,他的愤怒就会反噬自己。

伯爵一开始并不是这么想的。他沉着冷静,无论事情的结局如何,他的态度都一样,就是肯定会将事情推卸给对方。

最后,侯爵开始不安,非常困惑,也一言不发。

房间中的四个人如同在修行一样,很久都不说话。从后院传来了公鸡的打鸣声。窗外,松树的针叶在初冬的寒风中发着光。家人可能也觉得客厅里气氛异常,都不说话。

绫仓夫人终于开口了。

"都怪我把事情搞砸了，不知道怎么跟松枝先生道歉才好。既然事情发展到这步田地，我认为最好还是早点想办法让聪子回心转意，这样也能够顺利进行订婚仪式。"

松枝侯爵马上反问："那头发怎么办呢？"

"关于这一点，我可以立刻找人定做假发，以免让别人发现……"

"假发？这我倒是没想到。"

趁大家还没说话，侯爵的声音中有点儿惊喜。

侯爵夫人赶紧附和丈夫说："真的，我们没有想到过这方面。"

后来，趁着侯爵高兴，就聊起假发的事情来。这时候，客厅的气氛才缓和下来。这个建议很好，就像是扔来一块小肉片，四个人争抢起来。

他们四个并不完全信任这个巧妙的提议。至少绫仓伯爵认为这种东西不一定能起到作用。松枝侯爵也不太相信。只是，侯爵能假装出很信任的样子。因此，伯爵也是这样。

侯爵一边笑，一边尴尬地小声说："就算是年轻的王子有点儿怀疑，也不至于去摸聪子的头发吧。"

四个人瞬间带着这种虚伪变得和睦起来。这种场合中最需要这种一目了然的有形的虚伪。没有人在乎聪子的想法，只有她的头发才关系到国家大事。

松枝侯爵的先父曾经为建立明治政府立下了汗马功劳，因此为侯爵家获得了至高无上的荣耀，若先父的在天之灵知道侯爵家的荣誉竟然在聪子的假发上，不知道该有多失望。松枝家的家训肯定没有传授过这种微妙且阴险的骗术。这是绫仓家的杰作。松枝家之前很崇拜绫仓家的优雅和虚伪的特质，不管是否情愿，他们现在已经和绫仓家成为共犯了。

就算是这样，现在那虚无的假发和聪子的想法无关。只是，若能够让她顺利地戴上假发，之前乱七八糟的事情都可以做得天衣无缝，无可挑剔。所以，一切都关于一顶假发，侯爵一直在想这个。

大家都尽情地讨论着这顶虚无的假发。为了举行订婚仪式而需要戴大垂发的假发，平常用束发的假发。如果聪子戴着假发，可能随时都会被别人发现，所以即便是在洗澡时也不能摘下来。

每个人都在想象聪子戴上假发的样子：那假发比真发还光润、顺滑，如同晒干的果实一样黑。这是因为被迫接受的王权，在空中飘浮的虚无的黑发，它的艳丽在白天浮现出夜的精髓……将假发下面的脸，一张美丽但悲伤的脸镶嵌上去并不容易。四个人可能也想到这一点了，不过都在尽量假装没想到罢了。

"这次一定请伯爵说服她。拜托夫人再去一次，内人也会一起去。我本来也应该一起去的，只是……"侯爵碍于面子，说："如果我去就太显眼了，别人肯定会怀疑是不是出什么事了。我还是不去了。因为要对这次出行守口如瓶，内人不在，我就跟别人说她生病了，应付过去。此外，我还可以在东京周旋一下，尽量找个技术精湛的假发师傅。如果新闻记者打听到了什么，那就麻烦了。这个就交给我了。"

四十六

母亲又收拾行囊打算外出了,清显很吃惊。但母亲没说去哪里,也没说去做什么,只是说不要跟外人说她出去旅行的事情。清显的直觉告诉他,聪子一定是出事了,而且这件事肯定不同寻常。只是,他一直在山田的监视之中,也无计可施。

绫仓夫妇和松枝夫人到达月修寺时,那里发生了一件让人惊讶的事情。聪子已经剃度了。

这么匆忙就剃度,是因为:

那天早上,住持尼听了聪子的心声之后,马上觉得聪子唯一的出路就是出家了。住持尼肩负着保护皇家传统寺庙的责任,应该谨遵天皇的旨意,但现在却是有点儿违逆天皇了。即便这样,也没有更好的办法可以保护天皇了。所以,她果断地决定收聪子为徒。

住持尼知道不能无视他们欺瞒天皇的计划。她知道这是表面上的伪装,是大逆不道的,就不能坐视不管。

平常谨言慎行的柔弱老尼竟然也有一股威武不屈的精神。她本来想即便与现世的一切为敌,也要保护天皇的威严,哪怕抗旨不遵。

聪子亲眼看到了住持尼的这番良苦用心,终于在经过深思熟虑之后决定重新宣誓忘掉凡尘,不过没想到住持尼竟然成全了她。聪子遇到神佛了。住持尼用仙鹤般的眼睛瞬间洞悉了她的决心。

原本要修行一年之后才能举行剃度仪式,但是事到如今,住持尼和聪子都觉得要提前剃度了。只是,住持尼并未曾想过要在绫仓夫人回来之前举行这项仪式。住持尼想,至少要让清显对残留的黑发感到惋惜才行。

但聪子很着急。她每天都跟孩子要点心吃似的,要求住持尼为她剃度。住持尼无计可施，就说：

"剃度之后就没法见到清显了，你不会后悔吗？"

"不后悔。"

"如果你决定忘却凡尘中的他，我可以给你剃度，但后悔就来不及了。"

聪子态度坚定地说："我不后悔。我肯定不会在尘世中与他见面了。我已经正式跟他告别了。所以，请您……"

"如果这样，明天早上就为你剃度吧。"

住持尼又给了她一天的反悔时间。

绫仓夫人还没回来。

聪子在这段时间里主动参与了寺庙的修行生活。

法相宗原本就是学识性的宗派，注重学习更胜于修行，具有明显的国家祈愿寺的性质，不接收施主。住持尼平常开玩笑说"法相宗没有什么'恩惠'"，正因如此，在祈求弥陀本愿的净土宗兴起之前，没有感激"恩惠"之泪。

大乘佛教原本没有严格的戒律，寺内的规定只是援引自小乘佛教。在尼姑庵里，从《梵网经》中的菩萨戒，即从杀生戒、盗戒、淫戒、妄语戒到破法戒的四十八戒都应该遵守。

其实，修行比遵守戒律更难。聪子在这几天已经将法相宗的根本法典《唯识三十颂》和《般若心经》熟记于心了。她每天很早就起床，赶在住持尼念经之前，将大殿打扫干净，然后诵经、学习经文。她已经不再是客人了，住持尼指定一老当她的师父，一老也开始严格起来。

聪子在举行剃度仪式的那天早上，净完身，穿上黑色的僧衣，在大殿手持念珠，双手合十。住持尼先用剃刀剃第一下，然后让一老剃，一老接过剃刀，熟练地继续剃发。住持尼在一边念诵《般若心经》，二老也跟着一起念。

观自在菩萨。

形深般若波罗蜜多时。

照见五蕴皆空。

度一切苦厄。

聪子闭上双眼，也跟着一起念诵。她觉得自己的肉体像一艘船，船舱中的货物被慢慢地卸掉，船起锚了，乘着沉重且丰厚的诵经声漂向远方。

聪子没有睁开眼睛。清晨，大殿中冷风袭来，像是一座冰窖。自己仍在漂泊着，没有着落，周围都是纯净的冰。突然，一阵阵伯劳鸟的叫声从庭院中传来，冰面好像闪电般裂开了，但是裂缝很快消失，冰面又变得平滑无瑕。

剃刀轻轻地在聪子头上移动着。有时候，就像小动物的尖门牙在啃咬，有时候又像是食草动物在悠闲地用精致的臼齿咀嚼着。

头发纷纷掉落，聪子从未体会过这种清澈的冰凉渗入头部的感觉。自己和宇宙之间那头充满温暖、烦恼和忧郁的黑发被剃光了，头盖周围是一个崭新且冰冷的、未曾触摸过的清静世界。头发被剃光之后，头皮露出来了，如同涂上了一层薄荷，锐利且冰冷。

头上的冷气像是在寒月，又像是死寂的天体的肌肤，让人感觉直接碰触到了宇宙的浩气。头发好像尘世本身，逐渐掉落，落到未知的远方。

头发好像某种东西的收获。黑发可以吸收让人窒息的夏日阳光，现在黑发被剃光了，离开了聪子的身体。只是，这种收获毫无用处。那头乌黑亮丽的秀发在离开身体时，就成了丑陋的头发形骸。之前，这黑发属于她的肉体，现在她体内有关美的东西都消失了，好像手和脚也要脱离肉体一样，聪子的现世在剥离……

住持尼看到聪子的头上留下一片青痕，惋惜地说：

"出家之后的再出家很重要。我很佩服你现在的觉悟。以后你只要潜心修行，肯定会是尼姑中的骄傲。"

……以上就是聪子剃度的情况。绫仓夫妇和松枝夫人对这种转变很吃惊，不过依然不死心。她们觉得事情还有转机，还可以用假发来补救。

四十七

在三个来访者当中,只有绫仓伯爵的态度一直很温和,他就像没事人一样,跟聪子和住持尼闲聊起来,竟然没说一句劝聪子反悔的话。

松枝侯爵每天都发电报询问事情的进展,绫仓夫人只好哭求聪子,但聪子还是不为所动。

第三天,绫仓夫人和松枝夫人将事情全权交给了伯爵,她们回东京了。伯爵夫人因思虑过重,回到家里就病倒了。

在后来的一周里,伯爵一个人留在月修寺,什么都没有做。他害怕回到东京。

伯爵没有劝聪子回心转意,住持尼也就没有太紧张,给了聪子和伯爵两个人单独见面的机会。不过,一老还是在暗中观察着他们父女俩。

父女俩一直没说话,他们在廊檐上阳光明媚的地方相对而坐。从枯枝的缝隙中可以看到蔚蓝色的天空和天边的浮云,百日红的枝头上飞来一只嘎嘎叫着的鹩。

父女二人沉默了很久。最后,伯爵微笑着讨好道:

"因为你的事情,父亲以后都没脸见人了。"

聪子冷漠地回答了一句:"请您原谅。"

"这个院子里飞来了很多种鸟。"

伯爵过了一会儿又说道。

"嗯,各种鸟。"

"我今天早上出去散步了。鸟儿们在吃柿子,熟透的柿子掉落在地上,都没有人去捡。"

"嗯。没人去捡。"

伯爵说："应该快下雪了吧。"

聪子没有回答。二人又将视线转移到庭院中，都沉默了。

伯爵一无所获，第二天早上就离开了月修寺。松枝侯爵迎接回来的伯爵，他不再生气了。

十二月四日，离订婚仪式还有一个星期的时间。侯爵悄悄将警察总督请到了府第。他想借助警察的力量把聪子抢回来。

警察总监给奈良的警察下了密令，但是奈良的警察觉得要去与皇家有关的寺院，怕会引起与宫内省的纠纷。虽然皇室每年给寺院拨款不足千元，但是一般人也不能随便造次。因此，警察总督就自己带着便衣警察悄悄去了关西的月修寺。住持尼接过一老递过来的警察总督的名片，不为所动。

上了茶以后，警察总督和住持尼聊了大概一个小时，被她的威严震慑住，只好走了。

松枝侯爵绞尽脑汁，最后觉得只能跟洞院宫家里询问解除婚约的事宜了，这是唯一的办法了。洞院宫家里经常派内务官到绫仓家中，每次都会因为绫仓家的敷衍而觉得有点儿奇怪。

松枝侯爵将绫仓伯爵请到府第中，将具体情况告诉他。当面让他想办法获得一张国医诊断书给洞院宫，就说聪子得了"严重的神经衰弱症"，并让洞院宫清楚，此事是洞院宫家和松枝、绫仓家的秘密，洞院宫可能会因为相互的信赖而不至于大动肝火。还可对外造成一种假象，是因洞院宫家里突然无理由反悔才解除婚约，因此聪子看破红尘，遁入空门。这么做，就算会让洞院宫家里受到指责，但至少可以保住其面子和威严；而对绫仓家来说，尽管名声不好，但也能博得世人的同情。

只是，不要将事情做得太过分。若太过分了，绫仓家虽然会获得更多同情，但洞院宫家就会被迫对这种无端的舆论压力进行解释，甚至不惜将聪子的诊断书示人。最重要的是，不能让新闻记者关注到洞院宫家解除婚约与聪子削发为尼的因果关系上，若要将这两件事公之于众，只要将时间颠倒即可。就算这样，新闻记者还是想了解实际情况。到时候，就假装很难过，暗示一下事情的起因，让他们别报道即可。

就这样商量好之后,侯爵立刻给小津脑科医院的小津医生打电话,让他立刻悄悄地来松枝侯爵家出诊。小津医院的确能够对这种权贵突然提出的要求守口如瓶。医生来时已经很晚了,在这期间,侯爵早就对留下来的伯爵显得有些不耐烦了。不过在这种情况下,他又无法派车去接医生,只好等着。

医生刚到就被引到洋房二楼的小客厅中。暖炉的火很旺,侯爵介绍了一下自己,又介绍了伯爵,然后给医生递烟。

小津医生问:"病人在哪里?"

侯爵和伯爵面面相觑。

侯爵说:"实际上,病人不在这里。"

听说要给没有在现场见面的病人写诊断书,小津医生的脸色顿时就变了。让医生生气的不是事情的本身,是他根据侯爵的眼神感觉出侯爵好像已经断定他肯定会写这么一份诊断书。

医生问:"为什么要提这种不可理喻的请求?是不是将我也当成见钱眼开的庸医了?"

"我们肯定没有将您看成那种人,"侯爵将嘴边的雪茄烟拿掉,在房间徘徊了一会儿,从远处看着医生那张胖嘟嘟的脸在暖炉炉火的照耀下在颤动,他平静地说:"出示这份诊断书是为了让天皇放心。"

松枝侯爵拿到诊断书之后,立刻询问洞院宫什么时候方便,半夜就坐车去了洞院宫家。还好,年轻的治典王参加联队的演习去了,没有在家。侯爵要求直接拜见治久亲王殿下,因此妃殿下也退下了。

洞院宫一边给他递烟,一边兴高采烈地说起今年在松枝家赏花的乐趣。他们很久没有畅聊了,侯爵先谈到了1900年巴黎举办奥运会时的一些事情,又谈了那个"设有三鞭酒喷泉之家"的情况,还有当时的各种佳话,聊得很起劲。让人觉得这个世间仿佛没有烦恼。

但是,侯爵知道就算洞院宫看上去威风凛凛,内心也是不安和恐惧地等着他将来意说明。洞院宫自己不想提及即将举行的订婚仪式。他的好看的白胡子在灯光的照耀下好像沐浴着阳光的稀疏的森林，在嘴角上时不时地露出无奈的影子。

"实话说，夜晚来访……"侯爵好像一只悠闲的小鸟，一直往巢穴里敏捷地飞去一样，他找准了时机进入正题："我来跟您说一个坏消息，但是不知道怎么开口。绫仓家的小姐得了精神病了。"

"啊？"洞院宫惊呆了。

"绫仓有他自己的想法，他一直隐瞒着，也没跟我说，为了保住面子，偷偷地将聪子送去当尼姑了。时至今日，他仍不敢跟殿下说出实情。"

"这是怎么回事？事到如今……"

洞院宫殿下紧闭着双唇，胡子按照嘴唇的形状贴在上面，瞪着伸向暖炉边的鞋尖。

"这是小津医生开的诊断书。诊断书是一个月之前开的，绫仓也没有提起过。我也很意外，发生了这种事，不知道该如何道歉……"

"有病也没办法，但是为什么不早点说呢？去关西旅行也是因为这件事吗？难怪来辞行时，她的脸色很差。内人还担心她呢。"

"我现在才听说，她得了精神病，从今年九月份开始，她的行为就很古怪。"

洞院宫说："这也是没办法的事。明天早上得赶紧去趟宫里，去跟天皇谢罪。不知道天皇会说什么。到时候想呈上这份诊断书让天皇过目，能借用一下吗？"

洞院宫没有提起有关治典王的只言片语，说明他心灵高尚。侯爵毕竟是侯爵，这段时间，他一直在关注着洞院宫的表情变化。他只觉得洞院宫的脸上好像有暗流在涌动，在马上要平静下来时，又有一股暗流。几分钟之后，侯爵彻底放心了。最可怕的时刻已经过去了。

侯爵和洞院宫及妃殿下在当天晚上一起谈论了一下应对之策，一直谈到半夜，侯爵才离开。

第二天早上，洞院宫正准备进宫，治典王从演习场回来了。洞院宫陪着治典王到了一个房间中，跟他说了事情的经过。这个威武的青年，表情镇定，他只说了一句"全都听父母的"。他没有生气，也没有丝毫埋怨。

经过一晚上的演习，他已经很疲惫了。父亲走了之后，他就回了自己房间。想必儿子会因为这事睡不着，妃殿下就来看他了。

"昨天晚上松枝侯爵来报告了吧？"治典王抬起眼睛问了一下母亲。他一夜未眠，眼睛红红的，但是眼神和之前一样镇定。

"是的。"

"不知何故，我想起很久之前在宫里发生的一件事。那时我还是个少尉。我记得曾经跟您说过这件事吧。我进宫时，在宫中的走廊上看到了山县元帅。我很清楚地记得，是在天皇外居室的走廊上遇到他的。想必元帅刚退出。他和往常一样，在普通的军装外面披了一件宽领外套，戴着军帽，两手随意地揣在外套的口袋中，从昏暗的长廊走了过来。我赶紧给他让路，立正向他行礼。元帅从军帽的帽檐下，用严肃锐利的目光看了我一眼。他不是不认识我，但是他看上去有点儿不开心，突然别过脸去，也没有还礼，傲慢地耸了一下披着外套的肩膀，就从走廊上走过去了。

"不知何故，我现在又想起这件事来。"

报纸报道了"洞院宫家因故解除婚约"的消息，大家期待已久的订婚仪式无法举办了。不管家里发生了什么事情，清显都不知道。清显也是看到这篇报道之后，才知道发生了这种事情。

四十八

  这件事情公开之后，侯爵家就更加严密地监视清显了。清显上学也由山田管家陪同。同学不知内情，对这种对待小学生一样的做法感到很吃惊。只要有清显在，侯爵夫妇肯定对此事闭口不提。松枝家所有人都装作没事人似的。

  这件事引起了社会轰动。学院里一些同等级的公子不知内情，竟然还有人问清显的想法：

  "社会舆论好像都比较同情绫仓家。不过我觉得这件事有损皇族威严。聪子有精神病，不是后来才知道的吗？为何之前不知道呢？"

  清显也不知如何回答。本多这时候帮他解围道：

  "生病的事嘛，没症状之前肯定不知道啊。算了啊，别跟那些女同学似的那么八卦。"

  不过，学院中的学生对本多这种假装"男子汉"的行为并不买账。首先，从等级看，本多家还没有资格成为消息灵通的人来对此事进行概括。

  "她是我表妹啊""他是我伯父爱妾生的孩子啊"，如此等等，炫耀自己和犯罪或丑闻中的人有沾亲带故的血缘关系，并以此为荣，同时炫耀自己在这些事件中不会受到一点伤害，以及对事情的漠不关心。若无法以冷漠的样子说点与社会上或有或无的传闻的内部消息，就算不上消息灵通的人士。在这所学校里，十五六岁的少年之间流传着一些话，诸如"为了这件事，让大臣很费脑筋，昨天晚上打电话来和家父商量""内务大臣说得了感冒是因为进宫见天皇时太紧张了，踩空了马车的踏板，扭伤了"等。

  不过，说来也奇怪，清显一直保持沉默想必是有用的。朋友们都不知道他和聪子的关系，也不知道松枝侯爵和这件事的关系。只有绫仓家的一个亲戚，公卿华族的同学反复强调聪子美丽且聪明，根本不可能得精神病。但是，这反而成了他为自己的血统进行辩护的借口，遭到大家的嘲笑。

当然了，这一切都极大地伤害了清显的心灵。但比起聪子承受着莫名的名誉损失，他自己并没有受到别人的指责，这种私下里的自我伤神，也只不过是懦弱的苦恼罢了。同学们说起这件事和聪子，他就觉得好像在一个空气清新的早上，通过二楼教室的窗户可以看到冬日里远处山峰上的积雪，那雪就像聪子光洁的身影，又远又高，在众人眼前矗立着。

远处山顶上的白雪只出现在清显的眼里，只照射在清显的心中。她一直承受着罪过、名誉受损和精神病的污蔑，因此她早就是洁白的了，但是他呢？

清显有时候特别想大喊一声，说出自己的罪过。但若这样，聪子的牺牲就是徒劳。难道真正的勇敢就是让聪子白白牺牲？要勇敢一点，还是默默地承受俘虏一般的生活呢？很难分辨清楚。不过受不了心灵上的压抑，但是他没办法，只能默默地忍受着。这也让父亲和全家都感到欣慰。

对曾经的清显来说，沉默和悲伤是生活的主旋律。现在面对这种生活，不知道自己的涵养和能力都去哪里了？就好像不经意间将雨伞落到别人家了一样。

清显希望现在能够忍住悲伤。但是他很着急，他希望能为自己创造点希望。他想：

"关于聪子得了精神疾病的传言，纯属谣言。不管怎样，这样的事情都是无法让人相信的。这样看来，或许她的遁世和落发只是一种伪装。或许聪子只是为了不想嫁给洞院宫家才迫不得已的。也就是说，她是为了让我下决心才这样做的。如果这样，在社会上的谣言破灭之前，虽然两个人分隔两地，但是只要一起努力，保持沉默就好。她什么都没寄，连一张明信片都没有，难道不正是说明这个问题吗？"

若清显相信聪子的脾气，他就该马上知道这是不可能的事情。

若聪子的任性只是曾经清显的怯懦描绘的幻象，那么后来的聪子就是他怀中融化的白雪。清显只顾坚信这是真的，他坚信过去让这种真实成立的虚幻是永恒的。他这时候还寄希望于欺瞒。

这种希望就有了卑俗的影子。若他想将聪子描绘得很美，这种美就没有了希望。

优美而可怜的希望不经意间染红了他那颗坚固的水晶般的心。他想施舍给别人优雅的情趣，于是看了一下周围。

有个同学是个老侯爵的儿子，他的外号叫"妖怪"。据说他得了麻风病，但学校不会让一个麻风病患者上学，所以应该是别的什么病。他的头发掉了一半了，脸色灰暗，没有光泽，弓着腰。经过特许，他可以在教室里戴帽子，帽子戴得比较低，所以没有人看到过他的眼睛。他不停地抽吸鼻涕，声音好像是煮沸了某种东西。他不和别人说话，休息时就抱着本书，到校园的角落里，在草坪上看书。

不过，清显和他不是同一学科的同学，他们没有说过一句话。若清显在学校里是帅哥的代表，那么同样是侯爵的儿子，他却代表着丑陋、影子和悲惨。

这个"妖怪"经常去的那片草地，是冬天阳光照耀下的一片枯草地，虽然那里比较暖和，但是没有人会再靠近。清显走过去，坐在了"妖怪"旁边，"妖怪"将书本合上，紧张地站了起来，好像随时准备要逃跑。他不说话，只能听到他抽鼻涕的声音，好像拖着铁链发出的声音。

清显问道："你一般都读什么书？"

"啊……"

他将书藏到了身后，清显看到了书脊上有列奥巴尔迪的名字。他迅速将书藏起来时，烫金的封面瞬间在枯草间闪烁着微弱的金光。

"妖怪"没有和清显讲话，清显将身子朝远处挪了一下，罗纱制服上很多枯叶还沾在上面，他在地面上支起一只胳膊躺下来了，将双腿伸开。他看到对面"妖怪"的身影，"妖怪"蹲在那里好像心情很糟糕,刚将书打开又合上。清显觉得从他的身上好像看到了自己的不幸的写照。他不再温文尔雅了,而是有点儿生气。温暖的冬天,阳光照耀在身上,暖洋洋的。这时候,侯爵的丑陋儿子的样子发生了变化,不再那么紧张了。他胆怯地将弯曲起来的腿伸开,用和清显方向相反的胳膊肘,撑着脑袋,耸起肩膀,姿势和清显一样。他俩就好像一对石雕狮子狗。"妖怪"将帽子拉低到和眉毛齐平的位置,他的帽檐下面的那张嘴好像不是在笑,但是至少可以肯定的是他在尝试着露出幽默的表情。

清显和他形成了鲜明对比。为了抗争清显的反复无常的优雅或怜悯,"妖怪"没有生气,也没有感恩,而是尽量让正确的原来那种自我意识,描绘出一种对等的形象。若不看脸,从校服上衣的装饰线到裤子的下摆,两个人在枯草地上躺着,形成美妙的对称。

清显想接近"妖怪",但"妖怪"用了一种充满亲切感的温情完全拒绝了。不过,清显虽然被拒绝了,但他显得更优雅了。

附近的射箭场传来了箭射出去时的清脆的弦音,好像凝固在寒风中,以及击鼓般击中靶心的箭声。清显觉得自己的心已经失去了尖锐的白箭翎了。

四十九

　　学校刚放寒假，刻苦学习的同学很早就开始准备毕业考试了，清显却没心思看书。

　　除了本多，明年春天毕业之后，班上打算报考大学夏季入学考试的同学们还不到三分之一。大多数同学都是利用免考特权，还有的准备上东京帝国大学招不满的学科，有的想上京都帝国大学或者东北帝国大学。清显想必也顾不上父亲的想法，不想参加考试。如果想上京都帝国大学，离聪子所在的寺庙就会近一些。

　　现在他只能顺其自然，光明正大地无所事事。十二月份，下了两场大雪，积雪很厚。就算是在下雪的早上，他也没有表现出孩子般的欢快。他拉开窗帘，心不在焉地眺望着中之岛的雪景，总想赖床。有时候，他会在府中散步，以此报复山田的监视，特别是在寒风呼啸的夜晚，他就让行动不便的山田拿着手电筒照路，自己竖起外套的领子，将下巴缩到衣领中，大步朝前走着，恨不得立刻登上红叶山顶。晚上，茂密的深林中树叶被风刮得唰唰地响，还经常传来猫头鹰的叫声。他快速登上崎岖的山路，很开心。迈下一步时，脚下好像踩中了软体动物一样的黑暗，巴不得将这种黑暗踩碎。冬天，满天繁星在红叶山顶上空闪闪发光。

　　在这种紧要关头，有人给侯爵家送来了一份报纸，上面刊登了饭沼的文章。侯爵看后指责饭沼忘恩负义。

　　这份报纸是右翼集团出版的，发行量不大。侯爵觉得这份报纸用威胁的手法揭露了上层社会的丑闻。在事发之前，饭沼曾经穷困潦倒，甚至寄人篱下，在侯爵家中讨生活，他为何连招呼都不打就写了这种文章呢？侯爵更觉得他这种行为是公开挑衅，是忘恩负义！

写这篇文章的人好像很懂得忧国忧民啊，标题是"松枝侯爵不忠不孝"，文章指出这次这桩婚姻的主谋是松枝侯爵。皇族的婚姻根据皇族典范进行详细规定，是因为它事关皇位继承的问题。虽说事先不知道，但松枝侯爵竟然介绍了一位精神不正常的公卿家的小姐，都能获得敕许，甚至快举行订婚仪式了，才东窗事发，婚事告吹。侯爵只顾庆幸自己的名誉没有受损，还不知廉耻，这是大不忠。何止这些，对明治维新的元勋老侯爵来说，也是大不孝。

　　虽然父亲很生气，但清显在读这篇文章的时候觉得饭沼用真名发表，而且此人早知道清显和聪子在谈恋爱，却假装相信聪子有神经病，这让人疑虑重重。不知道饭沼现在身处何处，他宁愿冒着忘恩负义的罪名，写出这篇文章，肯定是暗示清显，就是为了让清显看到才写这篇文章的，不是吗？至少这篇文章暗示清显可千万不要步父亲的后尘！

　　清显顿时觉得很想念饭沼。他又觉得提起这段青涩的爱情，并没有嘲笑这段恋情，对现在的自己来说已是莫大的安慰。父亲生气时去见饭沼，肯定会将事情搞砸。他怀念饭沼的情谊，但还不至于不顾一切去见他。

　　或许见蓼科更方便。蓼科自从自杀未遂之后，清显就开始更加讨厌她了，她竟然利用一封遗书，将自己出卖给父亲，她肯定将她撮合的情人们都统统出卖了，还拿这种事寻开心。世上有人精心养花，目的只是为了花开之后摘取花瓣，这种人真是让清显受教了。

　　还有，父亲好像没有和儿子说一句话。母亲也和父亲一样，只想让儿子保持沉默。

　　实际上，生气之后，侯爵有点儿害怕。在大门口加派了一名巡警，在后门也加派了两名巡警。但是，从此，就没有人再去侯爵家威胁或挑事了。饭沼的言论并没有引起轩然大波，终于熬到年底了。

　　圣诞节前夕，两家洋人租户一如既往地寄来了请柬。如果接受这家的招待，肯定会得罪另一家。因此，干脆两家都不去，然后给两家的孩子们都赠送些礼物，侯爵家一向如此行事。但是，不知为何,清显今年很想在西方人家庭的团圆氛围中放松一下,他就让母亲跟父亲说,但是父亲不同意。

听说父亲拒绝的理由是去租户的家里参加招待会,有失侯爵公子的体面,更别说肯定要得罪另一家了。这件事也说明,父亲还是怀疑清显不能够保持体面。

年底,侯爵家为了在除夕那天不收拾房间和大扫除,最近几天一直在忙着收拾和整理,清显没事可做,只感觉又要过年了,心里很痛苦,更是感慨万千,今年正是那一去不复返的生涯最顶峰的一年。

宅第里的人们都在忙碌着,清显离开了,一个人去湖上划船去了,山田追过来,说要陪着他去,清显却断然拒绝了。

小船压倒芦苇丛中的残荷,缓慢地朝前滑行,受到惊扰的野鸭子飞了起来。它们拼命地展翅飞翔,转眼间就飞到了冬季的晴空中,露出平坦的小腹,它们防水的柔软羽毛,好像闪闪发亮的丝绸。它们的身影掠过了芦苇丛。

蓝天和白云映衬在湖面上,显得有些灰冷。清显用木桨划破了湖面,湖水呈现出迟钝且沉重的波纹,这让清显很惊讶。不管是在晶莹的冬天的空气中,还是在云层中或者在其他地方,这么沉重的、灰暗的水都无法诉说。

他放下船桨,休息了一会儿,然后又回头看着正在正房大厅中忙碌的人影,那些人好像远方舞台上的演员。瀑布还没有结冰,传来一泻而下的哗哗声。瀑布位于中之岛的对面,因此现在看不到;透过枯枝只可以模糊地看到远处红叶山北面脏兮兮的残雪。

不久之后,清显将小船拴到了中之岛小湖岔口的木桩上,后来他登上了中之岛的最高处。松树的颜色已经变了。三只铁鹤中有两只将尖嘴伸向天空,好像锐利的铁箭头搭在弓弦上冲向冷空。

很快,清显看到有一片枯草地上阳光充足,他就躺到那里去了。这样就不会有人看到他,他就可以成为完美的一个人了。他将双手枕在后脑勺,指间因为刚才划桨有点儿冰冷还有点儿麻木,心中油然升起一种不愿意示人的悲痛,他的灵魂在呼唤:

258

"啊！……'我的青春'将要逝去了，快要逝去了，和一片云朵一样飘逝了！"

清显心中不断出现特别残忍的夸张语言，就好像在鞭笞自己。清显从未对自己说过这种话。

"一切都将陷入痛苦。我已经失去了陶醉的理由。但现在清醒得有点儿可怕，那种清醒太可怕了，就好像用指甲一弹，整个天空就会用小玻璃晶体来回应一样……而且，很热。那种热就如同沉淀的热汤，若不多吹几下，根本没法下嘴，它一直在我眼前放着。这厚实的白色汤盘端上来了。它像坐垫那么厚、那么脏和迟钝！谁给我订的汤呢？

"现在只剩下我自己了，对爱的渴望……卑微的自我陶醉、自我辩护和自我欺骗……对往昔和失去的东西的深深的怀念、虚度的年华、蹉跎的岁月、逝去的青春、对平凡的人生的愤慨……一个人的房间。一个人过完一天又一天……绝望地与世界和人世间隔离……呼唤、听不到的呼唤……表面的融化……空虚的高贵……这就是我啊！"

他听到头上传来展翅的声音，是一群乌鸦栖息在红叶山的枯枝上发出的声音，这种声音夹杂着无奈的哈欠声，朝着祖坟的方向飞去了。

五十

  岁月流逝，不知不觉又是一年。宫中又照例举办行吟诗会。自从十五岁开始，清显就和绫仓伯爵一同去参加这种吟诗会。每年一次，伯爵曾用这种优雅的教育方法教育清显。原本以为今年不会去了，但没想到宫内省下发了这次的参观许可。今年，伯爵就算打肿脸充胖子，也要陪着去参加吟诗会，很明显是因为伯爵口才好，能应付自如吧。

  松枝侯爵看到儿子拿出来的许可证，上面有四名陪同人员，其中有伯爵的名字，就皱起眉头来了。他还清楚地看到优雅的顽固和厚脸皮。

  侯爵说："既然是定期召开的盛会，那就去吧。若今年不去，别人还以为我们家和绫仓家断交了呢。关于那个问题，我们的原则就是和绫仓家没有任何瓜葛。"

  清显对这种每年举行一次的例会已经很熟悉了，他很高兴能够去参加这种仪式。伯爵在这种场合中更加威风凛凛，而且很得体。现在看此时的伯爵，也很苦恼。清显想认真饱览一番曾在自己心灵上留下的诗痕。因此，他觉得只要能够去那里，就可以想起聪子。

  清显不认为自己是一根"优雅的刺"，将顽固的松枝家族的指头刺伤。他不觉得自己是这个家族中的一只坚硬的手指头。他认为自己曾经的优雅已经干枯了，灵魂也荒芜了，作为诗歌元素的那种悲伤也消失殆尽了，只感觉到自己被一股空虚的风吹过。从没有感觉自己像现在这样离优雅和美越来越远过。

  不过，或许是因为自己很完美了。它让人感觉不到，也无法沉迷其中，现在清晰的苦恼，也不觉得那就是自己的苦恼；自己的痛苦也不觉得是现实中的痛苦。变成美，跟麻风病的症状无异。

清显早就不喜欢照镜子了,他看不到自己脸上的憔悴和忧伤,成了"被爱情折磨的年轻人"的样子。

有一天,他独自吃晚饭时,看到餐桌上一只小雕花玻璃杯中装满黑乎乎的胭脂红的液体,也不想问侍女那是什么,还以为是葡萄酒呢,他一口气喝光了。喝完之后,觉得舌头有一股怪怪的味道,过了好久都没有消失。

"这是什么?"

侍女说:"是甲鱼的鲜血,上面吩咐,若少爷不问,就不许说。厨师说,为了让少爷恢复青春活力,专门从湖里捕来做菜肴的。"

当这种恶心的滑滑的东西通过胸口时,清显突然想起小时候的往事,不知道被仆人吓过多少次了,他又看到了恶心的甲鱼的样子。甲鱼从昏暗的湖中伸出头来,看着他。它将身体藏在湖底温暖的污泥中,时不时地拨开腐蚀时间的梦和恶意的水草,漂到半透明的湖水中。长此以往,它们见证了清显的长大,到现在突然摆脱这种束缚,甲鱼被宰杀了,他却在不知情时将它的鲜血一饮而尽。因此,好像突然间有种东西结束了。恐怖在清显的胃里发生了变化,成为一种未知的、无法预测的活力。……

按照以往的惯例,在吟诗会上吟诗,是先从地位低的人开始,然后再轮到地位高的人。一般情况下,一开始的吟诵者会从标题开始朗诵,接着读官位姓氏;第二个吟诵者就不再念标题了,直接读官位和姓氏,然后再读正文。

绫仓伯爵有幸担任讲师。

天皇和皇后及东宫殿下都来了。大家聆听伯爵用柔和、美妙且清晰的声音吟诵。这种声调中没有任何颤音,非常明朗,甚至有点悲壮,他读完一首诗,接着读另一首。他的语速很慢,让人想到好像是神官穿着黑鞋慢慢登上了冬日阳光照耀下的台阶。声音中没有任何香气。场下鸦雀无声,甚至听不到任何咳嗽声,只有伯爵的声音响彻耳畔。此时此刻,在声音超过语言之前,人们无法忍受肉体的戏耍。只有怀着悲愁的不知廉耻的优雅,如画卷中的云霞,从伯爵喉咙中发出来,响彻全场。

大臣的诗歌都是只吟诵一遍，东宫殿下的则要说明："……如此御诗，请再诵读一遍。"然后他会再诵读一遍。

皇后的御诗要一起朗诵三遍，第一句由朗诵师朗诵，从第二句开始由全体人员一起朗诵。在朗诵皇后的御诗时，别说其他皇族人员和大臣们了，就算东宫殿下也得站起来洗耳恭听。

在今年的吟诗会上，吟诵的皇后的御诗果真是优美且高雅的佳作。清显一边认真倾听，一边暗中仔细观察，他看到伯爵手里拿着红梅色的沉重的高级诗笺，那双手如同女人的手，又小又白。

虽然这是在那件震撼的事情之后发生的，但是清显根据伯爵的声调没有听出任何战栗和畏缩，更没有父亲失去了红尘中的女儿之后的那种悲伤。他也就不再吃惊了。这只是优美、无力且明朗的声音。就算再过一千年，伯爵也只会是一只奉献美妙歌声的小鸟。

吟诗会进入最后一个阶段了，轮到吟诵天皇的御诗了。

朗诵师恭恭敬敬地走到天皇面前，拿起了在御砚盖上放着的御诗，一起吟诵了五遍。

伯爵的声音更洪亮了：

"……这么好的圣诗，请再诵读一遍。"

在这个过程中，清显诚惶诚恐，他看着天皇，突然想起了往事。小时候先帝曾经摸过他的头，现在的天皇圣体欠安，不如先帝强壮，即便听到别人吟诵自己的诗，也没有太自豪的表情，而是冷漠如冰——这是不可能的——好像天皇内心压抑着愤怒，他有点儿恐惧了。

"我冒犯了天皇。罪该万死。"

清显好像在充满高雅的香气中倒下了，突然全身有一种感觉，说不清楚是安慰还是害怕。

五十一

　　二月，眼看就要毕业考试了，同学们都在如火如荼地复习功课，只有清显悠闲自在，对什么事情都提不起兴趣。尽管本多希望帮助清显学习，但是又害怕清显会拒绝他，也就没有勉强。他明白清显不喜欢这种"烦人的友情"。

　　此时，清显的父亲突然劝清显上牛津的马顿专科大学，父亲说：这所名牌大学在十三世纪创立，因为跟主任教授有关系，所以比较容易入学，不过必须要通过学院的毕业考试。很显然，侯爵是因为看到儿子马上要获得从五位官衔了，但是日渐颓废，只好想出这种办法来拯救他。虽然这个办法太突然了，但清显倒是饶有兴致。他决定欣然接受父亲的这个要求。

　　他之前也和别人一样向往过异国他乡，但是现在却一心想留在日本。就算将世界地图打开，他都觉得不管是辽阔的海外各国还是在地图上只有弹丸之地的日本都让他觉得很庸俗。他知道的日本是一个碧绿的、形状不定的有一股朦胧的悲伤的国度。

　　父亲还让人在台球室的一面墙上贴了一张大的世界地图。因为父亲觉得这样才够气派、才够壮观。但是，地图上冷冰冰的海面无法让清显激动。只有镰仓夏夜的海能让他复苏过来，那里的海好像是温暖的，有脉搏、血液和呼啸声的大型黑兽。他觉得很苦恼和吃惊。

　　清显经常头晕，还时不时地头疼，失眠越来越严重了，但是他从未跟别人提起过。晚上，在卧室中，他开始浮想联翩。想象明天能够收到聪子的来信，信中和他商量私奔的日期和地点；想象在人生地不熟的乡村小镇，在一座仓库式建筑的拐角处迎来了聪子，然后将她紧紧地搂在怀中。不过，想象归想象，背后好像贴着冰冷且易碎的锡纸,经常流露出无奈。清显的泪珠打湿了枕头。深夜中,他不知道呼唤了聪子多少次,不过一切都是徒劳罢了。

这时候,不知是在梦中还是在现实中,聪子清晰地出现了。清显的梦早就不是《梦的日记》中记录的客观故事了。只是希望和绝望同在,梦和现实相互抵消,且分界线就如同岸边的汀线飘忽不定,从光滑的沙滩退潮的海面上,聪子的脸突然出现了,这副容貌是最美的、最悲怆的。它像金星那么高雅,闪闪发光,但是只要清显将嘴唇靠近,一切就都消失了。

他越来越想逃离这里,这种想法让他无法抗拒。一切事物,时间、清晨、白天、黄昏或者天空、树林、云彩、北风……都在诉说着绝望,莫名的痛苦不停地折磨着他。无论如何,他都想亲手抓住虽然很少但有形的东西;就算只有几句话,他也想听聪子亲口说出来。若不适合说话,哪怕见一次也行。他想她想疯了。

另外,社会上的流言蜚语渐渐少了。人们逐渐将已下达敕许马上要举行订婚仪式之前解除婚约的这件事忘却了。现在社会人士同仇敌忾的是海军的受贿问题。

清显决定离家出走。不过,他被监视着,连一点儿零花钱都没有,想要获得自由,连一分钱都没有。

本多听清显说想借钱,很吃惊。本多在父亲的允许下在银行里存了一点儿钱,方便自己自由支配。他将这笔钱全部取了出来,如数交给清显。他没有问清显用这笔钱干什么。

本多将钱带到学校,然后交给清显,那天是二月二十一日早上。天气晴朗,但是很冷。清显接过钱,胆怯地说:

"还有二十分钟才上课,你送一下我吧。"

"去哪里?"本多吃惊地问了一句。他知道山田在大门口盯着。

清显指了一下森林那边,微笑着说:"到那边去。"

很久都没有看到好朋友脸上充满活力了,本多开心地看着他。但是他的脸上并没有红晕,而是紧张和苍白,他瘦了,就像春天里结的一层薄冰。

"你身体没事吧?"

"有点儿感冒。但是不要紧。"

清显一边回答,一边开心地走在森林小路前面。本多很久没有看到朋友走路这么轻盈了。本多已经猜到他要去哪里了,只是没有说出来。

早上的太阳洒下万道五彩缤纷的光芒,还有点儿暗红色,阳光照耀在沼泽地上。沼泽地的冰面上到处漂着乱七八糟的木排。他们两个看着这些风景,穿过鸟鸣不断的森林,到了学校最东边。从这里开始有一道缓坡,这条缓坡一直延伸到东边工厂街的尽头。周围围着很粗糙的铁丝网,用来替代围墙。孩子们经常悄悄地从铁丝网的缝隙中钻进来。铁丝网外面有一段杂草丛生的斜坡,在马路和低矮的石墙交会处还有一道矮栅栏。

他们俩在这里停了下来。

右边是前往学院的院线电车轨道,所在位置是朝阳照耀下的工厂街,各家的房子上面锯齿状的石板瓦熠熠生辉,各种机器早就开工了,发出隆隆的轰鸣声。烟囱悲怆地耸立在那里,浓烟从烟囱中冒出来直上云霄,将工厂附近贫民街上的晾晒场都遮住了。有的人家里的高台上放了很多盆景,从屋顶上伸出来。有的地方不停地发出忽明忽暗的光,有的是电线杆上电工腰间佩带的钳子,有的是化工厂窗口透出的梦幻般的火焰。这边的轰鸣声刚停,那边又传来用铁锤敲打铁板发出的声音,震耳欲聋,连绵不断。

天空中,阳光明媚。眼下是一条沿着学校的白色道路,清显马上就要从这里逃跑了,低矮的房檐的影子鲜明地投在道路上,有几个小孩在玩踢石子的游戏。有一辆生了锈的暗淡无光的自行车经过。

清显说:"我走了。"

清显要走了。朋友说出这么符合青年人的充满朝气的话,本多铭记于心。清显将书包放在了教室里,只穿着校服和外套,外套上面缝着成排的樱花金扣,他敞开外套的衣领,看上去很潇洒,能够看到他稚嫩的喉结、海军式的立领和纯白的进口丝线以及娇嫩的皮肤。清显的脸藏在帽檐的阴影中,他微笑着。他用戴着皮手套的一只手，弄开了破铁丝网的一部分，想钻过去……

松枝家里很快就知道清显离家出走了，侯爵夫妇非常吃惊。还好祖母稳定了这个混乱的局面。

"这不是很明显的吗？清显愿意出国留学，所以放心吧。他至少想出国，就让他出国之前去跟聪子告个别吧。若他提前跟你们说他去哪里，你们肯定会拦住他不让他去，所以他只好偷偷地走了。只能这样想了，不是吗？"

"但是，我觉得聪子肯定不想见他。"

"要是她不愿意见，他就绝望了，肯定会回来的。就该让年轻人出去闯一闯，这一切都是因为你们管束得太严了。"

"发生那种事了，当然要严格管教了，母亲！"

"所以他才离家出走啊。"

"不管怎么样，千万不能跟外面说，得赶紧跟警察总督说，让他悄悄寻找吧。"

"找什么啊，本来就不知道他去哪里了啊。"

"要早点将他找回来……"

母亲瞪着眼睛，大声嚷嚷着说："那样就错了。那样就错了！如果那样，或许后果不堪设想。"

"当然了，为了防止发生意外，让警察悄悄寻找也行。一旦找到清显，就立刻汇报。只是，只要知道清显在哪里了，让警察远远地看着就好了，别惊扰他。这次别限制他的自由，只要远远看着就行了。行事要稳重，不要将事情闹大，不然他就走投无路了。现在如果搞砸了，就会将事情闹大。我说明确说在这。"

……二十一日的晚上，清显住进了大阪饭店。第二天一大早，他就离开了那里，然后乘坐樱井线火车到带解站，下火车之后，他去了带解镇上的"葛屋"商人旅馆，在那里订了一间房。订好房间之后，他就立刻找来一辆人力车，直奔月修寺了。人力车在月修门内的坡道上快速疾驰，清显在平唐门下了车。

门厅的白色纸拉门关着，清显在门外大喊了一声。从寺院中走出来一个男侍从。他询问了来者的姓名和意图后，让稍等片刻，一老很快就出来了。但是一老不想让他进去，只说："住持尼说不见客，再说了寺中弟子也不能见客。"她态度很坚决，将清显拒之门外。想必清显早就料到会吃闭门羹，也没有再勉强，暂时回到了旅馆。

他希望明天能够见到聪子。他一个人在认真思考：第一次失败是因为人力车直接到了正门，想得不够周全。因为太想见到聪子了。既然自己那么想见到聪子，肯定不管是否入院，至少应该在大门前下车，步行前往才行。不管怎样姑且当作是一种修行吧。

旅馆的房间脏兮兮的，饭菜也不好吃，晚上冷风习习。不过和东京不同的是，这里离聪子生活的地方很近，想到这里，他就觉得很欣慰。当天晚上，他难得睡了个好觉。

第二天是二十三日，清显精力充沛，上午和下午分别去了一次，这两次都是让人力车在门前等着，他下车之后就朝着庙宇的长廊去了。寺庙的人依然态度冷漠。在回来的路上，清显咳嗽了，胸口隐隐作痛，回到旅馆之后，没敢洗澡。

从这天晚饭开始，饭菜变得特别丰盛，待遇提高了。对乡间旅馆来说，这有点儿不寻常，竟然请他搬到最高等级房间。清显追问服务员，服务员没有回答。最后，耐不住清显软磨硬泡，服务员告诉了他实情。服务员说，今天他离开时，当地的警察来询问过他的情况，然后告诉旅馆里的人说他是一位身份高贵的少爷，务必要隆重接待他，并且嘱咐不要将警察来调查的事情告诉他。另外，还说他要是离开旅馆，就必须跟警察汇报，说完就走了。清显知道后，心急如焚，暗自想：必须尽快行动了。

第二天，也就是二十四日那天早上，他睡醒之后，觉得浑身不舒服，头晕乎乎的，浑身乏力。不过，为了尽快见到聪子，他必须承受更多修行和苦难，别无他法。他没有租人力车，而是从旅馆走着去了，走了接近四公里。幸好那天天气晴朗，不过走路毕竟很艰难，他咳嗽得很厉害，时不时地觉得胸口疼痛，胸腔中好像沉淀了沙金。他站在月修寺的门厅时，又剧烈地咳嗽了一阵。一老出来见他，还是不为所动，再一次用同样的话拒绝了他。

又过了一天，二十五日那天，清显因为感染风寒发烧了。他今天原本想休息一天，但还是叫了一辆车，乘车前往。清显又一次吃了闭门羹，又回来了。他开始绝望了。他在发烧，还在冥思苦想，但是绞尽脑汁也无计可施。他终于决定拜托旅馆的掌柜，给本多发了一封电报：

速来，拜托了。我在樱井线的带解葛屋。不要告诉我父母。
松枝清显

这一夜，他又无法入眠，到了二十六日早上。

五十二

当天的大和原野下起了雪,雪花飘落到一片黄色的狗尾草地上。说它是春雪,又太淡了点。雪花在空中飞舞,就像是无数的羽虫在舞动。天色暗淡,此时,飘雪和天色浑然一体,在微弱的阳光照耀下,才知道原来是细雪在飞舞。今天比平常的下雪天更冷。

清显还是头枕着枕头,在想如何打动聪子。昨天晚上,他求助于本多,今天,本多肯定会来。凭着本多的情谊,或许可以打动住持尼的心。只是,在本多到之前,有件事情必须做,应该尝试一下。就是不借助任何人,一个人表现出最后的诚意。回想一下,自己还没有向聪子表白过这份诚意。或许因为自己的懦弱,让自己失去了宝贵的机会。

现在,他在病情越严重的时候越要修行,这是有意义且勇敢的事情。或许聪子会被这份诚意打动,也或许仍然无动于衷。不过,事到如今,就算得不到聪子的回应,对他来说,不坚持到底死不瞑目。不管怎么样,都得见到聪子,他心里只有这个想法。不久之后,他的灵魂就开始行动了,好像要超脱他的渴望和目的了。

但是,他的肉体无法全力以赴,与彷徨的灵魂对抗着。发烧和痛苦好像使他全身都被缝到了沉重的金丝当中。他觉得自己的肉体好像被编织成了锦绣。四肢肌肉乏力,若举起一只胳膊,裸露的肌肤会立刻起鸡皮疙瘩,胳膊会比装满水的吊桶还沉。他咳嗽得更厉害了,有点儿钻心,就好像流动着墨汁一样的天际,不停地从远方传来雷鸣声。他手无缚鸡之力,只有一种真挚的病热贯穿了他慵懒的无可奈何的肉体。

他一直在心里呼唤着聪子。时间就这样流逝了。时至今日,旅馆的人才发现他病了,赶紧给他的房间加暖,体贴地照料着。但是，他不愿意请护士和医生。

下午，清显让叫车时，服务员不愿意去，就将情况汇报给旅馆的老板。旅馆老板来劝说，清显为了在旅馆老板面前表现自己很好，不用别人搀扶，自己站起来了，穿上了校服和外套。车子来了。他将旅馆的服务员递给他的毛毯裹到膝盖上就走了。虽然全身裹得很严实，但还是感觉很冷。

透过黑色车篷的缝隙，可以隐约地看到有几片雪花飘进来，清显突然想起去年和她一起乘车赏雪的情景，很是难忘，很是难过。他的胸口在绞痛。

他蹲在摇晃的昏暗中，忍受剧烈的头痛，焦躁不安。他掀开前面的车篷，用围巾捂住鼻子和嘴巴，发热且湿润的眼神追寻着窗外移动的景色，这样才好受一点。想起任何让他痛苦的事他都觉得很烦。

车子穿过带解镇上一个很狭窄的十字路口，途径田野上一望无际的平坦道路，朝着坐落在远方薄雾中的半山腰的月修寺奔去。细雪悄悄地飘落在带着稻茬的田野上、桑田的枯枝上、绿油油的冬菜田上和池沼中带着红色的枯芦苇和香蒲穗上……不过积雪不厚。雪花飘落在清显膝盖间的毛毯上，还没看清就化成水消失了。

刚才还感觉天空如水一样倾泻下来的茫茫白色，原来是从上空照射下来的稀薄的阳光。雪花在阳光中更轻盈了，好像飘着的灰。

随处可见枯萎的狗尾草迎风摇曳着。芒穗的软毛在微弱的阳光下弯曲且下垂，发出微弱的光。原野的尽头是模糊的低矮的群山，在遥远的天际衬出一片蔚蓝，可以看到远处山巅上的皑皑白雪。

清显只觉得脑子嗡嗡作响，眼前的自然风光让他想到自己已经有好几个月没有看到自然风光了。这里很寂静。或许是因为车子摇晃得太厉害，自己的眼皮越来越沉重，他将这番景色歪曲和搅乱了。尽管这样，这么多天来他都在后悔和难过中度过，作息很不规律，他感觉好久没看到这么清晰、明亮的景致了。而且那里没有人。

车子快到半山腰了，月修寺就在竹林中。寺院内斜坡两边是耸立的松树，一眼就能看到。清显看到田间蜿蜒曲折的道路尽头有两根竖立着的石柱门，他突然很痛苦。

"车子进入大门后，到门厅还有三百多米的距离，若继续乘车，想必今天聪子也不愿意见我。或许寺院正在发生奇妙的变化，或许一老说服了住持尼，见我冒雪前来，住持尼会忍不住让我见聪子一面呢。或许就算我乘车进去，她的心也会被感动，或许事情没转机，还是坚决不让我见聪子。我最后的挣扎让她们怎么想呢。实际上：现在有很多看不着的薄片，变成一把透明的扇子。若不留神，扇轴就会脱落，扇子的薄片就会散落一地……退一步来讲，若今天就这么乘车直到门厅，聪子也不愿意见我，我肯定会自责自己不够真诚。别管多么吃力，下车步行吧，或许别人不知道的诚意能够将她感动，或许她会见我呢？……对。我不该因为诚意不够而懊悔。要不惜一切代价，不然她不会见我，这样肯定能够将她推到最美的境地，这就是我的目的。"

他不知道这个想法是否合理，还是因为发烧造成的妄想。

他下了车，让车子在门前等候，自己走上门里的斜坡了。

天空又放晴了，雪花还在飞舞着。路边的灌木丛中传来云雀的叫声。路旁的丛林中夹杂的樱树上长了青苔。灌木丛中有一棵白梅开花了。

这是第五天的第六次来访了，照理说一路的景色都看腻了。但是今天，他下了车，就好像踩在棉花上，跌跌撞撞的，发烧的眼睛环顾着四周。感觉和梦一样清晰，一切都变了，往日常见的景色也突然很清新，甚至让人惧怕，好像今天是第一次看到。此时，一阵阵寒战犹如锋利的银箭，不停朝他后背射来。

路边的羊齿草、紫金牛的红果、在风中摇曳的松叶尖、杆青叶黄的竹林和茫茫的狗尾草还有一道道冰冻的车辙留下的白色道路往前延伸，好像融化在前方杉树丛的黑暗中。每个角落都很静，非常清晰，世界都带着莫名的悲愁，在这样纯洁的世界中，毫无疑问，聪子像一尊小的纯金佛像，在中心深处、更深处、最深处悄悄藏着。不过，这么晴朗和陌生的世界还是我们习惯的"人间"吗？

走着走着，清显喘不上气了，非常难受，于是就在路边的石头上坐了下来。虽然隔了好几层衣服，肌肤还是立刻感受到了冰冷的石头。他使劲咳嗽了一会儿，看到手绢上的痰是铁锈色的。

好不容易才平稳了呼吸，他掉转头去，看着稀疏的树木，看到远处耸立着的群山和山顶上的白雪。他咳嗽得两眼泪水，白雪好像也湿润了，变得更加灿烂。这时候，清显突然想起十三岁那年，自己手牵着春日宫裙裾的情景，那时候，他抬起头看到春日宫乌黑的头发下白皙的脖子。他至今还记得那白皙的肌肤。那是他有生以来第一次向往女人的妩媚。

天又阴了下来，雪逐渐下大了。他将皮手套摘下来，伸开掌心去迎接飘落的雪花。雪花落在掌心上瞬间就融化了。这双美丽的手很干净，上面没有任何水泡。清显想，自己这辈子终于保护住了这双美丽的手，肯定不会让它沾上泥土、血迹和汗水等脏东西。只有表白情感时才会用这双手。

……他终于站起来了。

他担心，若沉迷于这雪色就无法挣扎着走到寺院了。

没多久，他就走到了杉树丛中，寒风呼啸，越来越冷了。透过杉树缝隙可以看到水样的冷空。天空下面，可以看到冰冷的满池子涟漪的池沼。前面就是茂密的老杉树林了，雪花也稀疏了。

清显不顾一切地朝前走着。他已经将往事遗忘殆尽了，只有一点点逼近未来的白嫩的肌肤，并将其慢慢剥去。

不知不觉中就走过了黑门，眼看就到平唐门了。菊花状的瓦片上面盖了一层白雪。

清显瘫倒在门厅拉门前，这时候又剧烈咳嗽起来，奄奄一息。一老走出来摸了一下他的背部。他恍惚觉着眼前就是聪子在抚摸自己的背部，突然觉得有一股莫名的幸福。

一老和以前一样，虽然没有直接拒绝他，但还是将他放在一边，自己进屋了。清显等了很久，几乎望眼欲穿。等待时，他的眼前飘忽着一种雾状的东西，他觉得痛苦和幸福交织着。

一阵女人的慌张对话声传来。声音消失之后,又过了一段时间,依旧是一老出现在他的面前。

"你们不能见面。不管你来多少次,结果都是一样的。我让寺院的人将你送回去吧。"

于是,强壮的寺院男仆冒着雪搀扶着清显将其拖回了车里。

五十三

二月二十六日深夜，本多到达带解，到葛屋的时候，看到清显已经奄奄一息了，想将他立刻带回东京，但是清显不愿意。傍晚，本多请来乡村医生为他诊断，医生说他得了肺炎。

清显坚决希望本多明天去月修寺，想办法亲自去见一下住持尼，请求她改变心意。清显说："或许住持尼在第三人的请求下能够答应，若她答应，就将我这病体运到月修寺吧。"

本多一开始不同意，但还是拗不过清显的苦苦哀求，到了明天才去。只是，他和清显有言在先：不管怎样都会亲自去见住持尼，尽量满足清显的愿望，但清显需要答应，若住持尼不同意，就要带他回东京。当天夜里，本多一晚上都在伺候清显，替他换胸前的湿布子。清显白嫩的胸脯在旅馆昏暗的煤油灯下因冷敷而泛红。

三天后就要毕业考试了。本多父母不希望儿子在这时候出门，但是父亲读了清显的电报之后，没说什么，就说"去吧"，母亲也听父亲的。本多很意外。

本多大法官曾经与因废除终身法官制被辞退的老朋友们一起共进退，只不过没有达到预期的目的，但这一举动让儿子学会珍惜宝贵的友情。本多在前往带解的列车上也没忘记专心复习，准备考试。到了之后，他照顾了清显一晚上，这期间也在一边翻看一本逻辑学笔记。

煤油灯昏暗如雾的光圈中，两个年轻人对世界的幻想截然不同。一个是因爱情生病了，一个是为执着的现实而学习。清显在浑浑噩噩的爱情海洋中无法自拔，腿脚被海藻缠住，在挣扎着游泳。本多则脚踏实地，想要建立一座实在、有序的理智建筑。一个是因发烧而难受的头脑，另一个是冷静的年轻人的头脑，在这春寒料峭中，在这间旧旅馆的房间中挨得那么近，等待自己各自世界的最后时刻。

这时候，本多深切体会到肯定不能将清显的想法当成自己的想法。清显虽然躺在自己面前，但是他早就魂不守舍了。他经常在梦里呼唤聪子，脸上泛着红晕，看上去一点都不憔悴，比平常更有活力，就好像是将火放到了象牙中，太美了。不过，本多知道无法触摸到里面。因为有这样一种情念，自己无论如何都不能身处其中。不，应该说自己不能变成任何一种情念，不是吗？奇迹不允许感情渗透到内部，虽然自己友谊泛滥，也懂得眼泪，但是为了真正获得"感受"，还不够。为什么自己能够在内外都专心有序，而不像清显那样，在体内蕴藏着火、风、水、图等四种不定型的物质呢？

本多又将目光转到了密密麻麻，工工整整的记录本上了。

亚里士多德的形式逻辑学，一直统治着欧洲学术界，直至中世纪末。根据时代，可以分为两个时期：一是古逻辑学时期，以《工具论》中的《范畴篇》《解释篇》为祖述；二是新逻辑学时期，则是以十二世纪中叶，用拉丁语翻译的《工具论》全译本为标志……

他不由得觉得这样的文字好像风化的石灰逐渐脱离出自己的脑海。

五十四

听说寺院的人都起得很早,本多一大早就起来了,匆匆吃点早餐,叫了车子出发了。

清显从被窝里睁开湿润的眼睛,头还枕在枕头上,他用祈求的眼神说:拜托你了。这个眼神刺痛了本多的心。本多之前只是想先到月修寺去试一试,内心还是倾向将清显带回东京。不过现在,他觉得一定要尽全力让清显见到聪子。

还好,是个春意盎然的早晨。本多到了月修寺,他看到打扫卫生的寺院男仆大老远就看到自己了,然后赶紧跑回寺中。本多明白,他穿着和清显一样的校服,让对方开始警惕了。出来接待的尼姑态度冷漠,还没说姓名,就将他拒在门外了。

"我叫本多,是清显的朋友。现在为了清显的事情,专门从东京赶来,想见一下住持尼,请务必通报一声。"

"请稍等。"

本多在门厅的门框边等了很久。他在想,若对方拒绝,自己该以什么理由应付呢?过了好久,刚才那位尼姑又来了,出乎意料地将本多领到客厅中。虽然没多少希望,但还是有转机的。

接着,她让本多在客厅里等了很久。拉门紧闭,看不到庭院,只能听到黄莺的叫声。拉门的把手上贴了剪纸画,隐约地看到菊花和云彩。壁龛里的花瓶中插着油菜花和桃花。油菜花的黄色带着浓烈的乡村气息。含苞待放的桃花花蕾,从色泽暗淡的桃枝和浅绿色的叶子缝隙中钻出来。白色隔扇没有花纹。那里竖着一扇颇有年代感的屏风,本多禁不住靠近仔细看了一下。这扇屏风古色古香,上面的图案是狩野风,很有日本韵味。

屏风图案中的季节,从右边春天的庭院开始,有一群贵族在栽着白梅和松树的庭院里游玩，丝柏薄板编的篱笆里面皇宫的一角，从金色的丛云中露出来。再往左，里面是各种毛色的马驹在奔跑，不知不觉中，池沼已经变成了农田，村姑们正在插秧。小瀑布分成两段，从金黄色的彩云深处一泻而下，池边的草色渐渐变浓，春意盎然。贵族们正在池畔竖起敬神的白币，驱走六月的霉运，男仆和红衣侍者在旁边伺候。在红牌坊下，群鹿游逛的神苑可以看到武官拿着弓箭，牵着一匹白马走出来，匆忙准备祭祀。转眼间，红叶已经倒映在池中了。当时已经到了冬天，草木都枯黄了。人们开始在灿烂的雪中猎鹰。竹林里白雪皑皑，竹子之间的缝隙中可以看到灿烂的天空。白猎犬钻到枯萎的芦苇丛中，正对着野鸡狂吠。野鸡的脖子上面有一圈红毛，它箭一般飞到冷空中。人们手上的猎鹰死死盯着这只野鸡飞去的方向……

　　看完这扇古色古香的屏风的图案，本多回到了座位上，住持尼还没来。刚才的那位尼姑端来一个托盘，里面放着点心和茶，她告诉本多住持尼马上就来。

　　"请慢用！"

　　桌上放着一个贴花小盒子，肯定是寺院的尼姑亲手做的，手工一般，或许是出自像聪子那种新手的手工艺品。小盒子周围贴着很多花纸，盖子上鼓起贴花，其色调是宫廷式的，那种奢华让人瞠目结舌。贴花图案中有一个赤裸的孩子在追捕飞舞的紫蝴蝶和红蝴蝶，这个孩子用白绉绸贴成，他五官端正，胖嘟嘟的，好像宫廷的偶人。本多走过了早春寂寞的田园，爬上了荒凉的、冬木林立的坡道，来到了月修寺。现在在月修寺昏暗的客厅中坐着，好像第一次接触到糖果般浓浓的女人味。

　　传来衣服的窸窣声，一老搀扶着住持尼的身影投射在拉门上。本多赶紧坐好，心里怦怦地跳。

　　住持尼年龄很大了，身着一身紫色法衣，面色红润，好像黄杨木雕一般，清晰可辨，不显老。住持尼和蔼地坐了下来，一老在她身边伺候着。

　　"听说你是从东京来的，是吗？"

"是的。"

本多一见到住持尼，就语塞了。

一老补充道："他说他是清显的同学。"

"说起来，松枝少爷也够可怜的，只是……"

"他发烧了，在旅馆里躺着呢。我收到他的电报，就赶紧来了。我今天就是代表他来请求您的。"本多这才打开了话匣子。

本多觉得，一个第一次到法庭辩护的年轻律师的心情可能也是如此。根本不顾审判官的想法，只是陈述主张、辩护、阐明自己的观点。他从他和清显的友谊说起，不惜一切代价，甚至还说万一清显有个好歹，月修寺肯定也会后悔不已。本多满腹激情地说了一番，他的身体开始热血沸腾，尽管寺院房间比较寒冷，但是他觉得现在自己的耳朵在发烧，好像脑子也在发烧。

看上去，他的话好像让住持尼和一老很感动，但两个人都沉默着，没有表态。

"也请体谅一下我的处境。我同情我的朋友身处困境，借钱给他，他拿着这笔钱才来了这里。现在，他得了重病，我对不起他的父母。你们或许会觉得，既然这样，还不如早点将病人带回东京。我也是这么想的。不过我觉得我该做好，就算以后会遭到他父母的责备，我也要完成他的嘱托来求您，希望您能满足他的愿望。我从他的眼神中能够看到他的心情，不见面死不瞑目。我希望能尽量满足他的愿望。若您能够看到他的那双眼睛，您肯定会被感动的。我觉得，实现他的愿望，比医治他的病更重要。或许，这样说有点儿不吉利，但是我觉得他的病治不好了。我想在他临终前跟您转达他的愿望，只求您大发慈悲，让他见聪子一面吧……难道您还不答应吗？"

住持尼依然沉默不语。

本多怕再继续说的话，反而会让住持尼改变心意，尽管他依然很激动，但还是沉默下来。

房间中冷风嗖嗖的，鸦雀无声。一股雾状的朦胧的光从雪白的拉门处透进来。

这时，本多好像听到一阵偷笑的声音，声音很微弱，像红梅绽放的声音，要么是从附近或者走廊的一角传过来；要么就是隔着一个房间的某个地方，但肯定不是从隔扇外面传来的。他马上想，这声音好像是少女的窃笑声。若本多没有听错，肯定是从春寒的空气中传来的。这比硬压下去的呜咽声要急促，呜咽消失之后余韵犹在，好像弦断了一样。因此，本多感觉这是他瞬间产生的幻听。

住持尼终于开口了："的确，我的话太严厉了。或许，你觉得是我不让他们见面。但实际上，这不是人的力量所能阻止的，不是吗？聪子本来已经在佛祖面前起誓，她肯定不会再见他了，因此佛祖才依了她的心愿。实话实说，少爷也确实很可怜。"

"那么，您还是不答应啊？"

"是啊。"

住持尼斩钉截铁地说，不置可否。这种"是啊"的断然拒绝，能够将天空撕裂，好像轻易将绢子撕开一样。

接着，住持尼又转向沉思中的本多，委婉地谈了很多客套话。本多觉得，他怎么也听不进去。他现在只是不想看到清显绝望的表情，不得不赖在这里。

住持尼开始讲到因陀罗网的故事。因陀罗是印度的神，只要这神灵撒开网，所有人，世间万物都要统统落网，谁都逃脱不掉。所有的生灵都是因因陀罗网而存在。

一切都是因果法则繁衍生息，这就叫缘起。因陀罗网就是一种缘起。

法相宗月修寺的根本法典，就是唯识开祖世亲菩萨的《唯识三十颂》。唯识教义上有关于缘起的问题，就是源自赖耶缘起说，其根本就是阿赖耶识。说起来，所谓的阿赖耶是梵语"alaya"的音译，也可以翻译成"藏"，因为其中包藏着所有活动结果。

我们于眼、耳、鼻、舌、身、意之六识深处，还有第七识，叫"末那识"，也就是自我意识。它的更深处则是阿赖耶识。如《唯识三十颂》：

永恒转动，犹如激流。

意思是因果关系如同水的激流，在不断相互转换，永不停歇。识就好像是有情的总报果体。

无着的《摄大乘论》由阿赖耶识的变幻无常观，发展衍生的关于时间的独特缘起说，就称为阿赖耶识和染污法的同时互换的因果。唯识说现在只有一刹那诸法（实际上是识）存在，一刹那过去就会消失了。所谓因果同时，就是阿赖耶识和染污法一刹那同时存在，并互为因果，这一刹那结束，双方就都消失了。下一刹那，又重新产生阿赖耶识和染污法，互相成为因果。存在者（阿赖耶识和染污法）每一刹那因灭亡而于此产生了时间。因为每一刹那的不断出现和消失，所以时间才可以连续，就好比点和线的关系……

……本多逐渐接受了住持尼所说的深奥的教义。但是，这种场合无法激发他产生探求的欲望，突然跟他说一大堆晦涩难懂的佛教用语：时间的经过包含在必然中，无始以来相继而起的因果，同时又互为因果，说明通过看似相互矛盾的观念，产生时间因素……本多对各种晦涩难懂的思想产生了疑问，但是这时候他根本没有心思去请教。住持尼每说一段话，一老都会附和道："是这样啊！""是啊！""的确是啊！"这让人很心烦，很着急。本多只记住了刚才住持尼说的《唯识三十颂》和《摄大乘论》的名字。他觉得还是以后再慢慢研究，再请教吧。本多感觉住持尼说的这些看似不着边际的话，其实如同从遥远的地方细致地展现出了清显和自己的命运，就像空中的月亮照亮了池子。

本多道谢之后，就匆匆离开了月修寺。

五十五

在返回东京的列车上，清显非常痛苦，他的表情让本多非常难过。本多恨不能飞速抵达东京，他也无心学习。清显非常想见聪子，但是未能实现，而且得了重病，他躺在卧铺上被送回了东京。本多看到他的样子非常后悔，心如刀割。他想，作为一个好朋友，当时帮他离家出走真的对吗？

清显睡得迷迷糊糊的。本多没有睡好，但现在头脑很清醒，往昔的一幕幕呈现在他的脑海中。在这些回忆中，月修寺住持尼两次宣讲佛法给他留下了不同的印象。前年秋天，她第一次宣讲佛法，讲的是喝骷髅水的故事，后来，本多将这件事当成是谈恋爱，若能将自己内心和世界的本质密切结合起来，该多精彩啊。从此，他从学习法律到阅读《摩奴法典》，甚至还涉及轮回转世。今天早上，他听了她的第二次宣讲，他觉得打开难解的谜底的唯一钥匙已经隐约呈现在眼前了，同时，他也感觉那谜底太难解了，更加深奥难解了。

火车将在第二天早上六点到达新桥站。现在已经是深夜了，车厢里的乘客都纷纷入睡了，鼾声四起，夹杂在列车的轰鸣中。本多坐在清显对面的下铺上，他不打算睡觉了，准备整夜都看着清显。本多拉开卧铺的窗帘，关注着清显的细微变化，以便随时处理。他透过玻璃，看着外面夜色下的原野。

外面漆黑一片。夜空昏暗，看不到山岭的轮廓。列车在前进，但是人们觉得漆黑的景色似乎没有变化。路上经常有些小小的焰火或者灯光，就像是黑暗中绽开的鲜艳花朵。但是，它并不是路标。轰鸣声好像不是列车运行时发出的，而是围绕运行在铁轨上的列车的无边黑暗的轰鸣声。

白天整理行李准备离开旅馆时，清显从旅馆老板那里借了笔墨纸张，他将写好的潦草信笺交给本多，让本多交给他的母亲侯爵夫人。本多小心翼翼地将它放在校服的内兜里。他这时候没有事情，就掏出这封信，在昏暗的灯光下读起来。铅笔字迹歪七扭八，不像是清显平常的字迹。平日里，他的字迹虽然笨拙，但是很大方，下笔有劲。

母亲大人：
　　我有件东西想送给本多。就是放在我抽屉里的梦的日记。本多很喜欢这种东西。因为别人读来也没什么意思，所以请一定送给本多。
　　　　　　　　　　　　　　　　　　　　清显

很显然，他写字的手没有力气。看上去，他准备将这封信当作遗嘱了。不过，若真要写遗嘱，应该对母亲说上几句才对。但清显只是在委托办事。

病人发出了痛苦的呻吟声，本多赶紧将信放好，然后挪到对面的卧铺，看着清显的脸。

"怎么啦？"

"胸口疼，像刀扎一样。"

清显喘着气，断断续续地说着。本多无奈，只能用手给他轻轻抚摸他说痛的胸口左下方。昏暗的灯光隐约地照在清显那张痛苦至极的脸上。

因为痛苦而扭曲的脸竟然那么美。痛苦让他有了未曾有过的朝气，让他的脸上出现了青铜般的威严。他的那双美丽的眼睛噙满了泪水，眉头使劲皱着，更显威武。在它的衬托之下，闪烁的黑眼珠中多了几丝悲怆。端正的鼻翼在翕动，仿佛渴望得到空中的什么东西。嘴唇因高烧而变得干巴巴的，上门牙露出来了，发出闪烁的光，犹如珠母贝里的光彩。

清显过了一会儿之后仿佛没那么痛苦了。

本多说:"能睡吗?还是睡一觉吧。"

本多怀疑现在看到的清显的痛苦表情是不是他在这个世界的尽头看到了不该看的东西,因为开心才出现这种表情?本多嫉妒好友能看到他看不到的东西。这种嫉妒渗透在微妙的羞愧和自责之中。本多轻轻摇了摇头。他觉得很不安,害怕悲伤会使他头脑麻木,甚至像蚕丝一样将自己模糊的情感抽出来。

清显看上去像是睡了一会儿,他突然睁开眼睛,紧紧地握住了本多的手,说:

"刚才我做了一个梦,我们还会见面的。肯定还会见面的,在瀑布下……"

本多想清显是梦到回到自己家的庭院了,在侯爵家宽敞的庭院角落上,九段瀑布奔流不停。

……松枝清显回到东京两天之后去世了。年仅二十岁。